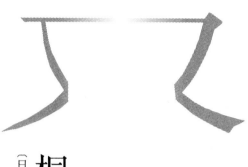

〔日〕桐野夏生 著

王皎娇 译

ナニカアル

又怎样

人民文学出版社

PEOPLE'S LITERATURE PUBLISHING HOUSE

著作权合同登记：图字 01-2017-9290 号

NANIKA ARU
by Natsuo Kirino
Copyright © 2010 Natsuo Kirino
All rights reserved.
Originally published in Japan by SHINCHOSHA Publishing Co., Ltd., Tokyo.
Chinese (in simplified character only) translation rights arranged with
OFFICE KIRINO，Japan
through THE SAKAI AGENCY and BARDON-CHINESE MEDIA AGENCY.

图书在版编目(CIP)数据

又怎样/（日）桐野夏生著；王皎娇译. —北京：
人民文学出版社，2017
ISBN 978-7-02-012674-3

Ⅰ.①又… Ⅱ.①桐…②王… Ⅲ.①长篇小说-日
本-现代 Ⅳ.①I313.45

中国版本图书馆 CIP 数据核字(2017)第 071335 号

责任编辑　卜艳冰　王轶华
装帧设计　汪佳诗

出版发行　人民文学出版社
社　　址　北京市朝内大街 166 号
邮政编码　100705
网　　址　http://www.rw-cn.com

印　　制　宁波市大港印务有限公司
经　　销　全国新华书店等

字　　数　300 千字
开　　本　890 毫米×1240 毫米　1/32
印　　张　12.25
版　　次　2018 年 4 月北京第 1 版
印　　次　2018 年 4 月第 1 次印刷

书　　号　978-7-02-012674-3
定　　价　55.00 元

如有印装质量问题,请与本社图书销售中心调换。电话:010－65233595

目录

序

黑川久志先生：

　　见信佳。听闻大家近来过得都不错。久未谋面，心存愧疚。

　　这次您寄来的柚子十分好吃，心中不胜感激。姨父很喜欢吃柚子，如果他还在世，不知道会有多高兴。

　　另外，感谢大家都来参加了葬礼。只是由于时值盛夏，我和姐姐都在担心，不知道您母亲有没有因此而身体不适。对了，她膝盖的情况怎么样了？

　　话说回来，时间过得可真快，一转眼四十九天就过去了。骨灰安置完毕才发觉，下个星期已经要十二月份了。姨父如果还活着的话，现在一定开始为玫瑰花园的过冬准备而烦恼得坐立不安了吧。

　　去年的冬天，没有轮椅的话，姨父根本无法外出。他吵着要为玫瑰花园施过冬的肥料，还要修剪枝叶，于是请来了附近的年轻花匠为自己推轮椅前往。（通往玫瑰花园的路有一些坡度，以妇人的力量难以推动。）

　　姨父经常说，即使生病也好生虫也好，玫瑰在冬眠的时候调养生息，到了春天就会如再生般开花。所以冬天对于植物而言，是相当重要的时期。

　　姨父不是一个特别会说教的人，但是每次说完玫瑰的事情之后，一定会加上一句："我常说植物冬眠，其实人类也需要像死了般的休眠时期，没有休眠，就没有重生。"这句话让我怀念不已。

　　现在姨父不在了，剩下的净是些完全不懂玫瑰的妇人。无奈之下，干脆便撒手不管玫瑰花园了。画家梅园龙三郎曾经说过，"非绿敏先生的玫瑰花园不画"，如今花园却在渐渐枯萎。令我不禁感到，一个"人"过世带来的影响竟有如此之大。

黑川先生，我一直习惯称他为"姨父"，不好意思，改不过来了。即使现在，叫他"姨父"也比"丈夫"更符合我的心境。

和绿敏结婚已经十七年了。可是姨父无论经过多少岁月蹉跎，在我心中也依然是姨妈林芙美子的丈夫。反过来也证明，芙美子于我、于林家，都是太过巨大的存在。

黑川先生，您是为数不多的知悉我们家里情况的人，所以我总是忍不住对您诉说这些陈年旧事，请您见谅。

其实姨父是在很多年以前向我求婚的。外婆菊在昭和二十九年过世，比芙美子晚三年。在外婆过世后两年，大约是昭和三十一年的时候，姨父向我求婚了。

外婆在八十五岁那年寿终正寝，仅仅只有五天卧床不起。外婆原本说："只要活着，即使让我爬，我也要爬去厕所。"结果她真的是爬着去的。随后就像枯木折断般，故去了。芙美子突然病逝的时候，所有人都沉浸于悲伤之中，而外婆的死是属于幸福的，当时大家心里都感到松了一口气。

不过外婆故去的那一年，不知为何我的母亲也病逝了。外婆的两个女儿（不同父亲），就像是外婆将她俩带去黄泉似的，先是妹妹芙美子突然病逝，接着在同一年，姐姐静也故去了。

就像是被外婆顽强的生命力吸走般，两个女儿早早地便离世了。

我怀着这种念头，一个人整理着外婆的和服。这时姨父走进房间，一直盯着我的手边看。外婆的和服，宛若小孩子衣服似的，又短又小。芙美子和我个子也都很小。

我一边笑着一边对姨父说:"这么小的和服,大概只有小孩子或者我才穿得下吧。"

"房江你穿不就好了。"

"我才不要呢,外婆的和服都好土。"

我经常被嘴巴不饶人的外婆欺负,所以才不稀罕她的东西,这样的心情无比强烈。姨父只得在一旁苦笑。

"那倒也是,那么烧了它吧。"

才过世两年就烧掉遗物,总觉得心里有些愧疚不安。于是我看着姨父的脸表示抗议,姨父则躲开了我的视线。

芙美子的家里有一个很大的焚烧炉,在那里烧掉了许多东西。比如废弃的信件与稿件、没写好的日记。作家的家中任何东西都有可能具有文学价值,所以姨父一定会仔细检查,把东西分类为需要保存下来的和需要扔掉的,再做处理。

所谓处理,即是完全消失。简单地说,就是烧毁。在这一点上,我认为姨父是个相当聪明的人。不,应该说不止是聪明,而是作为作家林芙美子的丈夫,在保护着她,保护着家人,更是保护着自己。

我有点不舍地说:"确实,早晚是要烧掉的。"

姨父微微发福的脸上露出沉稳的笑容。

"没办法,所有的事物都有终结的时刻。选一件喜欢的和服作为纪念,其他都烧了吧。对了,让姐姐们也一起帮忙选。"

姨父说完之后,刚想踏出门槛,突然转身又对我说:"房江,外婆也过世了,你怎么办,和我结婚吧?"

姨父这里,有一个养子小晋,可能是需要一个女人来带大他吧。但是姨父向我求婚的时候,我才三十一岁。虽说不算年轻,但是往后的人生或许有各种各样的可能。于是,我被突然袭来的求婚给吓得瞠目结舌、无言以对。姨父看看我的脸，继续说道：

"有人给我介绍二婚的人选。但是，我想把芙美子一个人积累下来的财产留在林家。"

也就是说，如果姨父和别人结婚的话，林芙美子的财产就要分给别人了。姨父一定是觉得这样会对不起芙美子以及她的家人吧。姨父就是一个这么爱顾东顾西的人。

姨妈身亡后，出版了许多全集。姨妈写的小说依旧大卖如初。光是版税，每年就有一笔相当可观的收入。除此之外，在落合①有一座五百坪的宅邸，以及同样有五百坪的玫瑰花园。这的确是相当大的一笔财产。

我是芙美子的外甥女，和姨父结婚，当作是为了照顾小晋也好、为了防止林家财产外流也罢，是一个好办法。小晋也非常喜欢我。正当我不知所措沉默不语时，姨父有点不好意思地摆摆手说："房江还年轻，将来可能会和别人结婚，把我刚才说的话忘记吧。"

我和姨父相差二十三岁，几乎是两轮。向我提出结婚的时候，姨父已经五十四岁了。可能由于自己会不断变老，而终究不忍心束缚年轻的我吧。不过，姨父没有信心能一个人照顾好小晋。再加上我在鹿儿岛的母亲过世，也担心无依无靠的我吧。

我应该跟您提过，在姨妈身亡前两个月，我被姨妈从鹿儿岛叫来东京，帮忙料理家务。

没想到，我才刚来，竟然只照料了姨妈临终那段时间。更加没想到，我会嫁给姨父绿敏当他的续弦。人生会遇到各种各样的偶然，朝着无法想象的方向发展。

---

① 地名，在新宿区内，交通便利。

芙美子身亡时才七岁的小晋，当时已经十二岁了。就读于学习院①初中一年级。由于是男孩子，已经到了很难弄的年纪。并且，小晋也很清楚自己身为养子的身份，对姨父多少有一些疏远。有些时候甚至生分地像外人，小晋从不敢向姨父撒娇。但是，对作为"替身妈妈"的我，小晋什么都说。

"不给我买摩托车的话，我就学人抽烟了！"

我受到过诸如此类可爱的威胁。小晋不敢对姨父说的话，全都和年龄比较相近的我倾诉。所以，我也很疼爱小晋。虽然无法想象和姨父结婚会怎样，但是我确实想过，留在姨父身边，抚养小晋长大成人也不错。

再者，失去芙美子之后，林家繁忙依旧。出版编辑会来商量关于出书的事，报社与杂志社也会来采访，有人想把书拍成电影，也有新的出版社来商量想出全集，还有书迷们也会来。林家是一个客人纷至沓来之所。

家里有女佣，但是不可能很负责地照顾孩子。拾掇庭院是姨父的兴趣，为此也需要一个能辅助他的女人。

对于姨父的求婚，我和姐姐们商量过应该如何是好。姐姐们认为，如果我愿意的话，最好和绿敏结婚，一起抚养小晋。但是，我觉得还为时过早，所以犹豫不决。小晋正值内心波动很大的年龄，再说大家现在也生活在一起，没有着急的必要。

黑川先生与我的姐姐们也见过好几次面吧。与芙美子同母异父的姐姐，就是我们姐弟的母亲——静。

外婆的四个孩子都有不同的父亲。最大的是静，芙美子老二，第三第四都是男孩。静有五个孩子，三女二男，上面三个都是女孩。我正好排第三。外婆和芙美子在我还小的时候就说，你们家里有三个女孩，不如给我

---

① 历史悠久的私立学校。

6

们一个吧。于是把我从鹿儿岛叫到过东京一次。芙美子本来想让我做她的养女，不过我当时还是个孩子，想念姐弟多、热闹的家，于是很快便逃回了家。

芙美子好像很生气，昭和二十四年时，由于《浮云》^①的采访来鹿儿岛的时候，我们姐弟都被芙美子叫去骂了一顿。

"你们一个一个都那么快就逃回家！"

这句话是她喝酒的时候边哭边说的。芙美子这人一喝醉就哭。

我的大姐叫纯子，首任丈夫在硫黄岛战役中自杀殉国。和第二任丈夫所生之女叫早苗。早苗碰巧是芙美子身亡的那一年出生的。

在姨父葬礼时早苗给您倒了杯茶聊表谢意。作为她的姨妈可能不应该这么说，早苗真的是个很懂事的女孩。在姨父死后，这个家的善后工作、著作权的管理事宜，她都帮了我不少忙。

我的二姐叫伸子。她的未婚夫被强制征兵^②，在新几内亚战死，她便一直单身。她搬到落合来之后，帮我一起看护行动不便的姨父。其实纯子和伸子，两个姐姐的人生都被战争染上了浓郁的色彩。我在家中排第三，幸好年轻，没有受到战争多大的影响。今后我打算继续靠早苗的帮助，和伸子姐姐两个人悄悄地活下去。

继续说说姨父，丧偶的他意外地很有女人缘。经常有素不相识的女性自说自话地走进家里，一边说着"真是个漂亮的院子啊"，一边目不转睛地看着姨父修枝剪草。姨父在作家芙美子背后默默支持她写作的形象，似乎传遍千里。

实际上，姨父是个沉着稳重的人。可能由于年龄差距较大，他从来没

---

① 著名长篇小说，1955 年被拍成电影。
② "二战"末期 1943 年，由于兵力不足，日本政府强制满 20 周岁以上的学生去前线参战。

有对我大声讲过话，我甚至连他生气的样子都没有看见过。

姨父、小晋和我，真是神奇。没有任何血缘关系，却有一个共通点。所有人都和芙美子有关。姨父是芙美子的丈夫，芙美子不知道从哪里领来了小晋，还有芙美子的外甥女我。我们三个人组成了一个"家庭"，一起生活着。随着小晋不断长大，我们也像普通家庭一样去了各种地方。

小晋死于暑假快结束的时候。学习院里的学生们家里都有别墅。于是我们也打算在蓼科①借一套。加上大姐家的早苗和姨父的侄女们，我和姨父带着四个孩子一起去了蓼科。住了大约十天，暑假快要结束了，于是大家准备打道回府。

回程的火车十分拥挤，那些来钓金鱼的人还把水打翻在车厢连接处。乘客们相互间都在叮嘱，小心地滑不要摔跤。我们正好站在车厢连接处，由于我领着亲戚的幼儿看上去很辛苦，所以别人让了座位给我。正是因为这样，我才进入车厢，而没有看到小晋时不时地把身体探出火车外玩闹。

火车在快要到大月②时突然加速，差点被甩出车外的小晋急急忙忙想要收回身体。结果不慎摔倒在湿漉漉的地上，狠狠地撞到了头。我得到消息后立刻飞奔到小晋身边，他好像睡着了似的躺着，我当时绝对没有想到小晋竟然会死于非命。现在只要想起来，还是觉得心痛不已。

当时没有搬运遗体的车子，我们担心要怎么把小晋带回家里。如果能借一辆巴士就好了，在巴士中间铺一块木板，把小晋平放在木板上。想必黑川先生一定听过这件事吧。

原本我们是打算三个人互相扶持共度此生的，所以小晋的死对我们来说无疑是一个非常大的打击。十年间办了三次葬礼，林芙美子家中的悲剧

---

① 地名，观光胜地。
② 站名。

持续不断。面对这无情的一切，姨父一定受了很大的打击。所以姨父才会觉得自己应该保护大家，于是他每天紧绷着神经，肩负起更重的责任。而且，当时我们正在考虑是否应当正式结为连理，但是在小晋死后结婚的话，不知道会不会被人误解。我想姨父一定也为此烦恼至极吧。

在小晋第十三次居丧法事结束后，我和姨父终于结婚了。从他第一次求婚开始算，已经过了十六个年头。我们结婚时姨父七十岁，我也四十七岁了。

不可思议的是，不知不觉间，我也抱有和姨父一样的想法了。姨父此生都在牢牢守护着姨妈一个人创造出的财富。我下定决心今后要协助姨父，把这笔财富好好地留在林家。姨父在昭和十九年舍弃了自己的姓氏，和小晋一起作为养子进入林家。我和姨父结婚后，也随他姓林。我经常这么想，我和姨父这辈子，是通过作家林芙美子成为了家人，才有幸经历这段奇妙的命运。

黑川先生是姨父多年的友人，由于毫无顾忌，所以才不知不觉地写了这么多陈年旧事。请原谅我的礼数不周。

原本不想借着这封答谢函说的，其实有一件事希望能得到您的认同。在姨父死后，我们已无力维持宅邸开销。我和二姐伸子商量，要不要在这块地上建一栋公寓。就在此时，新宿区向我们提出要买下这块地，建一座林芙美子纪念馆。这实在是一个难能可贵的好建议。

面对这个家将要解散，我犹豫了很久。毕竟这里是爱钻牛角尖的芙美子花了数年研究，并且和木匠师傅一同前往京都参观学习，由山口文象①设计的绝佳宅邸。姨父也十分爱惜房子和庭院，在安装方便轮椅推行的无障碍走廊时，也千叮万嘱工人们绝对不能在家中留下任何伤痕。对于新宿

---

① 近代著名建筑家。

区提出的建议，我和亲戚们都没有异议，决定欣然接受。所以最后，作此通知，希望我们的老朋友黑川先生也能够认同此项决定。

近来寒暑不常，希自珍慰。

平成元年 十一月二十八日

林房江

黑川久至先生：

在这个隆冬时节向您致以诚挚的问候。

庭院的梅花渐渐地鼓了起来，我暗自在想，今年春天会不会来得早一点呢？

得知大家一切都好，我便放心了。感谢您这次特地寄来饱含关切之意的信件和年糕。年糕十分好吃，马上就吃完了。话说回来，今年新年过得有些孤单，没有姨父的家，又大又清寂。

另外，我从心底里感谢黑川先生赞同我们的决定。让姨父伤透脑筋的芙美子文学资料保存一事，听说新宿区会代为管理，我感觉一下子轻松了很多。我今年已经六十五岁了，余生若是能够为林芙美子纪念馆的运营尽一点绵力，也算这辈子活得有价值了。

这些日子，我正忙于挑选捐赠给纪念馆的芙美子遗物。伸子和大姐之女早苗都在帮忙，但是无论如何也完成不了，只好劳驾新宿区的负责人过来，帮我们挑选、分类。

姨父是个爱整理的人，自始至终都亲自检查、选择资料。但是晚年的姨父靠着轮椅生活，身体自然不如以往灵活。正因为这样，积攒了许多信件与资料没有整理。而且，我和姨父不同，不知道哪些是重要的哪些是不重要的，所以整理起来很花时间。

芙美子还留下了许多和服，很抱歉的是，过了这么多年，有些虫蛀、发霉的已经无法拿来展示了。当年我刚从鹿儿岛来到东京的时候，姨妈给了我许多时髦的衣服，而且我体形和姨妈一样小，穿起来大小很合适。她还给我包和鞋子，但是有些已经不流行了，于是都被我扔掉了。现在真是追悔莫及，如果把那些东西留着该多好。

严冬之际，请务必保重身体。

平成二年 二月三日

林房江

黑川久至先生：

见信佳。我家庭院的石榴花快要开了。这是芙美子和姨父都很喜欢的花，让它在此地绽放是一件多么幸福的事啊。而且，紫阳花已经盛放了。现在我每天都如释重负地想，当初没有在这块地方建公寓实属万幸。

感谢您前几天来访问修建中的纪念馆。您在漫天灰尘的环境里坐了那么长时间，姐姐很担心会不会影响到您的健康。而且，您母亲又住院了，想必您相当担心她吧。可是您却不远千里来看我们，实在太不好意思了。

其实，今天写这封信的原因，主要是想和您商量前几天我提到的那件事。由于我们几个无法作出决定，所以想听听黑川先生的意见。

姨父生前经常说："我的画不值钱，全都给我烧了。"黑川先生应该也知道，姨父对自己的画，一直评价过低。

姨父曾经画过一幅小时候的我，还入选了二科展①，但是从那以后就不太画画了，整天辅助芙美子经营管理、拾掇庭院，假装自己活得很随心所欲一般。其实，为了不伤害到芙美子，也为了保护我们免遭训责，他一直行事谨慎顾虑颇多。

那幅画我的画，不知是什么缘由，给了某地方文学馆。画芙美子的画好像在姨父老家信州的朋友那里。还有一幅是家里附近堤坝的画，由于姨父非常喜欢，所以我打算保留下来，挂在纪念馆的画室里。

其他的画都被姨父藏在二楼的储藏室里。用"藏"也许有点夸张，不怕黑川先生笑话，其实二楼有姨父专用的储藏室，谁都没有进去过。

在姨父奄奄一息之时，又向我强调了一次，"一定要烧毁所有的画"。姨父好像对黑川先生也多次提到过吧。姨父曾苦笑道："黑川先生阻止我说，烧了太可惜。"但是我认为，这是姨父的遗愿，所以我只能将画烧毁。

姨父把筛选、编辑芙美子写的文字作为自己的存在价值。同时也坚信这么做是为了保护家人。在姨父身边生活了这么多年，我也认为姨父这么想是完全正确的。因为这个社会，会把很小的事情过分地夸大，说得玄乎其玄。

___

① 绘画比赛。

人们对芙美子这样，对我们遗族也是。很多人不懂得体谅，他们认为我们一定是为了大赚一笔才把土地卖给新宿区。这次为了建纪念馆，被污蔑了太多莫须有的事，我伤心得简直难以言喻。因此，我认为姨父一直以来的选择都是正确的。对芙美子和家人会产生负面影响的材料，无论是什么都不得见天日。

对于画家"手冢绿敏"来说，是不希望自己留下的画，遭世人议论的。尤其因为，芙美子是一位自负于绘画才能的作家。芙美子在世时，有人把他们俩的画作比较，好像还发生过不愉快的事。

所以我谨遵姨父的遗言，把二楼储藏室内的画全部搬出来，一幅幅地烧毁。一共有三十来幅画。早苗觉得太可惜，所以带回去几幅。剩下的全被我痛痛快快地烧毁在焚烧炉里了。这是丈夫的遗愿，作为妻子的我必须听从。

我以为油画很容易烧着，其实不然。像在显示着画家的激情般，先有一层蓝色的火焰包裹着表面，然后静静地、静静地烧着。真意外，我本来以为一下子就会燃起熊熊火焰。

过了这么多年早已干透的颜料，像是被火焰唤醒般，一瞬间变得黏黏的。油画似乎在哀叹没料到自己会被烧掉。当时我感觉很害怕，但还是拼命地把它们烧毁。

早苗把画一幅幅地从二楼搬来，堆在焚烧炉前。我不知道画框尺寸是多少，但都不是很大。姨父特有的上色方法是，把灰色、茶色、土黄色和黑色，尽是暗沉的颜色一层叠一层地涂在油画布上，画出来的周边景色大多单调枯燥。

"姨妈，这是什么？"

早苗发现了藏在油画背面的文件袋。我吃了一惊，拆开袋口看。

没有云朵的秋日正午的山峦

为绚烂青春而发烫的树木间
神仙都打了哈欠

盖满大地的寂寥落叶
闭着眼什么都不用想
在我额头捧起悲伤时
慢慢地来到无尽的远方
向远方释怀了秋愁

收割的金黄麦穗
田野里的红色花朵
疲劳与成熟
又怎样

我现在活着

粗粗看了一下，芙美子的笔迹映入眼帘。对我而言，是十分熟悉的笔迹。我立刻告诉早苗，绝对不能让新宿区的负责人看到。

早苗觉得很不可思议，问我原因。纪念馆的负责人最怕遗漏资料。虽说是姨父的遗言，但关于烧毁油画一事，一定让他们痛惜不已。

我突然意识到，与其说这是"资料"，不如说是姨父不想让别人看到而藏起来的东西。但是又不忍心丢弃，毕竟它是芙美子在这个世上活过的证据。

黑川先生，如果您愿意给我出出主意的话，我将立刻别函寄上芙美子的手稿。本来打算附入此信寄给您，转念一想还是应该先征得您的同意。毕竟，烧毁还是保留，是一个很难的决定。现在我才深切体会到，姨父所承担的职责是多么沉重。

内容是芙美子亲笔写的游记。与其说游记，不如说是回忆录。写的是她在昭和十七年受陆军委托，长期出访印度尼西亚时候的事情。战后，根据当时的经历，写了《浮云》一书。这份手稿就是印度尼西亚的回忆录。

刚才的诗其实是《北岸部队》①开头的一首原创诗。早苗正好在读《北岸部队》，便告诉了我。

我装作无意中向纪念馆的负责人问起战争时期的事。原来被军队召集去的作家，是不允许以任何形式做文字记录的。如果被发现，一定会被销毁。所以芙美子或许是在队伍里偷偷地写，或许回来之后边回忆边写的。

前几天我读了这份手稿。读完之后，全身被恐惧侵袭，手脚不停地颤抖。之所以会感到恐惧，是因为如果手稿内所记录的都是事实，那么姨父到底是以怎样的心情读完的呢？姨父没有将它烧毁，一定是担心这份手稿乍看之下很真实，但也不能排除其实是小说的可能。所以他踌躇不决，担心自己万一把文学作品处理掉怎么办。但是，如果这份手稿都是事实的话，也许就等于在否决我们一直以来的生活信念，并且对芙美子的研究也会产生巨大的影响。

承蒙黑川先生的厚情，我一直都把信写得这么长，真抱歉。说实话，现在姨父不在了，我真的不知道该怎么办。所以请您读完信后，务必给我一些建议。

时值换季，请保重身体。

平成三年 六月十五日

林房江

---

① 日记体小说。

第一章　伪装

1

昭和十八年 六月十五日

　　五月初，我从南方回国了。我们接到通知，绝对不能对外泄漏回国时使用的交通工具、花的时间，等等。我并不打算把这本日记给别人看，但是不知道会不会有间谍潜伏在身边偷看。特别高等警察 ① 和宪兵说不定正睁大眼睛戒备着。我越来越厌倦、憎恨战争。我感到不知所措、苦不堪言。陆军新闻部什么的，对他们再怎么毕恭毕敬还是要被教训。说实话，战争让我感到恐怖得想吐。

　　所以，我伫立在这青翠欲滴中，久久地感动着。这里的植物，是独一无二的祖国之绿、祖国之花。米槠、梅花、染井吉野 ②、枫叶、百日红、石楠花、紫阳花、石榴。全部都是我怀念的祖国植物。

　　一回到家里，我首先站在庭院里，让自然浸透全身。因为我爱花。回到自己家里的喜悦之情，逐渐地从体内向外涌出。啊啊，我

---

① 日本第二次世界大战前的秘密警察组织，以"维持治安"的名义，镇压社会主义、共产主义等思想。

② 日本的樱花种类。

要把所有不好的回忆都封存起来，把它们抛到这辈子再也不去的爪哇岛。有谁能理解我这种想法呢？

我的丈夫，在拾掇庭院时心无杂念。一顶草帽加短和服、胶皮底布鞋加绑腿带。弓着腰，满意地仔细端详着刚刚绽放的紫阳花，宛如一个花匠。他蹲下身子，认真地摘掉映山红枯萎的花瓣。看着他的背影，恍惚间不敢相信，现在我身处于一个没有死亡、掠夺的世界。刚刚还在爪哇岛残酷的战场，转眼间变成无法想象的太平盛世。围墙的外面，能听到孩子们在放学路上的喧哗声。还有远方传来的列车车轮声。我闭上了眼睛。我得好好想想，到底在战场发生了什么。残酷的声音渐行渐近地清晰起来，而我却像吊儿郎当的孩子一般，放下作业，背过身去。

"老师，有您的信！"学生坂上从书房探出头来喊道。

自说自话地进入别人的房间，还从窗户往外偷看，真没礼貌。我忍住怒火保持缄默。

坂上是在我去南方的那段时间里，丈夫从老家信州叫来的远房亲戚。由于个子太高，我总感觉他的视线好像一直越过我的头顶盯着空中某一点。坂上目前就读于早稻田，他很担心今年会不会被政府强制征收入伍。

每天都有一个好像快二十岁的奇怪姑娘来我家玩。她住在后面，名叫竹林绘马。

据说绘马的奶奶是保加利亚人，容貌生得很端正。她让我想起，在爪哇岛，有很多荷兰人与当地人所生的漂亮混血儿。听说绘马的父亲是东京外国语学院的保加利亚语教师，战争时期找不到工作，再加上儿女多，生活得十分艰苦。所以喜欢华丽事物的绘马，才会一直来我家玩耍吧。绘马有着完全不同于日本人的美丽容貌，总是被大家以奇怪的眼神打量。她经常抱怨道，有时候都快被他们的视线给刺穿了。没错，这是个又狭猥又贫穷的国家。

这么想着想着，刚刚全身心地沉醉在美丽的祖国中，马上又涌起了想要流浪的情绪。体内有一个，感受着火辣辣的孤独感，同时又不知缘由焦躁不安的自己。明明才回来，这种感觉是不是来得早了点？我迷茫地望着转身面向我的丈夫。

"芙美子，你有信！"

丈夫的眼里有一份焦躁。

"拿来给我呀。"

语气稍微柔和点的话，坂下就会拖着木屐，优哉游哉地走来。

"不要边走边踢，石头上会溅到泥土。"

我这么叮嘱一句，坂上马上说了声"对不起"，并诚惶诚恐地把明信片递过来。看来他还没习惯板着脸的我。

我一看正面的笔迹，心中马上欢欣起来。果然，背面的落款是"每日新闻　大阪总公司　米田源助"。

原来的大阪每日新闻和东京日日新闻，今年合并为每日新闻。米田是我相识已久的记者。他看上去是个泰然自若、处变不惊的男人，但却少了一份积极。他是我为数不多能敞开心扉畅所欲言的朋友，确切地说，是唯一的朋友。

林芙美子女士：

听朝日新闻的某人说，您已经回国了。欢迎回来。您能平安回来实在太好了。

六月十六日我正好要去一次东京总公司，想务必见您一面，所以写此信联络您。

一起在银座喝杯茶怎么样？六月十六日下午两点我在九善①前恭候您的大驾。您有事不能来也没关系，我会去等您。

此致

敬礼！

米田源助

我把米田的明信片夹在和服腰带中，心里有些空荡荡的。面对他单纯的邀请，让我不禁想象，如果这是谦太郎的来信的话，我会是怎样的心情。

十六日从早上开始就下着雨。雨中，初夏的新绿显得更娇嫩欲滴，甚至让人感到可怕。我想起在婆罗洲的原始森林里感受到的恐惧。南方的原始森林里，有一种恐怖的"热带莓疮②"，穿越在原始森林里的军队如果不慎掉入积水中，可能会染上这种病。病情听说

---

① 书店。
② 雅司病。

是脚后跟和胯下像被锥子扎开许多小洞。所以在原始森林的战争是很残酷无情的。在和敌人开战之前，体力就消耗在与大自然的战斗中了。可是，能够想到这一点的军人有几个呢？

日本这些正绽放着花蕾的花花草草，我还是觉得狰狞，看着看着便不由得倒退了几步。沙沙的响声让我感到心寒。这种心寒，是周围环境反衬出的孤独。

化完妆，正在考虑穿什么出门的时候，绘马过来玩了。绘马身着用旧校服改出来的藏青百褶裙，配上白衬衫，一副朴素的打扮。一刀平的刘海下面，有一对大眼睛，瞳孔微微发蓝，十分漂亮。我很喜欢她充满活力年轻的样子，但不知为何同时也会感到一丝惆怅。我曾经自作主张想要撮合绘马和坂上，但坂上好像畏惧绘马的美貌似的，根本不敢正眼看绘马。我想绘马一定和庭院的花花草草是一样的。

"阿姨，今天您穿什么出门啊？"

绘马先是仔细端详了我一番，才发问。真是个聪明的姑娘。

"下雨天不知道穿什么好。嗯……穿洋装 ①吧。"

"那怎么行，是去银座对吗？那就必须穿和服，穿夏大岛 ②吧。"

虽然我只对绘马说出去工作，但她马上明白了我是和男性见面。不仅聪明，直觉还很灵。我对此赞叹不已，过着穷日子会对自己渴求的一些东西，变得极其敏感吧。绘马让我想起，在爪哇岛，

---

① 指非和服的衣物。

② 和服的一种，编织手法为线粗孔大，故夏日穿清凉。

也有许多像她一样机灵的日本女性。有一些是根本不知道战争为何物，仅仅因为日本战胜，想趁着这个势头，去看看未知国度的年轻姑娘。还有一些因为身为女儿身，无法代国出征却想为国出力的女人。

"下雨天穿夏大岛太浪费了，现在虽说已经六月，但今天还是挺冷的。"

"那么，穿更纱①怎么样？您刚从爪哇岛回来嘛。"

"太花哨了，会不会有点不合时宜？"

"您是知名的女作家，有点花哨又有何妨。"

回日本后，我还没去过银座。现在不知道变成什么样子了，但是据说相当清寂。我一边犹豫更纱和服会不会太惹人注目，一边把手臂套进绘马给我拿来的和服衣袖中。这是物资充裕的时候定做的大正②更纱，搭配黑色的博多带③。

"真合身，太漂亮了！"

绘马高兴得直拍手。我认真地盯着绘马轮廓清晰的脸庞看。如果我有这样一副面容，这么年轻的话，谦太郎应该会选择我吧。不对，我摇摇头。那个男人不会想待在这么贫穷的国家，他憧憬着异国不一样的生活。说着英文，受英国文化的熏陶，在一群不知道东亚群岛的人们中间生活。我在心里嘲笑谦太郎愚蠢的同时，不禁湿了眼眶。我叹了口气，自己凭什么嘲笑想要获得自由的人？

---

① 和服的一种，印度起源的华丽编织手法。
② 花纹之一。
③ 一种和服的腰带。

绘马似乎发现了我在用锐利的眼神观察她，于是我打开抽屉，假装努力在挑选腰间的装饰物。由于是初夏，所以我选了土耳其石。一寸长的大块玉上，有一丝丝的黑色纹路，十分漂亮。在一旁看着的绘马忍不住提醒我。

"阿姨，土耳其石是十二月的生日石哦。"

"这样啊，那今天不能用。"

"其实翡翠比较适宜。"绘马斩钉截铁地说道。然而立刻感到，好像在硬把自己的喜好强加于人，有点不好意思地补充了一句："阿姨家的东西品位都很好，我都很喜欢哦。"

我在心里暗暗地想，我家的东西里也包括绘马吧。绿敏、绘马、坂上。我不在家的时候，他们三个一定玩得很高兴。甚至包括忘记我的母亲菊。正当我这么想的时候，老母亲从房间北侧的暗处迈着小步子走来，由于个子很小，看上去像一个上了发条的玩偶在移动。

"芙美子，回家的时候去一次鱼店，看看有些什么鱼。"

让我穿着大正更纱去鱼店？我苦笑着看向绘马。绘马没有察觉到我的视线，在用她那又白又细的手指捏着土耳其石的装饰物，带着陶醉的表情欣赏着。

银座冷冷清清的。是因为下雨，还是受战争的影响。鲜绿的柳树，看得眼睛也泪汪汪的了。战事激烈，人人都在担心将来的命运会怎样，而我对日本却提不起一点兴趣。现在不是想这种事的时候，走到日本桥①，来到丸善前，我收拾好心情重新抬头挺胸起来。

---

① 地名。

"芙美子。"背后有人敲了我一下。回头就看到被太阳晒黑了的米田。个子只比我高一点点的米田，害羞地笑着，露出一排不整齐的牙齿。米田穿着国民服①，里面长长的白色翻领衬衫的袖子露在外面。我和米田差不多已经一年没见了。

最后一次见面是在我去南方之前的几个月，在大阪一起吃了大阪寿司就道了别。我们微笑着互看对方的脸，不知不觉地往风月堂②方向走了过去。

"你过得还好吗？"米田躲开我的眼睛问道。

"嗯，托你的福。米田先生看起来也过得不错嘛。"

"还可以吧。不过当局很啰嗦，所以很麻烦。"

米田把声音放低。我环顾四周，暗暗地点了点头。所谓当局，是指包括内阁情报局在内的"社会"总体吧。如今，不知道为什么媒体总会遭到社会谴责。因此不得不更加自慎自戒，真是个让人透不过气来的社会。由于《Sunday 每日》这个名字含有敌国语言（英语），所以更名为《周刊每日》③。

"芙美子，最近啊，《Sunday 每日》，不对，是《周刊每日》的封面，被陆军的 S 氏发了一通牢骚。太震惊了，你知道 S 说了什么吗？"

我摇摇头，故意没有问 S 的真名。我想还是不知道为好。

"他竟然说，不满意一幅头上顶着东西的女人的画。还说，大

① 战争时期由于物资紧缺，国家统一的男性服装。
② 点心店。
③ 1943 年 2 月到 1946 年 1 月使用的名字，1946 年 1 月后又改回《Sunday 每日》。

和民族没有这样的风俗。真是的，这可是女叫贩的画。我告诉他这是京都女叫贩的画之后，他嘟囔了一会儿就回去了。"

我笑了一下，然后一本正经地说："真讨厌这样的社会，做任何事情都要看别人脸色。"

"而且，大家的脸色越变越差。"米田打断我说，"不是开玩笑，我真的觉得很恐怖。"

确实如此。但是我不知道，我的认真传达给了米田多少。

坐在风月堂窗边的位子，我们都点了咖啡。据说现在出现了大量的咖啡替代品。风月堂的咖啡还算正宗。

"据说爪哇岛的咖啡很好喝？"

米田点了支烟。我也从米田的烟盒里拿出一支，他帮我点上火。

"对啊，有种猫屎咖啡，取材于印度尼西亚麝香猫的粪便，是最高级最好喝的。"

"粪便，不脏吗？"

"不脏啊。咖啡果实是麝香猫的食物，但是种子不消化，所以会被排泄出来。把粪便收集起来，洗干净了再烘培。很高级，很好喝。"

当我情不自禁地叹气时，才发现米田在聚精会神地看着我。好像有什么问题要问我。这时候，女服务员端着咖啡走来，有点害羞地说："不好意思，请问您是林老师吗？"

我点点头，她马上拿出小本子。

"能不能给我签个名呢？"

米田很细心，马上把他的百利金笔借给我，我在签名的旁边写了一行字，"韶光短暂，唯有苦痛多"。

女服务员不停地道谢，周围的客人同时望向我们。还能听到他们窃窃私语着"林芙美子"。我不理睬别人的目光，尽情地吐出一口烟，他们看到后，有点吃惊地面面相觑。可能在这些来银座的女人眼里，我就是个态度傲慢的暴发户女作家吧。

"芙美子，在爪哇岛过得怎么样啊？"

"发生了很多事情，有开心的也有不开心的。"

听到我爽快的回答，米田露出一副忧郁的神情。

"不如把在爪哇岛发生的事情回忆出来写成小说怎么样？男性小说家都这么做。"

"写成小说，每日新闻帮我连载？"我装作开玩笑地问。

米田马上脸色一沉。

"哎，你是知道的，公司的决定，一律不刊登芙美子女士的作品。"

"知道知道，公司上下一致的决定嘛。"

说着说着，我想起了那桩气事。

可能是察觉到了我的不悦，米田换了话题。

"女性的和服，还真是漂亮啊。这是南方的布料嘛，叫什么名字？"

米田的视线略过我的胸口，停在翡翠的腰间装饰上。像是看着一件充满回忆的旧物。

"是大正更纱。"

我低下头，看着绛红色和绛紫色植物染出的美丽花纹。

"是从爪哇岛买来的吗？"

我马上嘲笑了米田的无知。

"怎么可能？这是日本产的。而且这次出差根本就不可能带什么特产回来。"

话虽如此，听说同样被强制出征的久生十兰[①]他们，用朝日的飞机把爪哇岛的特产、给妻子买的衣服等寄回了家中。久生受的是海军委任，所以比我们陆军部队要自由多了。但也许，只要想，我也能做到吧。那时候，我毫无防备地陷在谦太郎设下的圈套中，失去了最后一丝力量。这份伤痛不仅没有痊愈，反而在不断沸腾，灼伤我的心灵。在我发呆之际，米田感叹地说：

"话说回来，芙美子，你还真敢这么穿出来啊。不愧是女作家，性情就是不一样。"

我歪头表示不解这句赞扬话。

"有那么花哨吗？"

"你刚从南方回来，可能不记得了。国家可是管制得越来越厉害了。你的这身打扮有可能会因为太过华丽而被批判，要小心哦。"

米田冷笑着。我如梦初醒地环顾四周。的确，风月堂的客人们，无论男女都穿得一样朴素。男人穿着国民服、戴着军帽。女人穿着单色的和服配上裤子，或是洋装。只有我一个人穿着带花纹的和服，而且态度轻浮。刚才，看到我吞云吐雾而面面相觑的女人

---

① 小说家。

们，一定也看不惯我的这身和服吧。

"要穿得寒碜哦，我也把丝绸裤子穿起来好了。"我愤怒地说了这句气话。

米田低下头，不让别人发现他在笑。

"搞什么嘛，米田。都是你约我见面，我才打扮了一下出来。"

见我半开玩笑地发起牢骚，米田像是要揭晓谜底一般向前探出身子。

"其实，那是太平洋战争爆发前，昭和十五年时候的事情。对于奢侈品的管制一下子变得很严，你还记得吧？不是刚刚说的女叫贩的事，另外有一件，上头让我们自慎自戒的事，可是我们报社完全不明白应该怎么做才好。于是想到，干脆请教一下陆军新闻部吧。我很讨厌那样，觉得没必要对陆军新闻部的人低声下气。但是由于实在没有办法，只好宴请新闻部的人到星冈茶寮①，洗耳恭听他们的高见。"

米田好像突然回忆起什么不好的事，嘴角抽动了几下。

"当时 S 啦 M 啦也在场。"

米田耸了耸肩膀，尺寸偏大的国民服耷拉下的衣肩跟着一起抖了抖。不说真名，是因为真的怕得罪他们。

"对了，那个 S 中校自豪地说，曾经也有过悲惨的经历，不过现在可以掌控一切了。听着真不爽。"

"悲惨的经历指的是什么？"

---

① 著名日式料理店。

"应该是指没当上军队核心人物的那段时期吧。现在他可真夜郎自大。"

米田露出轻蔑的表情，想到什么就说什么。我就是喜欢他这个性格。他做事情虽然算不上积极，但是却能很好地抓住事物的本质。我在心里默默地表扬他，真是个名副其实的记者。然而突然又想起谦太郎，一下子感到钻心般的痛。谦太郎和米田一样，也是每日新闻的记者。但是，每日新闻社上下一致决定，不再刊登我的稿子。

多么扭曲的命运啊。米田不顾思绪飘到十万八千里开外的我，低声继续说：

"S中校告诉我们，曾经颁布过一则通知，请慎重烫发。理发师们眼看就要失业了，一边哭一边跑来。于是，新闻部请来了理发师们，拿出一些照片，指着照片告诉他们，这样的可以，那样的不行。所有人拼命地记着笔记然后回去了。我听了这个故事，惊讶得目瞪口呆，所谓的合格发型根本就没有一个标准。完全是S中校的个人喜好。真卑鄙！"

"这么看来，我的发型肯定不合格。"

我摸了摸烫过的头发。回国前一个月，我在棉兰的理发店烫的。涂满药水之后，再用细细的卷发棒卷得紧紧的。这样就烫出了满满一头的小卷发。陆军新闻部的S中校一定不会让这样的发型合格。而且今天是雨天，头发卷得比平时更厉害。我用手指摆弄起卷卷的头发。

米田看了一眼我的头发，然后移开视线。

"芙美子，这个社会到底是怎么了？"

"自从太平洋战争爆发后，社会一下子变得很糟糕。"

日本绝对不可能战胜欧美列强。我把这句话咽了下去，在心里反复回味。日本占领了南方后，人们欢欣雀跃。然而，我永远忘不了在爪哇岛看到的荷兰人锐利的眼神。那个眼神好像在说，日本接下去还能胜利多久？我不禁叹了口气沉默了起来。话说回来，我真怀念爪哇岛浓郁的夜色。

突然想起东京日日和大阪每日合并为每日新闻的事，于是问米田要张名片。

"对了，你们报社的名字改了吧。给我一张新名片。"

米田给了我一张粗糙的薄纸印刷出的名片。上面写着，"每日新闻大阪总公司　出版部　米田源助"。我近视，所以把名片贴近了仔细看。然后装作无心地问了一句：

"久米先生还在吗？"

"不在了，他现在是日本文学报国会^①的常任理事。爬得很高哦。"米田低声说。

"文学报国会啊，怎么不来邀请我做个理事什么的。"

"不可能请你的。"

米田苦笑了一番。我很清楚，自己在文坛中的名声有多差。每日新闻决定不刊登我的任何作品，就是因为我与合并前的东京日日的文艺部长久米正雄有过争执。

---

① 1942 年设立的文学团体。

　　久米正雄是写大众小说的作家。曾经拜在夏目漱石门下，所以非常向往纯文学。听说他爱上了漱石的女儿笔子，因为擅自散布他们要结婚的谣言而被甩了。后来因嫉妒笔子的丈夫松冈让，便在文坛上孤立他。久米还曾因玩花纸牌①而被抓过，这个人无非就是个行为轻率喜欢在社会上引起骚动的作家。但是他自己经营出版社，还和很会做生意的菊池宽②关系甚为密切，不知不觉中就成为了大众小说界的名人。

　　我和久米不和已经有一段时间了，米田是久米担任文艺部长的东京日日的姐妹报刊——大阪每日新闻的记者，谦太郎也是每日新闻的记者。世界这么小，真让人啼笑皆非。

　　"芙美子，你在笑什么？"米田奇怪地问我。

　　我耸耸肩。

　　"我想起，他发现我们两个见面之后，曾经对你说了很多难听的话。"

　　米田马上皱起了眉头。

　　"久米先生啊，的确有过哦。平时他人还蛮好的，那次真的吓死我了。"

　　昭和十四年，得知我和米田一起在大阪吃饭后，久米骂道："林芙美子以为自己只要像米田这副德行般道歉就能不了了之吗？"

　　米田露出一副痛苦的表情。

――――――――――

① 日本传统的纸牌游戏，卡面是花朵。
② 小说家，记者。

"确实是怎么道歉也无济于事，但是也不至于说我是'这副德行'吧。"

原来，久米当时那么恨我。而且，合并之后的每日新闻对我继续保持这种态度。和久米关系较亲密的作家们，也一如既往地嘲笑我："林芙美子是个为了出名，什么都肯做的女人。"

2

一想起这件事就生气。但是如果我不把事实写出来的话，将来给自己留下的可能只是坏名声。我觉得应该把第一次和久米发生冲突的经过，写在这里。那是昭和十三年，随军出征汉口的时候。

现在是昭和十八年，作家、电影导演、画家，都要被强制派去南方或是"满洲"。但我作为"笔部队①"的一员去汉口的时候，还没有实行强制性，大家都是作为出版社或是报社的特派员去的。当时，军队征用作家上前线，还没那么明目张胆。

劝我进入"笔部队"的人，是菊池宽。

昭和十三年八月二十三日，菊池宽响应内阁情报部的请求，召集了十一位文学家。参加的成员有：尾崎士郎、片冈铁兵、北村小

---

① 侵华战争时，由从军作家组成。

松、久米正雄、小岛政二郎、佐藤春夫、白井乔二、丹羽文雄、横光利一、吉川英治、吉屋信子。情报部想让二十名左右的作家去前线考察，并告诉他们，写不写是你的自由。几乎所有的作家都答应了，只有横光利一没有给出明确回应。于是菊池宽向另外十一个作家发起了号召：川口松太郎、浅野晃、岸田国士、深田久弥、佐藤惣之助、富泽有为男、杉山平助、浜本浩、泷井孝作、中谷孝雄，还有我——林芙美子。

"林女士，我认为想要把战况传达给老百姓的话，还是大众小说家比较合适。纯文学作家一会儿这样一会儿那样太麻烦了，而且也不能抓住老百姓的心。所以我认为，你一定要去前线考察。"

我二话不说地点头赞同。因为前年（昭和十二年），我在南京的采访得到了广泛好评。是作为每日新闻的特派员发的稿子。全靠当时火野苇平①的《麦子与士兵》的成功，海陆两军都认可了小说的力量，所以决定要多加利用。

但同时，据菊池宽所说，石川达三的《活着的士兵》也是原因之一。石川达三的《活着的士兵》由于描述了军队的残酷暴行，所以因为"扰乱国家的安全"，而被起诉为违反新闻法。《中央公论》杂志刊登后当即被废刊，石川达三也被判有罪。

前年，召集了许多作家，想借笔头力量的军事当局，开始畏惧起了笔头力量。我现在才知道，当初劝我参加是为了强化管理。我的好朋友当时告诉我："对军队而言，死几个作家根本不在乎，你

---

① 军旅作家。

一定要小心。"

　　然而，我却很焦急，因为我有一个强烈的愿望。一定要超越石川达三的《活着的士兵》，一定要超越自己去年的《从军记》，远离石川达三的厌世情绪，写出更贴近战士的东西。我真是个好强的笨蛋，根本不明白战争的本质是什么。卑劣、残暴、愚蠢，战争能把人类的恶性全部激发出来。在这方面，石川达三是正确的。

　　之后，菊池宽组建了海军组，久米正雄组建了陆军组，"笔部队"就这样成立了。在这时，发生了一件让我大吃一惊的事，竟然传出每日新闻与吉屋信子签合同的消息。我还以为和前年一样，每日新闻会和我签合同。我感觉自己被狠狠地背叛了。

　　吉屋信子和久米正雄的关系很好，她受久米之托，在每日新闻系列报刊连载的《良人的贞操》，成为了畅销书。话虽如此，不顾有前年的合作在先，一声招呼都不和我打，难道不是违背信义的做法吗？为此我非常生气。而且，我一厢情愿地以为每日新闻会来找我签合同，所以没有和其他任何一个地方签。虽说组建"笔部队"是政府的要求，但必须是隶属于出版社或报社的作家才可以参加。没有签合同的话，根本不可能。

　　那个时候，《Sunday 每日》（当时还叫 Sunday）和《周刊朝日》都向我约稿，是五十页左右的新年号卷首小说。得知我还没有和报社签合同之后，朝日新闻主动向我提出，要不要做他们的特派员，我打算等到最后一刻。成为东京日日文艺部长的久米，是打算捧红吉屋信子而让我颜面无存吗？还是什么情况都不对我说，光想要给《Sunday 每日》的稿子？我暗下决心，只把新年号的稿子给真正需要我的报社。当然，《Sunday 每日》也看出了我的计划，不停地向我确认，到底会不会给他们稿子。虽然很犹豫，但我还是告诉他们"一定会给"。

马上就要到出发去汉口的日子了，但是每日新闻依旧没有来找我签合同。苦苦等了这么久之后，我终于决定成为朝日新闻的特派员，并把稿子给了《周刊朝日》。

《Sunday 每日》的编辑，试探性地询问道："我去哪里拿您的稿子呢？"

"来东京站①吧。"

陆军组从福冈坐飞机出发。所以我要由东京站出发去福冈。在东京站，我向前来拿稿子的《Sunday 每日》的编辑道了歉。

"对不起，等一会儿我在火车里写，请到大阪站来拿。"

因为我什么都没写，我一个字也写不出来。我实在无法认同他们的做法。明明不想和我签合同，为什么系列周刊上要用我的稿子？

但是，到大阪的车上有八个小时时间，我必须写。这关系到我作为作家的命运。于是，我听天由命般地拿出稿纸。但是只要想到，《Sunday 每日》像是为了测试我对他们的忠诚度才向我约的稿，就怒不可遏。

在车里，我几乎都是呆呆地坐着。其他的男作家，似乎是在回避唯一的女性，又或是因为怕烟味，都挤到隔壁车厢里聊得不可开

---

① 巴士、地铁、火车的中转大站。

交。渐渐地我开始自暴自弃了起来。哎，随便怎么样吧，为什么我要如此地焦虑不安、思前想后呢？

现在，我和文艺部长久米坐在同一列火车里，但是他却不来问我稿子有没有写好，也没有向我道歉。关于没找我做特派员的事，他只是装作一副不知情的样子，在隔壁车厢与陆军军官们高谈阔论。

在火车中大家高昂激动的情绪包围下，即使我有心为《Sunday 每日》写稿子，也无法静下心来思考小说的情节吧。

大家在出发之前热热闹闹地参拜了明治神宫，在东京站还有许多人送行。我们这一行文人，在人们的欢呼声中发着呆。所有人都热情不减，情绪高昂。换句话说，大家就像乘上了无人能挡的飞驰着的火车——富士号特快火车一样。

陆军组比海军组多六个人，一共有十四名作家参加。成员有浅野晃、尾崎士郎、片冈铁兵、川口松太郎、岸田国士、佐藤惣之助、白井乔二、泷井孝作、富泽有为男、中谷孝雄、丹羽文雄、深田久弥和唯一的女性——我。还有陆军组"笔部队"的组长——久米正雄。

顺带一提，海军组以文艺春秋^① 的社长菊池宽为首，成员分别有：北村小松、小岛政二郎、佐藤春夫、杉山平助、浜本浩、吉川英治、吉屋信子。他们从羽田机场出发。

久米一定接到了《Sunday 每日》关于我的详细报告。但是他只是在饯别会上和我打了一声招呼，之后就连看也不看我一眼了。自

---

① 文学杂志。

己让吉屋信子当上特派员，导致了我和《Sunday 每日》的不愉快，在火车里却只知道陪别人聊天、喝酒，根本不想接近我。所以，我失去了向每日新闻解释自己绝不是故意食言的机会。

火车在下午五点不到的时候，驶入了沼津站，发出一阵巨大的，像是扩大了无数倍的虫子拍动翅膀的声响。我吃了一惊，马上站起身，发现车站里密密麻麻地站满了人，他们一同挥着日本的国旗，反复地喊着，万岁，万岁。我被这景象感动了，于是不停地挥手，挥得手都快断了，以此来回应大家的热情。火车也慢慢地停在了车站里。

在人群最前方，有几位女性拿着用好几张图画纸拼成的横幅，上面写着大字。

"吉屋信子老师，请替我们精忠报国！上不了战场的我们一直为您祈祷。——您狂热的读者。"

吉屋信子在海军组，所以没有乘坐这列富士号火车。而且，我们出发的日期也不同。但是，军队的消息不能轻易外露，所以一般市民不得而知。可能误以为这辆就是吉屋信子乘坐的火车而赶来的吧。

那几位女性在拼命地寻找吉屋信子的身影，视线投向慢慢驶出站台的火车车窗，左顾右盼着急地眺望着。一个个都那么认真，真是一群可怜虫。

突然，我感到背后有一道视线，于是回了头。在背后向我投来目光的是久米，他的脸上露出胜利的微笑，好像在说："怎么样，吉屋信子比较受欢迎吧！"我瞬间壮了胆子，觉得和每日新闻的关系已经无所谓了，现在只想回应他的挑衅。

也许，我想接着前年继续做每日新闻特派员的原因，是想加强和记者斋藤谦太郎的联系。谦太郎当时在文艺部，所以和久米的关系很亲密。他甚至和久米还有几个女作家一起去泡过温泉，让我嫉妒不已。我认识谦太郎，和他的关系变得密切，是在随军去南京之前。所以，每日新闻没有找我签合同，使我感到非常难过。而且难过的理由根本无法向人言及。

事先没有人告诉我这次行程的安排。富士号特快火车将在第二天早上九点半到达下关①，然后乘坐连接九州和本州的船到达门司港。接着换乘鹿儿岛本线，在福冈睡一晚。第一批阵容将会于隔日早晨从福冈坐陆军飞机前往上海。我被安排在了第一批。

火车驶离沼津站，速度越来越快。左手边能看见昏暗的海洋。下一站是静冈。我发着呆，精疲力竭地坐在了位子上。

"林女士，您累吗？"

丹羽文雄特地过来与我搭话。其他的作家，都穿着国民服，脚上绑着绑腿带。只有丹羽不同，他身着棕色西装，戴着顶礼帽，一派绅士风度。裤子的背带是土黄色的，没有比他更会打扮的人了。作家不是军人，带着这种强烈的骄傲，感觉很良好。要是说起这里唯一的女性——我，今天穿的是朴素的灰色西装。

"没事，不累。"

我们马上谈起了中国的战况，据说丹羽是作为中央公论社的特

---

① 日本本岛南端靠近九州岛的沿海城市。

派员来的。

"林女士，你是每日新闻的特派员吧？"

丹羽这么问起。我答道："是朝日新闻。"他显出吃惊的样子。

"我一直以为林女士和每日新闻的关系较好。"

丹羽一边说，一边望向正在车厢里与陆军军官喝酒的久米。我暗暗地想，从他的表情来看，可能他也不太喜欢久米。久米的那股疯样实属异常。虽说和其他作家一样都穿着国民服，但他还带着一顶头盔，上面装饰着画有日本国旗的扇子。

"不管怎么样，我们是文人，一定要写出些好作品才行。"

"我也是这么想的。"

我看着车窗上映出的自己的脸庞，像发誓似的赞同道。在战场上要战胜懦弱，发现迄今为止从未注意到的细节，将其写成最好的作品。我在心里想，只有这么做，才能在这场与每日新闻的战斗里取得胜利。但是，映在车窗上的自己，是那种带有渴望的孤寂表情，好像渐渐地要消失于车窗外面的漆黑世界里。

"我打算去一些没人去过的内陆地带。"想着想着，我便鼓起勇气说了这么一句。丹羽有些吃惊地看着我。

"一个女人竟然要去那种地方？适可而止才是上策，活着看清楚这个世界也是作家的责任。"

"可是，这是一个千载难逢的好机会呀。"

"无须着急，请千万不要勉强。"

为什么我觉得，丹羽的脸上露出了像是在可怜我的表情呢。可能他发现，我和吉屋信子之间，被煽动起了同样作为女作家的敌对情绪。

不久之前，有不少让作家们互相竞争文坛名人的地位，而从中取乐的企划。读卖新闻买完新型飞机之后，开展了一个"飞行接力"的活动。每日新闻则有一个"国立公园抬神轿①"比赛。我担任由女作家组成的"西军组②"的关键位置，一路上跑得可够呛。当时我想，和现在比比，抬神轿时候的日子过得真自在。而现在，正值太平洋战争开战之际，即使是回想那段随军出征汉口的日子，也觉得安逸。

在火车上睡了一晚，第二天的上午九点半到达了下关。深夜时分经过了大阪。《Sunday 每日》的编辑说不定来过了，但是我看也没有看站台。在下关站的站台上，有人举着"笔部队必胜"的牌子。久米看到后心满意足地对他们挥了挥画有日本国旗的扇子。

在下关站，当然不会有《Sunday 每日》的编辑的身影。他一定是放弃了吧。或许一开始就知道我根本没有心思写，只是逼逼我而已。一想到这里，我心里不免又升起一股厌恶之情。

从那以后，我再也没有听到过关于《Sunday 每日》编辑部的任何情况。如果久米向我提意见的话，我打算坦诚地向他道歉，自己并不是故意食言。但是久米继续不理我。我觉得他有些可怕，所以也不主动靠近他。每日新闻仿佛打算从此忽视我这个作家，我又倏然涌起想要报复他们的念头，怎么也无法平息。

---

① 日本传统活动。
② 比赛分为两组，东军组和西军组。

久米这种令人厌恶的性格，肯定会在暗中说我坏话：林芙美子明明答应我们一定会写稿子，其实她根本无心写，撒这么大的谎，完全是因为嫉妒吉屋信子。林芙美子是一个想要排挤掉同样作为女作家的竞争对手、自己飞黄腾达的狡猾女人。

但是，我与吉屋信子之间，完全没有个人恩怨。吉屋信子是我还在读女子学校时候的偶像，我比任何人都更尊敬靠文笔生活的女性，觉得她们既伟大又优秀。能够和吉屋信子作为"笔部队"阵容中仅有的两位女性，是我在少女时代所无法想象的事情，已经算很有出息了。为什么社会要逼我改变心意呢。

虽然这么说，但是我从来没有觉得吉屋信子的畅销书《良人的贞操》是一部写得很好的小说。要说艺术性的话，我自认为还是我比较高。有一段时间，别人拿我们作比较，让我感到很痛苦。一定是我那高高在上的姿态，惹到久米、吉屋、菊池了。不，应该说是惹到了被称为大众作家的文人们。不过，我是天生的诗人。我只要一见到辞藻华美的咏叹调①，就犯恶心。

久米创造了不同于大众文学的"纯文学"与"微苦笑"这两个词。由于自己是艺术性较低的大众文学作家，所以怀有一种根深蒂固的自卑感吧。所以，才和少女文学作家吉屋信子交往亲密。而特别讨厌自小贫穷、过着乞丐般的生活、写出《流浪记》的我那种傲慢的姿态吧。

"男人最怕你这种能说会道、以为什么都难不倒自己的女人。"

---

① 歌曲。

　　我突然想起谦太郎的这句话，一颗心不断地往下沉。当我说起巴黎的事情，对于也去过伦敦出差的谦太郎来说，我是在炫耀去过欧洲这件事。也许谦太郎心底里一直就看不起出身贫贱的我。把穷日子写成书而出名的我，一直为那些偏见所折磨。偏偏爱上带有这种偏见的男人，我这个女人真是无可救药的大笨蛋。而且一有什么事马上吵架，吵完了之后便痛哭流涕，明明知道自己的脾气，却总是忍不住不吵架。

　　而且，还有一件起决定性作用、让我和久米正雄永远无法言和的事。并非《Sunday 每日》的那件事，而是全国人民都知道的、我作为"第一批随军赴汉口"成员的这件事。

　　我是作为陆军组的第一批阵容去上海的。到的那天是九月十三日，久米也在。作家们和陆军的负责人道别，各自展开行动，去上海的报社、出版社等等。

　　九月十九日，我终于决定去前线附近。首先，要去兵站基地的九江。我一个人从上海往南京，坐上了去九江的船。船的名字叫"小松丸"，船底有被征用的三百匹军马。而且，石川达三一个人横躺在船上。石川见到我，马上亲切地向我挥手。

　　二十三日早晨，我们到了九江。在九江，与海军组的作家们久别重逢。我在中央银行的食堂见到了吉屋信子，彼此间没有说话，只是看着对方的脸点了点头。久米听说有许多中国士兵的尸体，所以特地去看了。我看着那些嘲笑中国饭馆、炫耀见过中国战俘的作家，不由得感到空虚无奈。上战场并不是游山玩水。士兵们赌上性命地战斗，而你们却在安全的环境里作壁上观吗？

也许在我心里回荡的是对那些背地里看不起我的作家的仇恨。如果不是经历过真正的谷底，是写不出地狱般的生活的。这些人自认为是文人就摆出一副臭架子。看到这些，我内心的写作欲望正在蠢蠢欲动。我当然知道军队的规矩，火野苇平被军队封杀的理由如下：

"不准写日军战败。不准写战争的黑暗面。必须把敌人写得可恶下流。不准写战争的全貌。不准写部队的编制与部队的名称。不准写军人的个人情况。分队长以下的士兵随便怎么写，但是以上的士兵必须写得英勇神武。"

即使是钻空子，也想看，也想写。如果禁止我写的话，就用这双眼睛牢牢记住。虽然我作为一介女流，但是无论如何也想亲眼看看战争。

所以我的焦躁感越来越强烈。但是"笔部队"的作家们，有一些爱去酒馆玩，有一些光有一颗忧国的心，有一些喜欢摆弄古董，又有一些是爱吃中国菜的美食家。真让人怒不可遏。和他们出身迥然不同的我，想要亲眼目睹真正的战争，并把这些情况传达给没有参战的老百姓。像我这种从最底层的生活爬上来、被嘲笑为"乞丐作家"的人，如果不写出真实的战况，是无法传达给别人的。

正是这种迫切的愿望，使我赶赴前线。但同时，这种愿望也让我被看作是一个"成名心切"的人。但是我完全没有想到这一层危险。即使我想到，也不会半途而废。

九月二十六日，日军展开了对最大的军事要地——田家镇、马头镇的围攻。战况对日军十分有利，汉口的沦陷只是时间的问题。

我从九江开始，就苦于肚子痛、腹泻。眼看自己的身体状况越来越差，我闷闷不乐地决定先回南京调整好身体再说。

九月二十九日，乘船由扬子江而下，十月一日早晨回到了南京。结果在南京逗留了两个星期之久。

身体一好，我马上又产生了想去前线，从缝隙中窥视战争的想法。坐船耗时间，也耗体力，不如搭开往九江的海军运输机去。战局眼看就要发生变化，没有时间慢悠悠地坐船了。多次去拜托海军，可是每次飞机都坐满，怎么也等不到机会。

但是，从后方看见过战争的"笔部队"成员们，和我相反，都一个个逃回国了。我听朝日新闻分局的人说，海军组除了菊池宽外，全部于十月十一日回到了神户。

十月十五日，我乘坐道格拉斯运输机，只花了两个小时便到了九江。如果坐船的话起码要三天。从飞机上看到的，是广袤无垠的湖沼地带。我从未见过这样的景色。战争带来的激昂情绪是无法替代的，我的心里像是在打着鼓。真危险，我出了一身急汗，不断责问自己，到底想知道的是什么。但是，危险的战争正在侵蚀着我的心灵，不管发生什么事我都要前进、都要看到些什么，这样的决心日益增强。

十六日不见的九江，吹着寒冷的秋风。才离开这么一点点时间，景致已经转换为晚秋的成熟。这种成熟间，也带着即将要变为灰色冬天的危险。我紧张得全身发抖，根本没空伤春悲秋。

还不见久米回国，听说他住在增田屋旅馆。我没有去见他。久米一定是坐地等待汉口沦陷。但是，我不想这么等下去。

别人一定称我的想法为"野心"吧。但是，如果没有"文学野心"的话，是没有资格写文章的。正是"文学野心"作祟，让我想要看清战争的真实状况。

所以，此时的我根本没有想过，要比任何人都先出发，超越陆军组组长——久米，让他颜面无存。能不能去前线、去了之后又能不能活着回来，这些都是未知数。

这时，朝日新闻特派员——渡边正男出现在我面前。渡边的下巴有棱有角，看上去是个意志坚定的男人。他戴着一副黑框眼镜，注视着我的眼睛说："林女士，你是怎么打算的？"

"去可能的最远范围，尽可能靠近前线。"

"这样啊，我可不想去可能的最远范围。"渡边看着我的眼睛，断然说道，"如果您想去可能的最远范围的话，还是等稍微安全一点的时候，再去吧。我打算去不能去的地方，比任何人都要迅速地把自己双眼看到的东西，以第一手资讯发出去。如果做不到的话，就丧失了来这里的意义。我们朝日新闻一直是报纸业的第二位，排在每日新闻后面。所以，这次朝日随军出征汉口，关系到公司的命运。我们一共来了四百个人。文字记者、摄影记者、电影组、航空人员、无线电工程师、信鸽负责人、后勤、总务、司机、通讯员。由于缺少无线电通讯员，所以临时雇佣了渔业无线电相关人员。对于这次报道，我们公司可是使出了浑身解数。林女士，我知道您去年是每日新闻的特派员。每日今年没有选您，而是让吉屋信子做特派员，您不觉得气愤懊恼吗？如果是的话，那么您和我们一样，这次出征也关系到您作为作家的命运。让我们一起努力，一起打先锋吧！我十分感激您能成为我们报纸的特派员，谢谢!"

渡边的这番话，让我瞬间明白了，我的懊恼和朝日新闻的焦虑是一样的。在报纸行业的战争中，作家们也担负着责任。

渡边开着一辆"亚洲号"无线电卡车，跟随着北岸部队。从九江到武穴，到达广济的时候，渡边露出紧张的表情说：

"林女士，明天早上，就从广济出发去汉口。明天起会穿梭于激烈的战斗中，我已经做好准备了。如果您愿意和我一起去的话，我会负责您的安危。"

终于要前往战地。作为一介女流，我是不是真的能去？经过一瞬间的犹豫之后，我被"我会负责您的安危"这句话所打动。我抬起头，透过眼镜，注视着渡边的眼睛。

"渡边先生，请带我去汉口，我的命就交给你了。我也做好准备了，所以请带我去。"

我们握住彼此的手，有一种心灵相通的感觉。和朝日新闻同患难共生死，就意味着要让每日新闻的代表人——久米正雄颜面扫地。再重申一次，其实当时的我根本没有这么想过。我只是想去一个从未去过的地方，把从未见过的事物写下来，仅此而已。过了很久我才发现，那种无处安放的急切想法，或许是自小与母亲一同叫卖时，因流浪成性而造成的。

十月二十二日，无线电卡车还在路上。突然，有人在身边问我："林女士，如果发生意外的话怎么办？"

"请杀了我，继续前进。"我立刻回答道。

我不怕死，只要下定决心，文字就不断地涌出来。就像在做

实地观察记录一样，我随身带着笔记本，用它将文字一点一点地写
出来。

空洞的人生
身披紫袍
手持金酒杯
看人世无常
无常得像在梳理秋季的头发

现在只剩广漠的悲哀
喝着泡沫
像是矶边的螃蟹
喝着泡沫
在海滨想着山峰
在山峰上画出帆船
沉溺于孤单的游戏
还会快乐吗

在悲哀中捞起快乐
在自己的岁月里撒上盐

我做了一首这样的诗，没想到自己的写作欲望高得惊人。文字
像是急不可待般一个个地产生，在体内伺机破壳而出。它们快要从

我体内溢出来了，它们在不断地喊道，快说出来，快写下来。这是我有生以来第一次有这样的感觉。做好死亡准备的人，一定都是这样的吧。我上了战场，才明白语言是生存的证据。以前我一直很奇怪，生活在最底层，为什么能写出这样的文字呢。或许只有当生命受到威胁时，文字才会接二连三地产生，它们不断地对我说，活下去，活下去。

我越来越蔑视那些身在安全的场所，却像是亲眼见过战争的作家。但是渐渐地，我忘记了蔑视，别人怎么样都与我无关。只要看到自己想看的东西，写出自己想写的东西就好。我在《北岸部队》中这么写道：

"我已经没有任何奢望，从零出发的我，终将回归为零。我只想前进，无论前方有任何阻碍。"

十月二十七日，我进入汉口。朝日新闻大肆宣传"第一批随军赴汉口"的事。我并不是作为女作家的第一人，而是作为作家的第一人。久米一定是因为被别人嘲笑为懦弱之徒，而后悔得咬牙切齿吧。但是，每日新闻一定还怀恨我放《Sunday 每日》鸽子的事。所以民间流传甚广的版本是，林芙美子因为没被每日委任为特派员，所以怀恨在心，故意拖欠稿子直接去中国，超越久米成为"赴汉口"的第一位作家，她就是这么一个狡猾的女人。

绝对不允许拜托林芙美子任何工作。每日新闻的这项决定，持续了五年之久。另一方面，我与朝日新闻的关系越来越亲密，有敌人就有朋友，的确是这样。但是作家们还是喋喋不休地讲着我的坏话，我的心情不免渐渐沉重了起来。

3

"芙美子，你在发什么呆？"

米田的声音将我拉回现实。

"想起了许多往事。"

或许，和我的会面也给米田带来了危害。正当我沉默着，米田突然想起了什么，一下子提高了嗓音。

"对了，我差点忘记了这次见你的主要目的。有一件事情要告诉你。"

我立刻探出身子。由于担心会被窃听，所以重要的事情一般都当面讲。说不定是谦太郎的事。我想知道关于他的一切消息，却又连他的名字也不想听到，这两种心情矛盾着。但是转瞬间，理性就被击垮了。我紧张地等待着即将从米田口中说出的消息。

"芙美子，你也乘过的那艘'小松丸'，在五天之前沉没了。"

这是我怎么也想不到的事情，突然眼眶就湿了。米田慌张地补充了一句：

"因为是军事机密，所以请千万不要跟别人说。在那以后，'小松丸'继续被当作货运船使用着，十一日在帕劳共和国海上沉没。"

仿佛得知朋友过世般悲伤，我不顾旁人的视线，流下了眼泪。周围的客人看见我流泪的样子都很吃惊，背过脸去。战争中，每天都会出现死者。瓜达尔卡纳尔岛上传来撤退的消息后，大家虽然绝口不提，但是心里都明白，日本已经穷途末路了。米田可能是被我的眼泪吓到了，默默地看向窗外。

"船长呢？"

"还不知道，可能和船一起沉没了吧。"

米田有点难以启齿。我倏然想起船上一直飘着的动物臭味，是被征用的军马的味道。船和马一起被征用。它是我第一次从南京前往九江的时候坐的船。

回国之后我写的《北岸部队》一书中，由于触及了军事机密，"小松丸"被改为"某某丸"。只要想起"第一批随军赴汉口"的事，就觉得这是艘改变我命运的船，所以对我的打击十分大。

"真悲哀啊。"

我轻声说道，米田有点担心地看着我的脸。

"芙美子，你没事吧？脸色很不好哦。"

"没事。"

我喝光了杯子里剩下的变温的水。刚刚还问我要签名的女服务员这么快就对我失去了兴趣，走到了别的桌子旁边。米田喝了一口水，视线落在手边。我们的对话就这样结束了。接着我们听见后面一桌叽叽咕咕的说话声。

"听说马上就要实行配给制了。"

和他对话的女人声音很轻，我没听清楚。实行配给制啊，我想，要不要在庭院里种萝卜呢。

"啊，对了，还有一件事情。"米田重新开了口。我抬起头，他故意躲开我的视线快速说道，"斋藤当上了社会部的副部长。"

是谦太郎。他没有告诉过我。杳无音信。我低下了头。

"这是不是出人头地的意思？"

"算是吧。"

米田知道我和谦太郎的关系，于是摆出一副模棱两可的表情。

"该回去了。"

我不知缘由地想回家。

"芙美子，你不逃到乡下去吗？"

"不要住在东京比较好？"

米田点头，表示肯定。

"不知道今后会发生什么哦。"

竟然会变成这样。也就是说，我当初激情昂扬写下的《战线》也好，《北岸部队》也好，都和现在紧密地联系在一起。现在——这个任何事物都会销声匿迹的世界。物资和人命。

和米田道别后，我突然想购物，便在小雨中沿着银座来回走。但是，橱窗里几乎没有商品。因为加不到汽油，所以车子也很少。银座变成了一个如此清寂的地方啊。当我坐在"小松丸"上的时候，根本没想到战争会带来这样的结果。由于我的"野心"，看到了战争真实的一面，但是怎么也掌握不了未来。

"喂！现在可是非常时期！"穿着陆军制服的两个军人和我擦肩而过的时候对着我怒吼道。大概因为我穿着和服吧。我在随军出征汉口的时候，作了一首《我爱军人》的诗，现在想起来后悔得想哭。我用伞遮住脸，继续前行，心情低落。突然四下张望了一下，发现男人都穿着国民服，女人都穿着朴素的衣服。纽扣都扣得很高，好像穿着铠甲在宣告，绝不露出半点肌肤，也绝不展现自己的内心。啊——好厌恶这样的时代，我真想一边奔跑一边嘶吼。

我来银座的途中，没有注意到人们向我的和服投来责备、诧异的眼神。因为心里想着其他事，而顾及不到眼前吧。

不知不觉，我吐了一口气，既非苦笑也非叹息。我马上想起了久米正雄发明的词语——"微苦笑"，大概就是这个意思吧。真是个没有自由的社会。想出一个符合这个社会的词，是作家的小小能力。本来就弱小的心灵，被词语给五花大绑了之后变得更小，到底该怎么办才好。

"林芙美子一直都打着如意算盘，不仅是'第一批随军赴汉口'的时候，她的拿手好戏'捉泥鳅舞'，并不是因为大家央求，她才跳的。其实她原本就打算跳给大家看，你想，她不是一开始就说，自己带着红色围裙吗？当过服务员的乞丐作家，做出的事也那么不入流，只能被当做笑料。久米先生还真可怜啊。"

我曾经偶然听见，男作家和编辑们这样贬低、大声嘲笑我。

小腿上绑着绑腿带、用棕色的皮带缩紧国民服的腰身，是久米时髦的打扮。留着小胡子，戴着头盔，一副威严的样子。久米的残像和他对我的恶言攻击不断回荡在我脑中，怎么也挥之不去。

我在有乐町站坐上列车，把手支在窗台上，看着外面淅淅沥沥下着小雨的发黑的街道。路上完全没有私人轿车，只有很多自行车和两轮拖车，像是回到了几十年以前。有一位老人浑身湿透，拉着一辆空的大板车。简直和爪哇岛的风景一模一样，我的眼角不禁泛起热泪。我再也不可能去爪哇岛了。

而且，现在大家以怀旧的心情，挑战着艰苦朴素的生活。但是今后会变得怎么样，无人能知。虽说日本提出"大东亚共荣圈"这个概念，但是实际上打算和哪个国家一起"共荣"呢？说出这样的大话，最后由谁来收场？

"日本帮助印度尼西亚从荷兰的殖民统治中独立出来，满口说着'共荣'，实际上是想取代荷兰控制印度尼西亚。从亚洲各国抢夺资源，以实现日本的'独荣'。这么说可能有点过分，你也做了不少蠢事啊。当什么'第一批随军赴汉口'的作家，被官方戴起高帽子，还被朝日新闻推崇为鼓舞士气的领袖人物。"

这是在爪哇岛与谦太郎重逢时候他说的话。谦太郎作为每日新闻的特派员出访美国，坐第一批日美交换船回来后，虽说和我分开没多久，可是讲话已然像个陌生人。

"鼓舞士气的领袖人物"真是个过分的称呼。作为记者，谦太郎不是也代替军事当局，写了不少鼓舞士气的报道吗？那些报道大多是匿名，但是作家是报社的招牌，所以一定会公开名字。我后悔得紧咬颤抖的嘴唇，实际上，是开始害怕起这份出卖文字的工作了。但是，谦太郎、久米、菊池，他们不会颤抖吗？

心灵的伤口再一次裂开，展露出黑暗。在黑暗的深处，我对谦太郎的迷恋，像是烧得通红的炭火。谦太郎不仅否定了我的爱，甚至连我的工作也否定了。我痛苦地呻吟着。

突然，天空闪过一道光，是雨中的闪电。有一瞬间，我还以为是炸弹，所以身体条件反射般地躲开了。但是车厢内很安静，所有的人都保持不动。大家反而是被一个惊慌失措、穿戴艳丽的中年妇女给吓到了。

去年，发生了第一次空袭。受害情况并不是很严重。但是，我很害怕。好像天空马上要裂开，即将有很大的灾难要降临。或许，有一天东京也会化为一片废墟，到时候所有人都争先恐后地到处乱窜。

回国以后，我不断地想要恢复以往平静的生活，可怎么也忘不了那些恐怖的记忆。可能是和谦太郎突然性情大变有关吧，我有种说不出来的不安感，好像发生了什么无法挽回的事情。

我再一次想起米田的那句"'小松丸'，在五天之前沉没了"。我想把这个消息告诉石川达三，并听听他的想法。不知道石川现在在哪里……

我在"小松丸"船底的时候，多次吟诵着自己写的诗的最后两句"又怎样……我现在活着"。石川写的小说的书名也是《活着的士兵》。"活着"，是相对于"死亡"而言的。

当时，在"小松丸"上的我、石川、军人们、三百匹军马都活着。距今已经过了五年，"死亡"的是不是只有"小松丸"呢。不，不可能。多数军人和军马应该都"死亡"了。只要想到，当时那艘船上的生命，大部分都已经消失了，就感到无穷无尽的恐惧。所以，我特别想见见石川。

"石川先生，你真不容易啊，这样的判决太可惜了。"在小松丸船底的时候，我安慰石川道。

横躺在草席上睡觉的石川坐起身，轻轻一笑。石川的下巴线条粗旷，比一般人长，眼光锐利。讲话有一些东北口音。

"没办法，他们都是一群完全不懂文学的家伙。"石川好像完全不在乎被判有罪的样子，还低声问我，"林女士，你读过我的那本书了吗？"

我摇摇头。《中央公论》杂志刊登后当即被废刊，根本没法读。听说，内容写到日军在南京时候的残酷暴行。从南方回来之后，我只被安排去了一些军队事先选好的地方，去的时候完全被蒙在鼓里。

"我写的是真实的战争。人类什么事情都做得出来。残酷与高尚，两者并兼。把这些都写出来，才是真正的文学。"

"您说的一点也不错，石川先生。"我附和道。

其实我心中燃起了不一样的野心，不如我也把战争写得高尚点，但是世上根本就不可能存在什么高尚的战争。

"对了，林女士，你到了九江之后有什么打算？"石川问道。

"我想去前线，最接近战争的地方。"

石川露出惊讶的表情，但并没有厌恶的感觉。

"去干什么？"

"看，看完了写。"

"不要去，一个妇人很危险的。如果谁都救不了你的话，怎么办？你知道妇人在战场会吃怎样的苦吗？"

石川看上去很担心我。

"嗯，我已经做好准备了。"

"你为什么偏要这样……"

我低下头，依次看了看昏暗的四个角落。军人们蹲在那里。

"我也不知道，但我非常想看一看……"

石川认真地说："我很明白你的心情，所以我也不多说了，我们一起行动吧。至于你所看到的东西能否完整地传达给别人，这是别话。"

我当时的态度很狂傲。

"我是作家，和一般人的觉悟不同，我一定会完整地传达出去。"

石川点了点头。

"我知道了，那么我期待着林女士的作品。"

没有一丝讥讽。从那以后，石川不断地帮助我。在九江的时候，我们还一起去参观了大王庙。

我自认为《战线》《北岸部队》，都不是为了鼓舞士气而写的。因为我去观察的，并非是军队事先选择好的地方。

可是，作家总是被利用的。被编辑、被国家，他们会按照自己的喜好断章取义，把你辛辛苦苦写出来的文章改成自己想要的东西。而读到的人，只会坚信"断章取义之物"。无论作家如何抵抗，都没有用。石川所说的"完整"，应该就是这件事。

我所看、所感、所写的作品，如果会影响到这场战役的话，应该怎么写才好呢？我沉重的心里，又想起了谦太郎的那番话，这种感觉让我痛不欲生。

　　我喘着大气爬上了家门前的斜坡，和服腰带绑得太紧，呼吸也困难。一进厨房的偏门①，我马上松了松腰带。

　　"你回来了。"

　　突然从厨房的暗处出现的母亲，乍一看还以为是自己，和我真像。一看到母亲，才想起来忘记去鱼店了。

　　"对不起，忘记买鱼了。"

　　我在狭小的水泥地上，拿掉了木屐上的罩子。

　　"没关系，反正也没什么好鱼。"

　　母亲有点不开心。

　　"那你就别叫我去鱼店。"

　　我对母亲毫不客气。母亲耸耸肩。

　　"这不是顺便嘛。对了，绘马那姑娘还在画室里。"

　　"是吗？她在那里干吗？"

　　"绿敏要画画，她在给绿敏做模特。"

　　"我去骂她几句。"我开玩笑地说。

　　"为什么？"

　　"绘马让我穿这么华丽的衣服出门，结果在街上受到了军队的盘问。"我抖了抖伞上的水，回答道。

　　"是你自己笨呀。"

　　说完母亲便回自己房间去了。与此同时，女佣进来了。我把伞

――――――――――

① 日式房屋的厨房都有一个偏门。

交给她说："你去淘一下米，今天绘马在，所以烧五个人的饭。菜由我来做。"

总有一天米会吃完，我蹬着木屐来到别屋。那里是我的书房和丈夫的画室。

我从未想过会建自己的房子，至目前为止，我最喜欢、最迷恋的就是自己家。两年前建好的家，一到雨天，就会散发出沁人心脾的木头芳香。一片一片烤出来的瓦经过雨水的冲洗，发出亮丽的黑色。白色灰泥墙上映出庭院的红花绿草，美得令人窒息。

我陶醉地看着自己的家，刚才受银座寂寥气氛影响的郁闷心情也得到了缓解。我很能理解，为何住在我家后面的绘马一直喜欢来我家玩。别人一定会觉得很奇怪，被嘲笑为"乞丐作家"的我，竟然那么喜欢漂亮的事物，而且眼光又独到。

画室的门开着。可能是丈夫不想被误会自己和一个妙龄少女独处一室吧。在亲密无间的人面前，摆出完全不想被误会的态度，这种过于敏感的做法也是出于对他人的体贴顾虑。丈夫一定想不到我有这种想法。

绘马坐在藤椅上，专心地看着丈夫的相册。丈夫的性格很死板，他把自己拍的自家房子的照片，按照年代顺序编排，做成了一个相册。

正在收拾绘画工具的丈夫，注意到了我，便抬起头。

"你回来了，今天怎么样？"

"什么怎么样？"

丈夫苦笑了一下，感觉到了我心情不好。

"算了，没什么。"

"那你问什么问。"

我随便骂了他几句，站到绘马后面看起了相册。是一张昭和十五年上梁仪式的照片。

绘马向后仰起白皙的脖子微笑着说："阿姨，您回来啦。"

"绘马啊，你说穿更纱比较好，我今天可是被军队骂了一顿哦。"

绘马露出整齐的牙齿，摆出吃惊的表情。

"为什么啊？明明那么漂亮。"

丈夫继续默默地收拾着绘画工具，我站在他背后，注视着前方画架上的画。画里面是绘马的侧脸，让人联想到希腊女神。

"画得真美，不过要是我画的话，一定更美。"

丈夫已经习惯了我的这些俏皮话，所以沉默不语。绘马立刻站了起来，和我一起欣赏起画来。

"我很喜欢叔叔的画。"

丈夫高兴地笑了。绘马拉拉我的衣袖。

"阿姨，那个土耳其石的装饰物，能不能借我一个晚上呢？"

"可以是可以，你打算用来做什么？"

"我想看着美丽的东西入眠，我身边一样美丽的东西都没有。"

"你看着镜子不就好了。"

绘马似乎没有听懂我的这句玩笑。

如果把装饰物借给绘马，可能就拿不回来了。但是我也想不到任何拒绝的理由。我走向隔壁的书房，绘马轻手轻脚地跟进来。然后轻轻地在我耳边问道："阿姨，你是不是胖了，还是肚子里有宝宝了？"

"是胖了。"

我咬紧牙关地回答，马上解开腰带，深深吐了口气。说实话，我真佩服这个小丫头的观察力。

我确实是怀孕了，有生以来第一次怀孕。当我还处于怀疑阶段，就已经失去了打胎的机会。我曾经那么想要的一个孩子，现在就在我的肚子里。事到如今，我只好伪装起来，秘密地生下来。就像去南方的时候，乘上伪装成伤员船的运输船一样。

第二章　南冥

1

昭和十八年六月十八日

今天也和往常一样，从早上起便下着雨。在雨中，庭院的植物和后山的竹林显得更加青翠欲滴。我摸着肚子想，它们的生命力强得让人感到可怕。

怀孕。我以为这是永远不会和我有关的词。为什么这具身体到了四十岁，才怀上了新生命。

怀孕这件事总是要告诉母亲的，如果她不帮我一起收拾这个残局，那么生出来的孩子是很可怜的。无论如何也要瞒住丈夫这件事。孩子可怜的话，母亲也可怜，到底怎么办才好？

到了快要生的时候，我就去一个没有人认识我的地方生。找一家产院，然后想办法堵住产婆的嘴。竟然这么早就已经安排起来了，我为自己潸然泪下。

我是为了记录下在南方发生的事情，才写这本手记的。

我对自己的工作已经彻底丧失了信心，再也不想写小说。我觉得太累了，并非是怀孕带来的影响。

从南方回来之后，我觉得过去发生的一切，像关在抽屉里没有用的东西一样。比如广告纸，比如旧明信片，比如橡皮筋，这些毫无意义的东西。当时也许觉得很有意义，但是某一天会突然发现，原来都是些没用的东西。

没错，我的记忆全都变为了垃圾。勉强把它们扔进垃圾桶，不得不处理掉。所以，为了我将要降临于这个世界的孩子，一定要记录下我的记忆之所以变为垃圾的缘由。我和谦太郎之间的故事，和战争有着很大的关系。

差不多该写出征南方的故事了，不然无法说清楚到底发生了什么。总有一天我的孩子也会读到这份手记，为了那一天，母亲的责任是，留下文字。也就是说，战争使所有的记忆都变成了抽屉里的垃圾。

被陆军新闻部的人叫去，是在昭和十七年八月下旬的一天。

此前，我收到一封信，寄信人是陆军新闻部部长——谷萩那华雄。

信中这么写道："希望被选中的女作家们能够去南方出差，扩大一下见闻。关于去否，劳驾各位作家能亲自前来新闻部，当面回答。"信中盛气凌人的态度，好像在说，如果有胆子的话你就拒绝了试试看。

确实如同每日新闻的米田源助所说，陆军新闻部的人正沉醉于自己控制着整个社会的自豪感中，洋洋得意。从这封信中也能看得出一丝半点。

昭和十六年十二月八日，偷袭珍珠港成功后，日本全国欢欣鼓舞了起来。老百姓们大喊"打倒英美"，并坚信神国日本是不可能输的。正是这种势头，造就了如今陆军新闻部的高傲态度。

但是，读了谷萩的信之后，我的心情激动了起来。和以往的冲动类似，去哪里都可以，我只想亲眼看看陌生的土地。这种想法是我的流浪情绪在作祟。主要目的是想抛弃现在生活的地方，去一个新的地方重新来过。而且，我太想逃离这里了，逃离让人呼吸困难的狭窄日本。

昭和十五年，我写了"满洲"观察报告《冰冻的大地》。当时，很意外地接到陆军新闻部的"严重警告"。我被狠狠批评道，明明应该把"满洲"描绘成理想的世外桃源，你竟然写成不毛之地。

这件事让我感到很意外。我只写自己切身体会到的事实，所以很不开心。我想《战线》也好，《北岸部队》也好，在朝日新闻上刊登的各种报道文学，不都成功了吗？我的切身感受，难道没有传达给读者吗？如果写出来的都是谎言，会有谁相信？

但是军队以为自己能够控制记者，并且态度很坚决地表示：我们只需要听话的作家，只写我们让你写的东西。

那么，我算是哪种作家呢。我想写的"事实"是军队想要的东西，还是背离了他们的宗旨？我想再去一次战场，重新考量一下自己所写的"事实"。或者说，是我想找回被战争的重压给摧毁了的写作欲望。没错，我永远都是一个任性的女作家。

而且，我还有一个无法告诉别人的理由。我暗中计划，出了国，也许就比较容易见到谦太郎了。

当时，谦太郎刚刚乘坐日美交换船回国。由于对方音讯全无，等得焦头烂额的我直接去了他家。一想到那次尴尬的重逢，心情就很差。但是，狭小的日本，根本没有容许恋人幽会的地方。如果在南方的话，也许还有修补关系的机会。而且，我也想逃离丈夫怀疑的目光。

全都是些动机不纯的理由。我的孩子读了这些，会怎么想呢？但是，哪怕被世人指责，哪怕我的孩子看得惊呆了，我都不会写谎话。对自己坦诚，也就是相信自己的"真实"。虽然我还没有意识到这一点，但实际上自己正在与陆军新闻部的想法背道而驰。

陆军去年从三宅坂搬到市谷高台的旧陆军士兵学校。陆军新闻部也在那里。

从门前的斜坡往上爬，抬头就能望见大自然与建筑物。正中央是大门，两旁的矮楼的形状像是张开的双翼，一共三层。大门上方有一个很大的阳台，主楼一共有六层。这座白色建筑物怎么看都象征着陆军的威严权势。

负责人带我进入接待室，已经有许多女作家在那里了，真壮观。

舒适地坐在大大的沙发里的是洼川稻子、美川喜代、小山爱子、宇野千代等。分别坐在单人天鹅绒椅子里的是水木洋子、川上喜久子、阿部艳。大家看到迟来的我，轻轻点头示意。

"芙美子也来啦。"宇野千代说道。

宇野穿着紫色的西服，戴着蓝色的帽子，颈上系一条白色的丝绸围巾，时髦精致而又有风度。

"哎呀，迟到了真该死，早就该想到，我不出现是不会开始的哦。"

我说了句玩笑话，坐到了房间角落的椅子上。女作家们都摆出一副扫兴的表情。我知道她们会在这种玩笑话上添油加醋，诋毁我傲慢啦任性啦。我已经习惯遭人闲话的处境了。顺便一提，我坐的这把椅子，是硬木的靠背，像法庭上被告席的位子。

"人总算到齐了。"

看见我坐下后，陆军新闻部部长——谷萩上校开了口，他讲话带着北关东腔。

"先说清楚，我希望大家都能去看一看，但这并非是征兵。"

谷萩看上去营养很好，矮矮胖胖的，军服的纽扣也快要崩开了。

"那么，是作为什么身份去呢？"无产阶级作家洼川稻子优雅地问。

谷萩看着洼川回答："作为被陆军新闻部委任的身份。因为是委任，所以没有征用那样的强制性。只不过，没有酬劳。大家认为委任好还是征用好呢？"

所有人都笑了。从前年开始，男作家、画家、摄影记者等，陆续被强制征用入伍，一时间成为无人不晓的事情。

"征兵是红纸、征用是白纸"，就像这句口号，如果被征用的话，家里会寄来白色的征用令。必须去机关听从他们的安排，在指定的日期里去指定的地方。

现在国家正处于非常时期，哪里是写恋爱小说的时候。在这样的社会氛围里，一边推测国家的目的"不是'征用'的'征'，而是'惩罚'的'惩'吧"，一边出征的作家也有许多。另外，也有作家一开始就做好了受惩罚的准备，大概会被送去某处挖矿吧。

谷萩继续说："住宿、交通工具等，所有的一切，军队都会负责为你们安排好。但是，报酬方面就要靠大家自己想办法了。食宿行由我方负责，不管是找出版社也好报社也好，请自行解决酬劳问题。我们希望能通过女作家们敏感柔和的视点，好好地观察战场。等平安回国后，再把你们看到的东西写成稿子、发表演讲，大肆宣传。希望这些文字能鼓舞起我国人民的士气与斗志。"

这不就是"笔部队"吗？我作为经历过的人，马上就明白了。

谷萩看向坐在洼川旁边的美川喜代。洼川很美，但是美川更美。美川是有名的美女作家。那天她穿着白色长袖衬衫，带着珍珠项链，楚楚动人的模样压倒在场的所有女作家。

"详细情况，由提案者——平栉来说明。"

谷萩的发言结束了，一个坐在他身旁表情严肃的男人站了起来。他是平栉孝少校。

"由我来说明关于这次的动员活动。首先，提案的目的，是为了庆祝十二月八日的大东亚战争开战，我们想把战争的情况传达给人民。请大家同心协力，仔细调查，写好宣传材料。"

女作家们都拿出了笔记本，麻利地记下来。平栉等大家手中的笔停下，才继续说：

"下面说一下在战场的任务安排。一、参观战争遗迹。二、与战场要员会面。要员指的是军队司令官、参谋官等。三、参观战场上我国军事统治的效果。另外，这次除了邀请各位女作家之外，我们还强烈要求报社、出版社的编辑们也一起去。只要这些编辑同意，将会与各位同行，请理解我们的安排。"

听着听着，我发现这次比"笔部队"要麻烦。"笔部队"虽说有许多强制约束，不准写这不准写那，但是作家只要和报社、出版社的人一起行动，写出报道就可以了。

而这次陆军新闻部下达的要求有规定的几项"任务"。特别是第三项，参观军事统治的效果，是绝对不允许批判军事当局的。

而且，"笔部队"组成的时候，发生了戏剧性的一幕。这是从米田那里听来的，陆军新闻部开始控制全国纸张的供应了。

随军出征汉口的时候，像每日新闻对朝日新闻这样，存在着报社间的激烈竞争。

但是如今，由军队指定内阁情报局的委员来决定纸张的供应、贩卖地区。这是新闻部的秋山邦雄中校想出来的办法。秋山去桦太确保了纸浆原料，通过控制纸张，来控制报纸杂志，让这些机构完全听从于新闻部。而且，开始了审查。

"我再补充一句。虽然刚才谷萩部长也说了，这次并非是强制征用的形式，但是希望各位当做征用来考虑，若非生病，必须参加。"

听了这话，沉默着的宇野千代举起了纤细的手。平栉转过身子面向她，宇野便开口了。

"很不巧，我的丈夫北原被征用去了爪哇岛，如果连我也去的话，家里就没有人管了。这次我就不去了。"

"知道了。"

平栉庄严地点了点头，谷萩满脸不高兴的样子。也就是说，虽说我们有选择的权利，但还是强制性较大。

"那么，只有宇野千代一个人不能去，其余的人呢?"

没有人举手，我们都非正式地同意参加了。我被编入第一组，去爪哇岛，拿的自然是朝日新闻付的酬劳。第一组于十月三十一日从宇品港（现在的广岛港）出发。

和纸张一样，报纸的发行地区也是由新闻部事先决定的。所以作为朝日新闻特派员的我，理所当然地被派去爪哇岛和南婆罗洲。每日新闻去的是菲律宾，读卖新闻去的是缅甸，同盟通讯社 [①] 去的是马来西亚。只要赢得这场战争，就能占领这些土地，所以各个报社都已经占好了地盘开始做报纸。让军事统治和报道结合起来，真有一套。这样一来，报纸就毫无节操可言。我们作家也一样。

为了慎重起见，我把第一组女作家们的出征地都记了下来。

马来西亚（同盟通讯社）：洼川稻子

爪哇岛、南婆罗洲（朝日新闻）：美川喜代、我

缅甸（读卖新闻）：水木洋子、小山爱子

此时的我，多么希望能被派去菲律宾啊，会产生这种心理一点也不奇怪。因为菲律宾是每日新闻的发行地区，是记者谦太郎最有

---

① 1936 年至 1945 年的通讯社，解散后分为共同通讯社、时事通讯社、连合通讯社。

可能去的地方。

2

昭和十八年六月二十日

现在是早上九点。下了一周的雨，在昨夜终于停了。我小口小口地喝着满满一杯清酒，在走廊上呆看着庭院。心情好的时候，吃完早饭我会喝一杯酒。

坐在走廊上想瞻仰一下久违的太阳，可是气温骤升，湿漉漉的泥土散发出一股土腥味，让我感到窒息。妊娠反应的阶段已经过去了，可是地上散发出的瘴气，还是让我想吐。

这是有缘由的。当我还在南方出差，在昭南市内参观时听到这样的话。

"林女士，告诉您一个秘密，这块地方其实埋了许多被处死的华侨尸体。"被征用的原贸易商人，主动担任起向导，到了一个广场的时候，他轻轻地对我说道。

"你说什么？"

我脸色一变。

"您不知道吗？"

年过半百的原贸易商人叹了口气。他长年在马来西亚经商，前几年回了国，由于精通马来语，所以被海军征用来这里。

"不知道，是谁处决他们的？"

这个男人马上竖起一根手指贴紧嘴唇："嘘……您真的不知道吗？"他死了心，低头看着我。然后，指了指这个广场。

"您仔细看，地面是不是像坟墓似的起伏不平呢？因为挖过了。另外，还有这样的一种说法，埋有尸体的地方，树木特别葱郁。您看，那里还开着许多含羞草。"

含羞草开的花是淡红色，十分可爱，属于豆科植物。之所以叫"含羞"，是因为只要一碰它的叶子，就会像合欢树一样合起来。

被征用的商人继续说道："有人说刑场在海边，又有人说在这里。其实刑场有好几处，消失得无声无息的人，大部分都在这里长眠。您是作家，这种事情还是知道一下比较好。"

这个广场，附近有水果摊、荞麦面摊，地段繁华。而且并不是很大，所以感觉上更恐怖。广场上的土腥味让人透不过气来。

"这是什么时候的事情？"

"今年年初。"

被征用的商人小声回答后，摆出什么也没发生过的表情。因为领队的平栉少校，回头看了看我们。

"少校一定不知道，因为军队没有跨组织的关系。"

"是司令官下令的吗？"

被征用的商人转过头去想了想。

"应该是吧。"

到底是谁下的令，发生了什么事？为什么我们一点也不知情？

我站在广场上，好像自己赤脚站在别人的脑袋上一样，这种坐立难安的感受让我想赶快逃离这里。如果真的有人被埋在这里的话，没有人能够安心地站在广场上。

"您认为人数是多少？"被征用的商人再次试探性地问我。

他一定对这个什么也不知道就被陆军新闻部派来的女作家很惊讶吧。我脸色煞白地摇摇头。

"有种说法是几千人，还有种说法是几万人。有命令让十八到五十岁之间的华侨全部聚集。"

"为什么？"

"是为了消灭无产阶级口号。"

陆军新闻部的人，谁也不会说真话。确切地说，即使在新闻部内部，也没有人知道真实的战争。也就是说，日本人民根本不知道战局发展成了什么样。

从银座回家的路上，我感觉天空就要裂开，不知道会发生什么大灾难。和在广场上的时候一样，那种不安是从模糊的恐惧感中而来。做出这种事，不可能没有报应。我很害怕，埋在地里的人们的怨声，会不会化成一团火球向我袭来。现在我怀孕了。

我"啊"地叫了一声，才回过神来。在庭院里拿着扫把打扫的女佣，用吃惊的表情看着我。

"没事，你继续收拾吧。"

我向女佣吩咐完，将还没喝完的酒放在走廊上，走进了书房。可是，我提不起做事的劲，便横躺于铺在书桌旁的被子上，呆呆地看着天花板。从南方回来之后，心情就一直不好。我真的能把孩子生出来吗？我带着怀疑的心情，抚摸着肚子。

已经口头谈好作为"被陆军委任"的女作家们，接到正式的委任令是在九月十四日。从广岛宇品机场出发的日子定为十月三十一日。在这一个半月的缓冲期间里，我忙于整理手头的工作和准备出发的行李。

但是，杳无音讯的谦太郎成为了我的心结。到底发生了什么？他为什么不来见我？如果我在走之前不能与他见一面，一定会牵挂得不得了。

谦太郎乘坐首次的日美交换船已经回国了。告诉我这个消息的还是米田。我对交换船一无所知，于是问米田："交换船是什么？"

"是用来让在美国、南美的日本人和这里的美国人交换的船。日美双方同时发出乘客人数相差无几的船，经过好望角，在葡萄牙殖民地马普托会合。随后互换乘客，再原路返回。美方派出的船名叫格里普斯科尔摩号，斋藤应该坐的就是那艘。日本派出的是浅间丸号。"

"你怎么知道斋藤先生坐在那艘船上？"

"他好像通知了公司。"米田悠然地回答道。

"大概什么时候到日本呢？"

"八月下旬左右吧，他回来之后，我会让他和你联系的。"

谦太郎自从昭和十四年去过中国之后，又去了伦敦、纽约，开始了特派员的生活。中国是昭和十四年的一月至七月去的，两个月后去了伦敦。

其间，我几乎见不到他，只能通过书信或电报互传爱意。这主意是谦太郎想出来的，暗号用的是"稿子"。"稿子写好了吗""稿子写好了"，其真正含义是"我喜欢你、我想你"。分隔在大海的两边，我们这对恋人仅靠着十个字左右的文字聊以慰藉。

谦太郎在昭和十五年的秋天从伦敦回国，昭和十六年的秋天又去了纽约做特派员。在回国的这一年里，我们才得以在东京见面。但是，连年的战事，使人们的物质与精神，都非常贫乏。东京已经没有能坐下来好好说话的地方了，并且不知道什么缘由，谦太郎一直显得十分消沉。他越来越依赖酒精，说话也提不起劲了。不过，电报仍然紧紧地将我们联系在一起。在日本的时候，一个月也会给对方家里发一封电报。

能见面也好，不能见面也罢，只要这样心系彼此，总有一天战争会结束，我们可以好好谈谈。但是，谦太郎刚去纽约，一切就都变了。他再也不来书信和电报，我无法得知他的任何消息。不久，日本便与美英开战。如果说在敌国无法通信的话，我还可以理解，但是乘坐交换船平安回国之后，为什么不联系我呢？为此我既不安又不悦。

谦太郎乘坐日美交换船——浅间丸，于八月二十日回国。正是陆军新闻部试探我是否愿意随军出征南方的前几天。让人啼笑皆非的是，谦太郎好不容易才能回国，这次又轮到我被派去南方。

当时大家都说："爪哇岛是天堂，缅甸是地狱，新几内亚是有去无回。"爪哇岛还算比较安全的地方，可毕竟也是战场。而且，在漫长的航海途中，被潜水艇击沉的可能性十分大。如果发生意外，我们两个人就再也无法相见了。

我下定决心，往谦太郎的家中发了一份电报。

"稿子的事　希望马上　见你一面"

但是，没有回音。如果不能见他一面，我将带着牵挂去南方。不行，我思前想后，还是决定去一次谦太郎的家里。

谦太郎的家在世田谷的豪德寺那里，周围蝉声此起彼伏。我带着一瓶四合瓶①装的葡萄酒作为礼物，走在应该是工薪阶层住的整排小房子的街道。葡萄酒是我们用绿敏老家摘来的野葡萄酿的。

我已经走得满身大汗，白色的衬衫贴着皮肤，黑色的皮鞋被尘土覆上了一层白色。拿在手里的葡萄酒瓶，沾满了掌心渗出的汗水，滑溜溜的，好几次都差点掉下去。

这是我第一次去谦太郎家。听说，不单是太太和孩子，父母与弟弟妹妹也和他们住在一起。虽然我也想过，拜托谁去帮我把他叫出来，可是，我太想亲眼见见他的家人了。

终于，我找到了与事先抄下的地址一致的两层楼建筑物了。门柱紧贴着大门，是一栋简朴的房子。有种让人想来体验一下家庭公寓的氛围。门牌上冷冷地写着"斋藤"两个字。没错，就是这里。我整理了一下衣服，按响了门铃。

"请问是哪位？"

一个很健康的声音传来后，门被猛地打开了。开门的是一位

① 日本酒的瓶子，720毫升。

椭圆脸的女性，戴着眼镜，穿着一件由蓝色和服改成的夏天衣裳。应该是他太太吧。比我想象中年轻、活泼，而且和谦太郎的感觉很像，这点让我很不甘心。正当我欲言又止之际，她开口问道："……您是林老师吗？"

"是的。"

"请稍等，我去把哥哥叫来。"

她以灵敏的动作回到房里。原来是妹妹啊。我舒缓了一下紧张的情绪，精神恍惚了起来。如此炎热的天气，我累得简直想蹲在门口。我用手在胸前扇着风，呆呆地环顾四周。正值夏日黄昏，这条路上一个行人也没有。不久，谦太郎从屋子里走出来。

"哎呀，怎么了？"

谦太郎穿着浴衣，系着松松的腰带，不拘小节的打扮看上去像个孩子。他的脸颊有些红，可能是在和家人喝着酒放松身体。谦太郎比我小七岁。我恨他比我年轻，恨他冷酷无情，恨他快活高兴，恨天热，恨一切一切……

"这个给你。"我生硬地把酒递给他。

"多谢。"

谦太郎在瓶子上找商标，很像他一贯的作风。他长期在国外出差，对洋酒和葡萄酒很挑剔。但是瓶子上没有任何商标，让他有些吃惊。

"不好意思，这是自己做的。"

"谢谢，收到这样的礼物我很高兴。"

谦太郎像是在观察我出着汗的脸。

"好久不见了。"

谦太郎没有回应，而是露出和妹妹一样的眼神，推推眼镜说："你怎么突然来了？"

"你没收到电报吗？"

"收到了。今天是家族聚会，所以不好意思了。"

"听说你坐交换船回国了，所以我很想见你。为什么不联系我？"

"坐上交换船之后，发生了许多事。"谦太郎抱着葡萄酒瓶说。

我很想问"许多"指的是什么事，可是从他眼里看出了拒绝的目光，我便退缩了。

"我接到陆军委托的工作，所以要去南方，可能有一段时间不能和你见面了。"

"南方的哪里？"谦太郎不经意地问道。

"爪哇岛。"

"不错，什么时候去？"

"十月底。"

我在期待着谦太郎说，在你走之前有时间的话，我们见一面吧。可是谦太郎什么都没有说。

"在我走之前，能不能见一面？我有话想对你说。"

"可以啊，我再联系你吧。"

谦太郎轻轻地挥挥手，看了我一眼后，便回屋里了。我以为他至少会给我喝一杯水，没想到他连头也不回。他的背影也在抵触，像是回想起看到了不该看的东西。随即门被关上，真是个无情的男人。和酷热的天气相反，我的心冰凉冰凉。

结果，自那次以后，直到十月三十一日，他都没有联系过我。

出发的前一天，我住在广岛宇品港的附近。除了我之外还有四名女作家、小山爱子、美川喜代、洼川稻子、电台作家水木洋子。新闻记者和各出版社的主编们也都来了，在此匆匆记过一笔。

成员分别是，讲谈社《KING》杂志的主编桥本求、《前线俱乐部》的主编木村喜市、每日新闻《时局情报》的主编马场秀夫、朝日新闻《周刊朝日》的编辑渡边纲雄、实业之日本社《少女朋友》的主编内山基、同社《新女苑》的主编神山裕一、第一公论社《公论》的主编下村亮一、博文馆《新青年》的编辑相泽正己、旺文社编辑局长池田克己、小学馆《学习杂志》的主编川村英一、诚文堂新光社的副社长小川诚一郎、中央公论社《妇人公论》的主编清水一继、同社《中央公论》的编辑黑田秀俊。

另外，跟随军队，想出一份力的老百姓，将近有一千人。

"林女士，今后请多多关照。"

水木洋子和我打招呼，她比我小七岁，今年三十二。由于她去的是缅甸，所以显得很不安。

听水木说，我们的船将伪装成伤员船出航。当我看到船的时候吃了一惊，真的有用红油漆画的一个大大的十字。我们被禁止出船舱，如果要去甲板上的厕所，必须换上白色衣服。

有一位主编说，伪装成伤员船，是违反国际法的。用这种姑息的手段想平安度过在太平洋上的这段时间，想想就觉得不可行。但是，谦太郎那一百八十度大转弯的态度，让我觉得唯有去南方，才能逃避现实。

3

十月三十一日，载着普通老百姓的船先出发，而我们一行人被叫到港口办公室，听平栉少校训话。

"各位将要踏上报效祖国的征途。马来西亚、爪哇岛、缅甸、菲律宾等南方地区，将由我们皇军的力量，彻底抹消掉美、英、法的势力，最终取得大东亚战争辉煌的胜利果实。所以，请各位著名女作家、优秀的出版人，务必详尽地写出被解放的亚洲人民爽朗的笑容，以及在日本人出众的指导下当地的发展状况。

"而且，各位是语言专家。所以我认为，你们有责任借此机会，向当地人推广正确的日语，并且为当地的日本人、有学习日语欲望的当地人准备适当的读物。

"在此，向各位说几点注意事项，请认真听。坐船的时候，必须遵守以下几点。谷萩新闻部长也说了，关于各位坐的船，军队想了万无一失的对策。为了避免受到潜水艇攻击，所以伪装成伤员船。只是有三点，希望大家一定要遵守。第一，不得擅自上甲板。第二，去甲板上的厕所时，必须换上白色衣服。第三，坐伤员船出征之事，永远不能说出去。如果不能遵守这三点的话，即使是军队也无法保证你的安全，请切记于心。”

和水木所说的完全一样，而且，与其说是注意事项，不如说是威胁。

我回头看了看同伴们的表情。对于军队好像是为了保护我们的性命才把船伪装成伤员船的高傲态度，虽然男人们装出一副认真听的表情，但都显得闷闷不乐。

平栉显然没有发现，他清了清嗓子继续说：

“各位，潜水艇的威胁越来越大。请大家不要把纸屑、菜梗、果皮等扔到海里。另外在船上，将会进行救生工具使用方法的训练。对于妇人来说，也许有些苛刻，但目前正处于国家的非常时期，直到圣战取得胜利为止，希望大家团结一致、努力奋斗。”

最后这段总结，平栉是看着我的脸说的。我没有选择余地地点点头，其实根本没有听进这番夸张的言辞。从船上扔垃圾可能会引起敌人的注意，这一条让我背后一凉。从宇品港到昭南，足足要两个星期，只能祈祷期间一切平安了。

平栉的话总算是完了，轮到我们上船。除了知道这艘船是征用大阪的商船之外，船名、大小，都属于机密。我们登上舷梯时，身后男人们低低的说话声随风传入我耳朵。

“伪装成伤员船，也就是说在偷偷运送军人和物资吧。”

“那当然。”

“万一败露了怎么办？”

“当然是被击沉。”

我感觉自己的脸在发硬。虽说早有觉悟，但这可是豁出性命的南方之行啊。同时，我也自暴自弃地想，如果能死在海里，也并非为下策。如果曾经山盟海誓的谦太郎变了心，我一个人活在这个战乱四起的世上也没有意义了。

舷梯上，我看着走在前方的水木洋子的小腿。从卡其色的长裙下方，能看见穿着丝袜的年轻的脚。我突然想起水木比我小七岁，立刻感到一阵晕眩。谦太郎也比我小七岁。我抬起头，看着水木的背影。她把齐肩的头发盘了起来，露出雪白的脖子，皮肤上没有任何斑点。谦太郎的脖子是不是也和水木一样白呢？我想到谦太郎才三十二岁，变心也是正常的，提着的心就放下了。我回头望了一眼港口，心想没到南方就死，或是死在南方都无所谓。送行的人们向我们挥着手，我的视线越过他们望向祖国的秋季天空。不知此行能否复返。

"去船底！"甲板上乘务人员在大喊。

本次航行中，所有人都必须躲在船底，不能露出半个人影。我们只好走向船底。打开沉重的大门，铺满榻榻米的船底，各种各样的人同时抬头望向我们。每个团队都各自占着地盘，大声说着话，吃着便当，看上去士气高昂，可总觉得有点不安。

一眼就能认出战时慰问团的人。说书的、说相声的、魔术师等，总共不满十人，大多穿戴着夸张的帽子和背心。据说这一行人中有著名的相声演员，乘客们不时地盯着他们看。但是，他们都带着郁闷的表情嘀嘀咕咕着，气氛一点也不活跃。

还有一个不知道是哪里的乐队，正中间有一个带着贝雷帽的中年男人。围坐在他周围的是，涂着红色唇膏的年轻女人和小心翼翼地抱着乐器盒子的男人们。围成的圆圈中间摆了几瓶一升的酒，有两个年轻的男人，不断地往伙伴的碗里倒酒。不久，大伙儿就拍着手喊着"饯别会、饯别会"，好不热闹。

几个穿着潇洒的男人和几个穿着漂亮和服的中年妇女在远远地张望着。看他们的样子，像是要在昭南或爪哇岛开一家饭店或是咖啡馆。

为了在占据地建造日本的房屋，这班船上还有木匠、制作榻榻米的手艺人、制造门扇的工匠们。一个人坐着的，大多是工程技术员、手艺人、厨师长、驾驶员。

像修学旅行的女学生们，爽朗无邪地说着话的年轻姑娘们，也很引人注目。总共有三十几个人，大概是为了担任军队的行政、会计、打字、小卖部等工作而来的。姑娘们很在意在角落里打扮得很风尘的女人们，不时地回头张望。但是，风尘女郎们毫不在乎别人的眼光，在闷热的船底，用扇子向和服敞开的胸口扇着风。

战争需要动用大量的人力物力，在军队驻扎的地方，自然会聚集起这些"为国效力"的人。有许多人明显讨厌这样的"赚钱团体"，但是我并不讨厌他们。如果当初，我和母亲遇上这样的乱世，或许也会乘上伪装的伤员船，跟着军队想要报效祖国。说不定会在矿井等待工人们结束工作，把豆沙面包卖给他们，也说不定会卖给军人们什么东西。我觉得自己和他们并无他异。以前和母亲过着流浪生活的时候，在公共浴室里，我们自始至终都和风尘女郎在一起，这样的事并不罕见。

　　另外，四年前在开往九江的"小松丸"船底时，我也和石川草草地睡在一起。当时军马也在旁边。比起怀念，更多的是想起了当时在战场，时刻体会着"活在当下"的滋味。想着想着，我便独自伫立于昏暗的船底许久。

　　"林女士，现在方便说话吗？"

　　在满是人的船底，惊讶得目瞪口呆的洼川稻子，突然回过神来对我喊了一句。昭和十六年，我和洼川稻子一起慰问过"满洲国境"，所以我了解她的性格。

　　"林女士，这和谷萩先生所说的完全不同啊，你怎么认为？"

　　稻子优雅的脸庞泛起一层忧愁之色，我努力地回想谷萩的话。美川喜代也开了口："这该如何是好？连隔板都没有，换衣服的时候要怎么办？"

　　稻子说："就是啊，怎么可以这么对待我们。谷萩先生说，我们的待遇可是军官级别呀！"

　　"我去和他们面谈一下吧？"年轻的水木洋子如此说道，稻子有些胆怯地"哎呀"了一声，看上去很滑稽。我越来越喜欢水木了，她在广播电台工作时，混在男人堆里，做事非常有效率。另外还有一个原因是，她和谦太郎同岁。

　　不过，美川慌张地阻止她。

　　"等一下，水木小姐，你突然去说的话，会不会显得我们很任性呢？所有人都被禁止外出，难道只有我们能得到特殊待遇吗？不可能吧。"

　　"那么，你们一开始就别抱怨。"

被水木一顶撞，美川和稻子面面相觑。

"和主编们商量一下吧。"

水木洋子点头赞同我的建议。

"他们正在和船长打招呼，正好，我去商量一下。"

说完后，水木就跑了出去。其他的女作家都用惊讶的表情看着她的背影。作为剧本作家，水木和一般女作家的作品风格迥异，所以其他作家都有点轻视、回避她。

最初见到水木的时候，我并不是很喜欢她。当我同意出征南方的时候，她说："林女士也去啊？"

水木的那句"林女士也"，让我很生气。由于她还年轻，所以比任何人都更容易被激发起爱国热情，成为随军记者让她更加意气风发了。这个水木，对有随军经验，并写出《北岸部队》《战线》等畅销书作家的我，竟然用了"林女士也"这个词。如果要说随军出征的话，我还是她的老前辈呢。

但是，如果仔细想想，那些根本算不上什么。抱有想亲眼看看真实战场的愿望而随军出征，已经是五年前的事了。现在，我在"满洲"写的报道，接到陆军新闻部的"严重警告"，《流浪记》也处于禁止发行的状态。

水木在广播电台制作了一档鼓舞士气的节目，以她看来，我只不过是一名对战争持怀疑态度的作家。正是如此，时代变得真快。

十分钟后，水木得意洋洋地回来了。

"黑田先生和平栉少校商量过了，允许我们使用最上层甲板的房间。"

最上层甲板的房间，虽说没有船底那么昏暗，但是为了不让外部发现有光线，所有的小窗子都贴上了黑色的纸。大小约为二十块榻榻米①，地上的榻榻米又旧又脏。我们把床单当做窗帘装了起来，用行李做成了简易的隔板，一共占了三分之一的地方。稻子和美川都显得很高兴，我觉得自己还是比较适合在船底和各式各样的人生活在一起，所以有些失望。

"林女士，我们是一起去爪哇岛对吗？请多多关照。"

美川喜代特意端正地跪坐在榻榻米上，郑重地向我行礼。我顿时不知所措。

"彼此彼此。"

"林女士，我们有一个共同点哦，你知道是什么吗？"美川喜代微笑着对我说。

我吓了一跳，连忙反问道："不知道，是什么？"

"不是什么很大不了的事，"美川被我的反应给吓到了，有点支支吾吾，"我们的丈夫都是画家。你们家是春阳会②对吗？我们也是哦。"

美川用小小的手遮住嘴笑。我很明白，为什么自己脸上露出无法理解的表情。

其实，我知道美川在偷偷地和小岛政二郎交往。当谦太郎还在每日新闻文艺部的时候，他告诉我："美川小姐是小岛先生的情

———

① 日式房间都铺有榻榻米，所以也是一种计算房间大小的单位。
② 日本在1922年设立的西洋画团体。

人哦。"

这在男编辑和男作家之中，是十分有名的事情。所以，我马上意识到，美川所说的共同点，是我们都背着老公在外面偷偷和别人交往。我和美川的关系并不是很亲密，所以不可能开那样的玩笑。而且当时的我，是如此深深地被谦太郎吸引着。自从这一次微妙的话不投机，美川吸取了教训，再也没有主动接近过我。

晚饭是在船底角落的食堂，轮流着吃。当天的晚饭是有点发黄的米饭、蔬菜包泡的淡味增汤、炖莲藕竹轮、腌白菜。船还没驶出日本国境，光这顿寒酸的晚饭就足以让人们对未来产生极大的不安。一下子，所有的不满全部爆发出来。

"不是说我们享受军官级待遇吗？这算什么！"

这次是男人们在发牢骚。不过，唯独这点即使平栉也无计可施，大家都显得很失望。

当天夜里，据说船停靠在门司港内大阪船商的码头里。明天终于要驶入外海，我想出一个办法，拜托无线电员帮我打一通电话。因为我想起，黑川良子①住在门司。

良子是我住在若松的时候，从小一起玩到大的朋友。之后，我与母亲开始了流浪生活，便没有再见良子。不过，我作为作家成名之后，和良子重逢了。虽说我们只是小时候的玩伴，不过每当我出了什么事，黑川家都会尽心尽力地帮我。我打算拜托良子，想办法为我筹备一些食物。

---

① 黑川久至的母亲。

结果，良子欣然应允。我和她说好时间，站在甲板上等了一会儿，就在灯火管制的黑暗中，发现了一艘向这边驶来的小船。

"芙美子、芙美子！"

我听见有人在小声呼唤我，应该是良子。黑暗中，我小心翼翼地走下舷梯。良子从小船上颤颤巍巍地站起来，把包裹递给我。我接过包裹，握住良子的手，可是由于船在不停晃动，不得不放开了。

"谢谢。"

"一路平安。"

我们在漆黑的夜幕中向彼此挥手道别。回到船舱打开包裹，发现全是在黑市买来的好东西。有和纸①这么大的鱼肉糕，还有许多松茸和甜橙。我感动得流下了眼泪，后悔自己怎么提出那么无理的要求。

4

十一月一日早晨，告别了门司港，船终于开始驶向昭南。

原本在左手边的九州，渐渐变得模糊不清。突然，波涛汹涌了起来，船开始左右摇晃。

我们坐的船宽度不到二十米，长度接近一百米。在东海上乘着

---

① 长 32—35 厘米，宽 24—26 厘米。

这艘并不算大的船，心里很没有底。

就算伪装成了伤员船，能躲开潜水艇的攻击，但依然可能会发生难以预料的事情。一想到这点，就担心得不得了。虽说已经做好了死在海里的准备，但实际上，大海比想象中要恐怖得多。

"林女士，我们踩着的木板底下就是地狱对吗？"端正地跪坐在榻榻米上的水木不安地问道。

"这可不是木板，是铁块吧。"

我尽量抑制住自己的恐惧，打起了精神。

"铁块漂浮在海面上……我也不喜欢。"

我们两个人忍不住笑了起来。忍受着晕船正躺着休息的美川回过头来，皱起了美丽的眉头。

"林女士胆子真大，好羡慕啊。"

"毕竟是身经百战的勇士嘛。"小山爱子爽快地插了句嘴，一点挖苦的意思也没有，"毕竟，你曾经一个人坐船勇闯了前线，并不是人人都做得到的。"

我打岔说："长江里可没有潜水艇哦。"

大家哄堂大笑。

虽然长江是一条水流速度很快的大河，但河岸并不宽，恐怖程度远不及海洋。

抵达昭南为止，途中不经停任何港口，即使这样也需要花十六天时间。

总之，在船上尽量保持心情舒畅，不吵架，太太平平的。我下定决心，绝不说任性话。

当我渐渐熟悉起船舱的环境，恐惧也随之消失了。只要想着，船上这个狭窄的房间就是自己的世界，便能缩头缩脑地生活下去。当然，没有比在船上的日子更无聊的了。每天过着一成不变的日子。

早上六点半起床后，马上点名。洗完脸之后在房间等待叫我们吃早饭。不仅不准擅自上甲板，窗户也被糊上，连外面的天气都不得而知。

想要去船尾上厕所的时候，必须轮流穿上仅有一件的白色衣服。白色衣服渐渐地被浪花、脏手给染污，东一块黑西一块黑的，已经无法称之为"白色衣服"了。

厕所分男女，设在船尾楼里，旁边还有一个气派的瓷砖浴室。

浴室允许隔天使用，条件是两个人一起洗。我和关系越来越好的水木一起洗。我们一边瞎聊天，一边给对方搓背。看着水木年轻的后背，我条件反射般想起谦太郎紧致的身体——那看上去细长，其实肌肉结实的年轻身体。

每当这个时候，我都会想，谦太郎现在正在干什么呢？并热切希望，他会来爪哇岛见我。只要一想到如果能在爪哇岛和谦太郎幽会，南方热带的岛屿马上妩媚了起来，这段航海旅程也变得充满希望。鱼雷什么的，一点也不可怕。

十二点吃午饭，下午五点吃晚饭，晚上九点半睡觉。天黑以后，为了显示出我们这艘是伤员船，所以特意用灯光照亮船身上的红十字。

在就寝前，九点还要进行一次点名。平栉少校会来到我们房间，大声点名。

在出发之前，平栉少校还彬彬有礼，渐渐地，他开始用命令的口吻说话。在不知不觉中，变得必须站直身体、一动不动地接受点名。有一些男人很不喜欢他的态度，每次点名都要露出不愉快的神色。平栉少校当时才三十四岁。很多人也许是气愤，凭什么一个小屁孩摆这么大的架子。

在船上，吃饭是一项乐事。刚开始，我们被安排在船底和许多人一起挤着吃。后来不知道谁提出了抗议，于是我们被转到了高级船员的食堂。这个食堂在上甲板，桌子全部是横排，同时能坐三十个人。我们和船员一起吃饭，发生了许多开心的事。

其实，船底和上甲板的食堂，菜单并无差异。每一餐必定有炖莲藕竹轮，真受不了。而且，随着日子的推移，竹轮渐渐变少了。良子给我的松茸和鱼肉糕早就吃完了，手头没有食物，只好强迫自己吃食堂的饭菜。美川喜代贡献出了罐装饼干，每次分给大家吃的时候，个个都在抱怨："真讨厌这种没味道的苦茶，偶尔也应该给我们喝点柠檬红茶嘛。"

男记者和编辑们时而下一下围棋、日本象棋，时而讨论一下局势问题，时而和卖酒的人交涉，时而喝酒，享受着航海旅程。

我们五个女作家只能相互借阅带来的书，编织一点衣物，忍耐着寂寞。但是，当船接近台湾的时候，天气骤然变热，连编织的心情都没了。大家从白天开始就躺在船舱内无所事事。

我很想写点文章，但是一开始就严明规定不允许留下任何记录。万一被发现了，立刻当场销毁。昭和十二年考察南京、十三年随军出征汉口的时候，我生存的价值就是每天记日记，所以对于不能写文章感到十分可惜。但是我们这些人都住在一个房间里，所以在这次的航海中，是绝对无法破坏纪律的。

其实，我最想写的东西不是小说也不是游记，而是给谦太郎的信。绝对不能让我对谦太郎的感情曝露于众目睽睽之下，而且如果被别人处理掉信件，就相当于背负上了看不见的污点。另外，这些都是文坛、出版界的人，所以不知道他们脑子里到底在想什么。

此外，洼川稻子是有名的无产阶级作家，谁都没有想到她竟然会去慰问"满洲"和接受这次陆军的委派。所以外界流传着各种各样的猜测，是不是和军部有所勾结，又或者有没有被同伴当作叛徒等。

十年前，我只不过借钱给一个朋友，就被警察拘留了十天。因为那个朋友是共产党员，所以怀疑我在为他募集资金。那天只让我穿了件衣服就把我带到了警局，态度差一点的话还会被打耳光。被关起来并失去自由，受别人的恶意摆布，我再也不想体验这样的恐惧感了。

所以我对洼川稻子的处境十分感兴趣。不过，无论我如何套她话，她都没有说出半点真话。大概是对我有所警惕吧，她也不太主动来和我搭话。就是这样，在女作家中，只有水木洋子经常与我互帮互助。

除了水木之外，我也有其他关系不错的朋友。由于伪装成伤员船，所以船上有许多医生、见习医生等，总之是一群完全不像军人的人。他们大多是知识分子，读过很多书，所以很想与我们攀谈。

特别是这艘船的事务长——酒井，他是大阪商船的职工，并非船员也非军人，和我一样，由于被军队征用才无可奈何去南方的。

酒井有时会来我们的房间玩，只要他知道的事情都会告诉我们，因此人缘十分好。看他的样子应该是四十五岁上下，肤色偏白，有一双智慧的眼睛，在船舱内很引人注目。再加上他椭圆脸、戴副眼镜，和谦太郎有点相似，所以我也对他格外上心。

当酒井告诉我，他是我书迷的时候，我真的好高兴。

"林女士，我非常喜欢你写的《流浪记》，为此我去了好几次尾道市。没想到竟然在这种地方遇见你。"来我们房间玩的酒井感慨地说道。

"谢谢，你是哪里人？"

"我是冈山人，毕业于庆应大学，在大阪商船上班。"

"庆应毕业的啊？那么你是哪家的少爷吧。"

我感叹了一番，女作家们都善意地笑了笑。酒井的手指又干净又漂亮，他用手擦拭了一下额头上渗出的汗珠，有点不好意思。

"我才不是什么少爷呢，言多必失啊。"说完之后，酒井马上变回了严肃的表情，"《流浪记》中有一个情节我记得很清楚。林女士才去东京一年，就遇到了地震，然后乘坐运酒的货船回到了大阪，有这么一出对吧。其实，这艘船的名字叫'志笼丸'，是去塔科马的船，战前曾是巴西的移民船。地震的时候，曾经免费运送受灾者、帮忙搬运物资。那是我第一份在船上的工作，所以印象十分深刻。"

"是吗？已经是二十多年前的事了吧。"

关东大地震^①的时候，我十九岁。我想尽办法乘上滩（地名）的酿酒店特地为老顾客准备的运酒船，回到了尾道。我拿着一张在富久娘^②的标签背后写着我名字的乘船证，满船的酒臭味熏得我都快醉了。

"读到这里的时候，我确信了林女士是货真价实的。"

"货真价实的乞丐吗？"

对于我的这句玩笑，大家都不好意思地笑了笑。酒井也一起跟着笑，但他一副欲言又止的样子，让我很在意。在一旁听着我们说话的记者问酒井：

"酒井先生，这艘船大概有多少吨？"

酒井不假思索地回答道："六千一百八十二吨。"

顷刻间笑声四起，大家议论纷纷。

"这还是头一次听说哦。"

"没有人告诉我们这些事，真郁闷。"

"的确是哦。我也生错了时代，才碰上这种倒霉事。"酒井开朗地说道。

这时候有谁"嘘"了一声，担心平栉少校会不会突然闯进来。如果不被征用的话，酒井说不定还在太平洋上，乘着这艘"志笼丸"。这点也和乘坐日美交换船回国的谦太郎很像。想到他，我的心中就一阵阵刺痛。夏日黄昏时分，男人冷酷的魅力扑面而来，让

---

① 发生于 1923 年。
② 清酒的品牌。

我产生一种自暴自弃的情绪，索性随便和这里的男人玩玩，反正也没人知道。我知道这个对象一定是酒井。我望着酒井，他可能注意到我的视线了，偷偷回看了我一眼。

第二天晚上，万里无云，冰凉的白色月光倾泻于海面上。马上就到临睡前点名的时间了，我上完厕所后打算回船舱。月光把甲板照得亮堂堂的，根本不需要手电筒。此时，从暗处走来了一个穿着浆洗得很干净的白色衣服、戴着白色帽子的男人。

"晚上好，天气热起来了哦。"原来是酒井，他接着说，"爪哇岛可不止这么热吧。"

这次偶然的相遇让我感到很高兴。

"哎呀，原来是酒井先生。你的白色衣服真干净，和你的比比，我们的衣服真脏。"

我盯着他那白得发亮的衣服直看。

"因为我们经常需要来甲板上，如果太脏的话会被发现。所以已经洗过了。"

酒井似乎也十分高兴与我偶遇。但是，总不能一直站在甲板上聊天，我心神不宁地想，说不定下一秒平栉就会出现。当我正准备转身离开，酒井用很快的语速说：

"对了，林女士。上次聊天的时候，你开玩笑说自己是货真价实的乞丐，其实在我心里，你是一名货真价实的作家。"

"咦？大家可都是真的作家哦。"

"我知道，但是对于我来说，只有你才是真的。你的《流浪记》里，写出了旧的建筑物全部拆毁时，带给年轻人的解脱感，我很能体会。请记住有我这样的读者。"

"谢谢。"

我每天都在害怕谦太郎是否已经变了心,在这样的情况下,酒井的这番话正巧深深地打动了我的心灵。我的眼角不禁泛起了泪水,酒井马上拉住我的手。我条件反射地想缩手,可是酒井拉得更紧了。我突然紧张了起来,呆站着一动也动不了。我体内涌起不知名的冲动,希望被填补的空虚心灵开始不断悸动。我的内心太空虚、寂寞了。突然,酒井的唇贴上了我的唇。我多么渴望他的吻,便情不自禁地用手抓住了他的白色衣服。

"晚安。"酒井低声说道,同时扒开我抓着他衣服的手,轻轻推了推我的背。我一言不发,再一次紧紧抓住了他的衣服。酒井好像有些慌张,环顾了一下四周。原来酒井也会紧张啊。

我想起在汉口的时候,对渡边记者也抱有同样的好感。在战地,是不允许陌生的男女相识,并燃起禁忌的感情吧。我开始害怕起自己的欲望了。

"现在不行。"

"要等到什么时候?"

"半夜两点来我办公室。"

办公室在食堂的隔壁,是酒井值勤的房间。我点点头回到了房间。几分钟后平栉过来点名,点名结束后大家各自铺被子。水木横躺在被子里,随口说:"你回来得真慢啊。"

"月色太美,看得入神了。"

"越往南面,月亮越美哦。不知道缅甸怎么样,真担心。"

"是啊。"我含糊地回答了一句。水木似乎有些不开心地看着我。而我，则被嘀嗒嘀嗒的钟表声弄得心烦意乱。

我睡不着，等待我们约定的时间到来。我想，如果要改变主意的话，还有足够的时间可以考虑。

快到十二点的时候，还能听见几个男人在叽叽咕咕地聊天，偶尔还有几声低沉的笑声。不久，聊天声渐渐消失，只剩下冲打在船身的波浪声、低低的鼾声。离约定的时间越近，我越是摇摆不定。在这么小的一艘船上，万一被谁看见，可就丢尽脸了。岂止是这样，在出征南方的途中竟然行为不检点，说不定还会被说成是卖国贼。

越往坏的方面想，越是犹豫。我怎么会想做这种事情？这种行为比在中国上前线更危险。但是，即便知道这些事实，我还是想见酒井。想和下了船之后，永远也不会再见的男人一夜情。这么做的话，我就能承受住和谦太郎这段崎岖痛苦的恋情了。

我并没有那么喜欢酒井，也不是没有男人就活不下去的女人。酒井应该也一样。但为什么，我会如此希望能马上见到他，紧紧抱住他呢？对于我来说，现在正需要一种冲动，让我完成这种毫无缘由的白痴行为。

我突然将右手伸入衬衫的领口，抓住了左边的乳房。只要愿意抚摸、亲吻它，无论是哪个男人，都行。因为我太需要男人的安慰了。

我的乳房，已经变成了难以抓牢的温暖肉块。我的肉体越来越松弛，想到和谦太郎年龄的差距，我不禁叹了口气。谦太郎一定是厌倦了我的身体。想到这个，我下定决心，无论冒多大风险，都要去见酒井。不这么做的话，我绝对坚持不下去。

就快要到约定的时间了，我躲在薄薄的被子里，用手电筒确认着时间。现在是凌晨一点四十五分。

我悄悄地坐起身，环顾四周。女作家们都发出平稳的呼吸声，洼川稻子像小孩子一样趴手趴脚地睡着。平日里始终读着岩波文库①，一副知识分子模样的她，这时候看上去分外可爱，我不禁笑出了声。

我的心情，兴奋得像是偷偷与恋人见面的姑娘。我在摸索中，穿起了衣服——套上事先放在被子里的裙子，悄悄拉上拉链。

船舱里点着几盏模糊的橙色长明灯，当然窗户都被糊上了，所以光线不会透到外面。我靠着那些柔弱的灯光，注意不要踩到别人的脚，慢慢移到了门口。海面风平浪静，船像磐石一般纹丝不动。

如果有谁醒来的话，我只能骗他说是去上厕所。因为是去幽会，所以不想穿那件肮脏的白色衣服，但我还是横下心，披上了衣服。如果被平栉或者军人发现的话，还可以狡辩几句。

我静静地推开门，走到上甲板，空气中弥漫着东南亚海的味道，是混合了海面的湿气与浓郁的草木气息。证明这艘是伤员船的红色十字，在灯光的照射下，把甲板都映红了。

有个人影在那里。被发现了，我吓得差点喊了出来。那个人拍了拍我的肩膀，原来是酒井特地过来接我。

---

① 文库本，小开本的书，方便携带。

我很惊喜，正想要叫他，嘴就被手掌给捂住了。是男人特有的厚实手掌，令我心醉不已。我拼命抑制住自己想倒在他胸口的冲动，显然我已经沉醉于和他的幽会之中了。从我的视线仰视酒井，他的脸被灯光照得红彤彤的，俨然像个陌生人。

酒井牵着我的手，跑进了办公室。办公室里也有一盏小小的长明灯。有一张桌子、一张椅子，墙上有一排柜子。桌子上，很不自然地放着一些书。如果被别人发现的话，只要狡辩说，自己在工作就行了。

"喝点这个。"

酒井把杯子放到我的嘴边，一股强烈的酒味。我很自然地喝了起来，是高级的威士忌。我把酒含在嘴里，用舌头感受它的味道。然后咕噜一口咽下，并向自己的大脑发命令，快点醉。酒井也喝了一口，然后再递给我。

"味道真好。"

"是苏格兰威士忌。"

"怎么喝不醉呢。"

"马上就醉了。"

在昏暗的光线中，我们互相抵着对方的额头，窃窃私语。我们好像是交往了很久的恋人。谦太郎十分喜爱在伦敦喝的苏格兰威士忌。当我想起这件事的时候，酒井已经抱住了我。

"你还真的来了。"

突然他吻了我，我也回应他，用双手捧住了他的脸。我怎么会变得如此饥渴，在我觉得不好意思之前，身体就已经不由自主地产生了反应。

　　酒井把手伸进我的衬衫领口，抓住了我的乳房，用力地揉。我在恍惚间觉得，男人的掌心真热。酒井比谦太郎骨架大，做事也痛快，很有男人味。我在心中暗暗比对着两个人。

　　"林女士……"

　　酒井在我耳边低声呼唤我，我不停地点头。两人同时脱掉了白色衣服，度过了欢愉的一刻。

　　第一次有这么紧张刺激的经验，太美妙了。我们紧紧地抱住对方、深吻对方。根本不需要威士忌助兴，没有比偷偷摸摸更好的辅助剂了。

　　"谢谢，今晚过得很快乐。"我一边穿衣服一边对酒井说。

　　"我也是。"

　　正当我想接下去说什么的时候，酒井很紧张地一把抓住我的胳膊。男人说话的声音由远及近传来，应该是在上甲板巡逻的哨兵。我们握紧对方的手，摒住气息。

　　万一他们发现办公室有异样，冲进来的话，我只能躲在桌子底下。不过担心是多余的，哨兵不一会儿就离开了这片区域。只听见远处，海浪"哗啦哗啦"的声响。我们拥抱着，静静听着这声音。

　　"我们还真是国家的叛徒啊。"

　　"这样不是挺好。"

　　酒井说完后，我们看着对方的脸笑了起来。

　　"我不会忘记你。"

"我也不会，我送你走。"

我们小步疾行于甲板上，到了船舱前，酒井说："记得装作是去上厕所的样子。"

我点点头，向酒井挥了挥手。就像是十九岁的少女为了幽会而竭尽全力。不过，我的苦笑证明了这是成年人的激情过后。

我把白色衣服挂在门口的挂钩上，回到了自己的被窝。周围都是安详的呼吸声，没有谁醒来的迹象。我安心地合上了眼，但是，激动的心情还是无法平息。我很想给谦太郎写一封信，不能真的写，只好在脑中动笔。

谦太郎先生：

我做了一个和你在一起的梦，然后在惊吓中醒来。这个梦好真实、好真实。我至今还能感受到你炙热的体温，你在我身上留下的痕迹。

这个梦好像是永远不会结束的爱情，我在火热中醒来，想起了八月底发生的事情。

听说你回国了，我兴冲冲地去见你，而你却态度冷淡。你的眼神好像是对一年未见的我说，你来做什么。在你眼眸深邃处冰冷的湖水消失了吗？

写着写着，我想起了斯文·赫定的罗布泊情节。你的爱情之湖，一会儿消失，一会儿出现在意想不到的地方，深深地折磨着我。现在，一定已经干涸，成为沙漠了吧。

我们是不是再也不可能相见了？想满足肉体的欲望，无论找谁都可以。但是，我不单单只想满足肉体的欲望。希望你的心灵再次灌满深深的湖水，让我们在湖上泛起轻舟。

芙美子

我在脑中反复推敲着措辞，终于累了，进入了梦乡。在脑中写信的好处是，第二天醒来重读一遍，也不会汗颜，因为马上就忘了。

第二天早晨，来点名的平栉少校的咳嗽声将我从梦中叫醒。我连忙起床，回答了一声"到"。发现我睡懒觉的平栉少校，以一副怀疑的表情看着我。我低下头，害怕被发现自己精神焕发的样子。每次与谦太郎交欢过后，第二天我的皮肤总是熠熠生辉，只要看一眼就能明白。同样，今天也是，说不定更严重。我急忙穿上衣服，想快一点见到酒井。

我一个人晚到食堂，看见穿着白衬衫的酒井已经吃完了饭，在喝茶。

"早上好，林女士。"

酒井和平常一样，和我打招呼。我甚至怀疑，这个和昨晚那个是不是同一个人。表面看上去十分平静，但是他的喜悦只有我知道。

"早上好，今天真热啊。"

我们若无其事地说着寒暄话。

"因为船已经驶过台湾了，现在在这里。"

酒井将手里的海洋地图给我看，这艘船在中国的台湾和大陆之间，以直线航行，现在正好进入南海海域。酒井的气息拂过我的脸庞，他发现了我的身体越来越僵硬。

"哪里哪里？"

编辑探出身体，看起了海洋地图，酒井把地图凑过去。

"终于开了一半了呀。"中央公论社的黑田说。

"是啊，还剩下八天。"

在我听来，这句话的意思是，我们还剩下八天能见面。

"等一下我会带点啤酒去你们的船舱玩。"酒井对黑田说。

"好啊，我们等你。"

"一会儿见。"酒井用只有我听得到的声音说道。

瞬间我的脸就红了，并四下张望了一下，看看周围有没有人听见。大家吃完饭之后，都坐在原地聊天，没有人注意到我与酒井的对话。

饭后，我想去一次厕所。但是门口的白色衣服不知道被谁穿走了，我只好站在门口等，不一会儿洼川稻子就回来了。

"林女士，你身体不太舒服吗？"

洼川问我，我吃了一惊。

"什么意思？"

"昨天半夜你去厕所了吧。因为你一直不回来，所以我很担心。"

我吓了一跳，我以为她睡得很熟，没想到竟然醒着。果然，昨晚的冒险很危险，想想也后怕。

"我吃坏了肚子，你没事吧？"

"我没事，"洼川闷闷不乐地说，"我有药哦。"

"我也有，没事。"

好不容易蒙混过关，下次要是想溜出去的话该怎么办。我发现自己已经在考虑下一次幽会的事了，忍不住长叹了一声。我以为自己只会犯一次错，没想到越是迷人、越是隐秘，就越是忍不住。酒井一定也一样。我想起当我进入食堂的时候，酒井一脸高兴的样子。

这天上午，大家学习如何穿救生衣，我和水木一组，轮流使用救生衣。去食堂吃午饭的时候，酒井坐在我旁边。

"林女士，学过了吗？"

"学过了，如果真到了要穿救生衣的时候，就意味着要完蛋了吧。"

"我和林女士轮流穿的救生衣，这艘船上的救生衣够吗？"水木问酒井。

每当酒井说起不该说的话的时候，都会向前探出身子。他的肩膀轻轻擦过了我的胸前，我们都有所察觉。

"水木女士，千万不要告诉别人。"

其他的编辑也都竖起了耳朵。大家都很喜欢听酒井的那些大实话。

"救生衣……没有船底那些人的份。"酒井坦白地说。

"真的吗？"

水木看着我的脸，我大致已经猜到是这种情况了，所以并不吃惊。

"一定要保密哦。我并不是军队的人，所以很坦白地讲，绝对不够。原因是，这艘船已经超载了。其实这还算好的，至少有救生衣。"

"即便不够也算好的？哎呀，一定会演变成救生衣争夺战。"讲谈社的桥本插了一句。

"不不，编辑一定会把救生衣让给女作家的。"

黑田一说，大家哄堂大笑。

"我只要一件就够了，要不要先把名字写上去呢。"水木半开玩笑地说。

酒井摆出一副认真的表情。

"我去过许多港口，见过许多国家的船，日本运输船的救生工具做得最差。美国船上一定有所有人都能乘上的橡皮艇，日本船上只有竹筏。制作得如此精美的救生衣根本不可能普及，一般都用印度尼西亚生产的救生圈。如果遭到潜水艇袭击的话，知道最大的死因是什么吗？是溺水而死。"

我盯着酒井的脸看，完全能体会他工作的危险性。

5

"大家看船的右侧，能看见新加坡哦！"

一周后，从厕所回来的水木洋子，衣角随风飘舞着，一溜烟地跑进船舱。

顷刻间爆发出呼喊声，男人们都争先恐后地挤到小小的窗户边。如果不是因为明令禁止，现在真想站在甲板上，吹吹海风，眺望陆地。大家小心地拨开窗户上粘着的黑纸，偷偷往外看。

"啊啊，真的看得见！"欢呼声此起彼伏。

"终于到了啊。"不知道谁叹着气喃喃说了一句。

危险的航海旅程终于要结束了，绿色的大陆就在不远处。理应所有人都感到安心了呀。

"看到了吗？"水木得意地反复问着同一个问题。白色衣服也没有穿进袖子，只是搭在肩膀上。每个人的心里都放松了起来。

"水木女士，不可以说新加坡哦，是昭南特别市。"有人提醒水木道。

"对不起，是的。"水木用拳头敲了一下自己的脑袋，"我只在这里说说而已，如果不称为新加坡，大家可能就没有那么激动了吧。"

所有人都放声大笑，事务长酒井每次爆料时候的开场白"一定要保密哦"，已经在船舱里偷偷地流行了起来。大家一定都厌恶这种满是条令的航海旅程了吧。

中央公论社的黑田很维护水木。

"水木女士说得一点也没错。就算别人告诉我昭南特别市到了，我也反应不过来。"

新加坡于昭和十七年二月沦陷，如今在军事统治下，改名为"昭南特别市"。城市也从战争的创伤中慢慢恢复过来，据说现在非常热闹，石油、棉织品、橡胶制品、皮革制品等，资源十分丰富。只要听说那里有许多日本缺乏的物资，人们就很激动。因为憧憬于本国没有的物资，才对南方抱有极大的美好幻想。我们正是从资源贫乏的日本动身前来的。

"一定要保密哦，其实我只要想到能站在平稳的大地上，就很满足了。"有人伸着懒腰说道。

"我想吃新鲜的肉和蔬菜。一定要保密哦，其实炖莲藕竹轮吃得我想吐了。"

"我想吃美味的马来西亚菜。"

"再来一瓶冰啤酒。"

"听说中国菜也很好吃哦。"

"我全都想吃，这是航海的不良反应。一定要保密哦，其实是假的不良反应。"

"一定要保密哦，我只要想到不用听到平栉少校的点名就安心了。"

不知道是谁说的，细碎的笑声倏然变成大笑。马上就有人提醒大家不要太大声。

"喂，你们态度太不严肃了。现在可是战争时期，怎么能这样。"

"话是这么说，可是一定要保密哦……我又不是军人！"

笑声越来越大，还有人高声附和道："就是！"

随着船接近赤道，一天比一天热。原本忍受不住白天的气温，只能躺在榻榻米上的男人们，自从看见了昭南，都变得精神抖擞起来。我们可是乘在假伤员船上，穿过南海来到此地的。再也不用担心敌军潜水艇的威胁，整个人发自内心的喜悦与安心。闲聊之余，有一些心急的人已经开始整理起上岸的行李了。

"一定要保密哦，不用再穿那件脏兮兮的白色衣服真是太棒了。"

美川喜代皱紧眉头带着厌恶的表情嘟囔着，所有女人都相视而笑。显然大家都很讨厌穿那件男女共用的白色衣服上厕所。不过，我穿着那件白色衣服和酒井幽会了好几次。我枕着自己的手臂，一边看着船舱的天花板一边回忆。

"林女士，你身体还没有好吗？"

透过船舱窗户向外眺望的水木突然回头，担心地看着我。即使一言不发，我也备受瞩目。很在意别人目光的我，终于起身，从窗户看向外面。

遥远的对岸，有绿意浓浓的大地，还有一座特别高的白色建筑物，像是制作精美的四边形箱子。苍绿的大地、蔚蓝的天空、碧蓝的大海、纯白的建筑物。面对如此鲜明的色彩，我惊讶得说不出话来。平时我明明不那么爱看景色，今天对大自然的赞美之言却脱口而出。

"啊，怎么会这么美。日本没有那种颜色。"

"是啊，比日本的任何地方都要美。但是，那个地区已经属于日本了，真自豪。"

水木看上去很兴奋。洼川稻子可能是被水木的单纯给吓到了，偷偷瞥了我们几眼。我很想询问一下身为共产党员妻子的稻子，看到这幅景致之后作何感想。但是稻子一直担心被人抓住什么把柄，所以一向谨言慎行。

"林女士，那座白色的建筑物是什么啊？仔细看看还真雅致。"在隔壁窗户向外看的美川喜代问我。

"那是国泰旅店吧，十六层建筑物。应该已经由第二十五军接管了。"听到我们对话的男编辑代我回答了。

"真漂亮啊，不愧是山下奉文 ①。"有人用喜不自禁的声音说道。

"林女士，在此一别，不知何时再能相见。我真想就这样一直与你旅行下去。"水木洋子感慨万千的样子，把手搭在我的肩上喃喃说道。

我的目的地是爪哇岛，而水木洋子是缅甸。

"我也是，如果能和你在一起就好了。"我也感情十足地说道。

长达十七日的航海旅途终于要告一段落，与年轻有活力的水木告别让我寂寞不已，而与酒井诀别之日也近在眼前。马上就要到达昭南了，可是我无论如何也高兴不起来的理由就在这里。

自从那次以后，酒井和我在各种各样的地方幽会过。船舱内都是人，所以不可能。但是身为事务长的酒井，知道各种各样的死角。在锅炉室、船尾楼的杂物室、仓库里，穿着白色衣服，我们时而亲热时而长谈。理应没有为任何人所察觉，但只要回忆起来，就会被自己的大胆行为吓出一身冷汗。

"我去一下厕所。"

我突然站起来，水木瞪大了眼睛。

"林女士身体一直不好。"

洼川稻子替我解释了一句，我很吃惊。她是在讽刺我，还是真的担心我呢？我偷偷看了一眼洼川，发现她正专注于书本，丝毫没

---

① 陆军大将。

有察觉到我的视线。

我一边想这可能是最后一次穿白色衣服了，一边打开了门。上甲板上一个人也没有，平栉少校和船员们，一定都在驾驶台上吧。

我假装走向船尾楼，不停地四下张望。心中抱有一个念头，希望酒井能发现我，并从办公室里出来。

离昭南岛的海角越来越近，能清楚地看清建筑物群，还有被青翠欲滴的热带植物包围着的白墙街区。在那里，有什么在等待着我们呢。我忘记了那些明令禁止的条款，久久地眺望着景色。在航海快要结束的时候，心情也放松了。

"志笼丸"在港口停泊两天后，将驶向爪哇岛的雅加达。到达需要花五天时间，之后继续载满物资和人返回日本。在此与酒井一别，恐怕今生也无法再见了。

我走进厕所，洗了洗手，一出来就看见没有戴帽子的酒井站在那里。他果然是在等待我的出现。我高兴得不得了，然而却口是心非地说："已经能看见新加坡了。"

酒井向我微笑，他的下巴有一根根没剃干净的胡须。我想起他的胡须擦过我脸颊的触感，又硬又痛。

"不知道战火将这座城市变成什么样了，不过曾经的新加坡很美。"酒井的语气很柔和。

"我们再也见不到了。"

酒井摇头否定我的话语，看着他悲伤的面孔，不知为何我反而很安心。受到男人伤害的话必须找另一个男人治疗。我希望酒井能永远爱着我，就像我永远爱着谦太郎一样。

"我们今生都不会再见了。"我知道此刻酒井很难过，故意用更残酷的语气说道。

"你真残忍。"

酒井低下头。

"因为你不可能一直陪我啊。"我很执着地说。

酒井咬紧了嘴唇。

"我也许可以申请离开船，现在还不确定，你先拿好这个。"

酒井递给我一张叠得很小的纸条，让我握住。我刚想打开看，就被酒井制止了。

"过一会儿再看，直到上岸为止我都会很忙，所以可能见不了面了。"

有一名士兵走上了上甲板，酒井向我使了个眼色便走向厕所。我装作刚刚与酒井站着闲谈的样子，回到了船舱。

我一边整理着自己的行李，一边偷偷打开酒井给我的纸条。上面写着他的名字与大阪的地址。我绝对不可能在日本和他见面，但是觉得特地把地址写给我的酒井十分可爱。我把这张纸夹在我钟爱的雪莱诗集里。

船舱内还持续着高昂的气氛，男人们吵着要把剩下的酒全部喝完，开始准备起了酒筵。

"喂，把那个'一定要保密哦'也叫来。"

我的心怦地跳了一下。和酒井关系不错的黑田马上去喊他了，可是他推辞说在做上岸的准备所以很忙。我很想见他，可是在众目睽睽之下什么也做不了。所以我干脆静下心来，躺在榻榻米上，想象着与酒井道别，心情越来越悲伤。

傍晚时分，船慢慢开进绿色海岸深处的港口。但是，并没有立刻让我们上岸。听平栉说，下船之前要先接受宪兵队的行李检查与训话，轮到我们之前必须在船上等着。

我们按照命令，坐在各自的行李之前等待，不久，昭南军政监管部门的宪兵伍长带着属下来了，他是一个三十岁上下的秃头男人。

"我是宪兵伍长山田，现在开始检查你们的行李。把你们的背包、提包里所有的东西都拿出来，清楚地摆好。把护照放在最上面。"

有人轻声抱怨，好不容易才把行李整理好的。但是不能违抗宪兵的命令。我也把衣服、书、洗漱用品等归类放在了自己面前。

从男编辑和记者开始进行检查。宪兵将护照与乘客表反复对照，然后再仔细地检查行李。有一些记事本被没收了，还有一些当场被销毁。

"啊！"

轮到水木的时候，水木大喊了一声。

"这是什么！"

山田把一本记事本摊在水木的面前。

"这是为了将来写作用的便签。"

"这里面写到了船里的情况，违反了条令。"

山田当着水木的面把记事本撕毁。下一个轮到我。我没有写任何记录，便光明正大地等着他们。山田哗啦哗啦地翻着我的书，突然停下了手，有一张纸条掉落在地上。是酒井写给我的家庭地址，我刚想捡起来扔掉，可是被山田抢先一步捡到了。

"酒井是谁?"

"是这艘船的事务长,因为受到了他很多照顾,所以让他给了我地址,打算日后写感谢信给他。"我撒了个谎。

山田继续问道:"你也写给他地址了吗?"

"没有,"我摇摇头。山田可疑地看着我,他应该也问过酒井相同的问题吧。

"船员不应该告诉任何人自己的地址和姓名。"

山田在我面前,将酒井的地址撕毁了。纸屑由士兵捡起,收集在一个纸袋里。应该会在某个地方烧掉吧。

山田走后,我捡到一片纸屑,这是酒井留给我的唯一的东西。这也意味着一切都结束了。我把纸屑放在手掌上发了一会儿呆,随即用嘴吹开了。

行李检查完毕后,要接受宪兵中尉的训话,让我们去船底集合。一行人便声势浩荡地走向船底。听说训完话,就可以上岸了。

中尉的训话,无非就是威胁我们不准说出乘坐假伤员船的事,否则性命不保。出发前是平栉说的,这次是宪兵中尉。大家纷纷点头表示,怎么可能会透露半点呢。

到了晚上十点,我们终于得以上岸。由于要卸货,所以港口徘徊着许多军人。

终于要踏上昭南的土地了,当舷梯放下的瞬间,大地仿佛被颤动。我不禁抓住了扶手。听说结束了长时间的航海旅程,刚踏上陆地时,会感觉陆地好像在晃动,并久久不能直线行走。即使自己没有意识到,其实身体已经习惯了船的摇晃。再加上我的心也在摇摆不定。

"林女士，保重！"

我听到一个男人的声音。回头一看，是甲板上的酒井。

"我不能够上岸，太可惜了。"

也许是那张纸条害的，可是我无法大声地问。

"是吗？你也保重！"

我微笑着向他挥挥手。

"希望你一切平安。"

我转过身子，踏上了摇晃的大地。真切地感觉到背后有酒井炙热的视线。

和酒井有关的一切回忆，我都留在了"志笼丸"上。如果"志笼丸"沉没的话，我一定会哭泣。但是我知道，新的旅程正在新的土地上等待着我，所以我不回头。

6

在昭南特别市的第一个晚上，我们被安排在仿佛是收押俘虏的军用设施里。男女分楼，我们住的楼要比男人的好一点，三层式建筑物。在一个没有任何隔板的木地板房间里，只有蚊帐和一块毛巾，除了睡觉别无他事。

街上满是军队，据说酒店与旅馆都住满了人。和在船上看见的白色国泰旅店的气势截然不同，这里真是悲惨旅程的开端。

当大家站起身挂蚊帐的时候，美川喜代说出了泄气话。

"我们简直像囚犯一样，至少也应该给我们一条垫的被子吧。如果一直这样的话，真不知道自己能不能撑得下去。"

美川一定是不习惯过苦日子，一副穷途末路的表情。

"没事的，只是今天一天而已，一天而已。"水木洋子是天生的乐天派，平静地安慰道。

"伤员船至少有被子，比这里可好多了。"洼川稻子也一副受够了的表情，指着蚊帐上的一个大窟窿说道。

"我已经受够航海了，不想再时刻担心会不会被击沉。"水木顶撞了洼川一句。

"即便这样说，水木女士，回程坐的还是船哦。"

"水木女士，坐飞机比较好。想办法拜托朝日新闻，让你坐飞机回去。他们不是拥有新型飞机吗?"美川笑着说道。

但是身为读卖新闻特派员的水木很不安地摇了摇头："美川女士和林女士是朝日新闻的特派员所以应该能乘上飞机，我是没希望的。"

每家报社都有自己的飞机，据说飞机最多的是朝日新闻，有一百多架飞机。第二是每日，第三是读卖。之所以朝日新闻的飞机数量压倒性地多于其他报社，和我"第一批随军赴汉口"后，订阅数量骤增是有着很大关系的。不知为何，我感到又得意又担忧。我一时兴起想亲眼看看战争的真相后写出的文章，居然能产生如此巨大的效果。

"新飞机的型号是不是 A26？"水木洋子问美川。

"是的，是的。"美川直点头。

A26 的话，我也略有所闻。飞行距离飞跃性增长的新型飞机。当初，正是因为计划遇到挫折，陆军才会关心并催促其制造。当前，据说二号机也在制造中。陆军连飞行员都是向朝日新闻借的，所以作为朝日新闻的特派员，美川和我的确比任何人都有可能乘上新型飞机。

顺便一提，"A"是朝日（ASAHI）的首字母。由于是作为纪念日本纪元二千六百年的一个环节而制作的飞机，所以是"26"。

"乘船需要花两个多星期的时间，如果坐 A26 的话，只要一天。很棒吧。"美川感慨万千地说道。

"你们已经在打算回程的事了？"

听到我的这句话，美川吃惊地回过头。她那美丽的容颜上，不可避免地流露出了一些厌恶的表情。

"这里已经很好了，至少有屋顶。我在更糟糕的环境里也生活过，所以无所谓。只要没有子弹会突然飞过来就很满足了。"

我把背包放在木地板上，靠在上面。从怀里掏出香烟放在嘴里，开始找起火柴。

"那是你随军出征汉口的时候吧。"洼川稻子也抽起了烟，以冷静的口吻问。

我没有回答她。

"如果去前线的话，就会觉得只要有个地方能睡觉就已经很幸福了。大部分的场合都没有厕所、井水、食物。唯有自己在很久之前灌进水壶里的水才能保住性命。如果那壶水喝完的话，不管有多渴，别人都不会分一点给你，当然也不能做饭。如果不喝漂着尸体的河水，就活不下去。战场就是那样的地方，没有夸张，大家请做好心理准备吧。"

我一边说一边情绪激动起来，不知不觉地声音越来越大。大家都沉默着低下了头。我终于发现自己话说得有些多了，便咬了咬嘴唇。但是我并不觉得有什么难为情。

在我的内心深处，一直很反感那些优雅、高傲的女作家。她们也和我这种有着迥然不同经历的人，刻意地保持着距离。

其实，我不太喜欢洼川稻子这类的人。一直保持微笑、冷静的稻子。我自己也不知道为什么。整个文坛都知道我们的关系，去年一起去慰问了"满洲"，而且贫穷这一点，她和我很像。

稻子比我小一岁，今年三十八岁。稻子的父亲在十八岁的时候与一名十四岁的女性生下稻子，好像是过家家一般的生活。很不幸的是，稻子的母亲很早便去世了，稻子由父亲不负责任地丢来丢去。

当稻子还是小学生的时候，就在焦糖工厂、中国荞麦店、针织品工厂等地方当过童工。关东大地震的第二年，她与资本家的继承人结婚，才过了没几天好日子，就被丈夫以拳脚相待，便带着长女离婚了。她与洼川鹤次郎结婚之后，开始写小说，她将小时候的经历写成《自焦糖工厂以来》，一下子跃身成为无产阶级作家的第一人。

另一方面，我的母亲只会读平假名（日本的拼音），是个没文化的人。在各种地方和各种男人生下孩子，然后流浪。和比自己年轻二十岁的继父结婚，然后带着我行商。就连我也是从小就自己卖豆沙面包和年糕，赚零花钱。

如果说稻子和我的差别，应该在于带给她巨大影响的人是丈夫洼川鹤次郎，而带给我巨大影响的人是母亲吧。不过，我的母亲是带给我最大安全感的人，而稻子的丈夫洼川鹤次郎却不断地勾三搭四，折磨着稻子。这种事情经常成为新闻。洼川是共产党员，所以总是成为大家揶揄的对象。洼川作为稻子的丈夫，而且是无产阶级文学的同志，却从根本上伤害着稻子。

我的《流浪记》是在《女人艺术》上连载的，昭和三年，当时我二十四岁。很巧合的是，稻子的《自焦糖工厂以来》也是同一年在《无产阶级艺术》上连载的。如果说无产阶级文学是无产阶级人士为了无产阶级而创作的文学，那么我和稻子的境遇是相同的。很讽刺的是，《流浪记》大卖特卖给我带来了许多财富，所以我并没有成为无产阶级。

正当我想得出神之际，明明大家都知道，稻子还微笑着说："当我知道林女士作为'第一批随军赴汉口'的女性阵容时，真佩服你的胆量。"

众人都频频点头。结果被稻子抢了风头，我心中有些许不快。

"谢谢。"

随着我这句冷淡的谢谢，大家的兴致一下都减退了，四周沉默起来。

一旦坐下来，就像涂上了黏稠的泥土一样，浑身沉重不堪。真想快点挂起蚊帐睡觉，但是长时间航海的疲劳使身体动弹不得。

突然，有三位年轻女性边跑边喊着过来。她们缠着我们之中最年轻的水木哭了起来，好像是之前在船底的女性。

水木很困惑地询问："到底怎么了？"

"对不起，我们能平安抵达，实在太高兴了。"

其中一个又哭又笑，抓着水木的肩膀，蹦蹦跳跳的。

我们是第一批上岸的，然后才轮到船底的人们吧。

"这些日子，不知道船会不会被击沉，我心里慌得不得了。"

三个人歇斯底里地大哭大叫。年轻女人爆发出的力量，让木地板也吱吱作响。等她们哭的差不多了，水木一个个拍着她们的背部，安慰道："已经没事了，放心吧。"

稻子以同情的口吻说："船底一定很可怕吧。沉没的时候也是封闭状态，人就在里面慢慢地淹死。"

"救生衣……没有船底那些人的份。"我想起酒井的这句话，觉得自己很对不起船底的人们，便低下了头。随后，船底的女人们不断地拥进来，其中也有那几个打扮得很风尘的女人。没有人抱怨这个房间的不雅，大家都露出安心的表情。

"年轻就是麻烦啊，生命力强的话，对死亡的恐惧也会增加。"我一边低声对稻子说，一边用力向空罐子里弹落烟灰。

"咦？林女士不怕死吗？"稻子若无其事地问道。

"怕是怕，可这里是战场，怕也没用。"

"真不愧是林女士，"稻子叹了一口气，"告诉你个秘密，其实我很怕死。因为我有三个孩子，最小的女孩才十岁，我可不能死啊。"

我知道她的家庭状况，所以并不感到吃惊。三个孩子和一个女佣，丈夫整天放浪不羁，支撑整个家庭的，只有稻子一个人。

我停下了抽烟的手，屡次端详稻子美丽的脸庞。稻子的眼睛很大，鼻梁高挺。可能是为了掩饰自己端正的容貌才故意戴眼镜的吧。

稻子似乎察觉到了我的视线，有点不好意思地摘下眼镜，向镜片哈一口气，认真地擦了起来。可能是有洁癖吧，她把眼镜擦得吱吱作响。

又有一群女人蜂拥而来，看到刚才激动得哽咽的人们，自己也忍不住又哭又笑。每一张脸上都露出平安踏上昭南之后明朗的表情。稻子饶有兴致地看着这些女人，然后突然说："林女士，是不是大家都觉得我家里的事情很可笑？"

"有吗？怎么了？"

我装作一副不知情的样子，对稻子的坦白感到十分吃惊。洼川鹤次郎的女性关系的确是众所周知。特别是几年前和比自己大十九岁的田村俊子的那段恋情。没想到这个和自己同甘共苦过的丈夫，却把自己搞得颜面扫地。

稻子此番直率的言辞中，到底隐含了什么？难道是破罐子破摔吗？我怕得不敢正视稻子。

"林女士也听说了吧。作为无产阶级作家的我，为什么会来慰问、视察战场一事。"

稻子在思想上应该也和丈夫一样，接近于共产党。我毫不犹豫地点点头。

"其实，如果我不这么做的话，根本活不下去。"稻子用神秘兮兮的方式说道。

长长的烟灰掉在了我的膝盖上，我轻轻地拍掉。肮脏的木地板上散落着烟灰。

"什么意思？"

"下次我详细地讲给你听。"

稻子微微地提起嘴角，笑了一下。但是，她那细长而清秀的眼睛里并没有笑意。稻子开始吐露真心了。在漫长的航海旅程结束后，心情也放松了吧。我不知道应该说什么才好，只好闭嘴。没想到，稻子像是还击似的问我："林女士，你和酒井先生之间到底发生了什么？"

真敏锐。虽说我做好了被她看穿的准备，但亲口听她这么问，还真震惊。我否认道："没什么，太寂寞了所以找他聊聊天。"

稻子微笑着静静地点了点头。当我深深地感觉到"寂寞"，是闭起眼睛准备睡觉的时候。

第二天早晨，我被鸟叫声吵醒了。只有陆地才有鸟。我确认自己不是在海面上，而是在陆地上，太好了。我好像很幸福的样子，笑嘻嘻地起床了。其他女性也都笑着，可能因为和我有相同的感触吧。

从房间硕大的窗户里，能清楚地看到沿海的国泰旅店。耸立于阶梯式地面的白色豪华建筑物，证明了昭南是比日本要富裕很多花重金建造的地方。

　　地板突然晃动了一下，又回到了坐在船上的感觉。不知道酒井现在身在何方。我想眺望一下港口，但是隔着一座山，无法望见。在船上遇见酒井之后，点燃了我的热情。可能因为是昭南的缘故，所以酒井看起来特别有魅力。我们好像在玩跷跷板，一方降下的话，另一方就会上升。我又想念谦太郎了。

　　吃饭的话，必须自己去楼下拿。稻子闷闷不乐地低头看着书。我突然觉得稻子看上去很可怜，便对她说："洼川女士，我们一起去吃饭吧。"

　　"我不吃了，一定不会好吃。"

　　稻子摇摇头，周围的年轻女性们有一些不悦。她们可不管好不好吃，只要有的吃就很满足了。她们一定觉得稻子怎么那么挑剔。

　　一楼的食堂里，有几个英国俘虏，面无表情地从大锅子里舀着汤、盛着饭。这种机械劳动使得每一份的量有多有少，而且看上去还很难吃。

　　刚才的女性们还有些不高兴，但是俘虏的不悦更胜一筹，她们也无法抱怨什么。有一些男人说，让傲慢的英国人为我们做杂役，证明了我们皇军的胜利。还有一些男人无理取闹地对战俘摆出臭架子。看到这些情景，我心里很不舒服。稻子也许正是因为不想看到这些才不下来吃饭的吧。

　　我夹了一些腌萝卜，拿着饭碗和汤碗回房间吃。猪肉汤里有许多炖烂了的肉和蔬菜，没想到味道很不错。马来西亚 ① 不仅资源丰

---

① 　新加坡当时还属于马来西亚。

富，食物也又多又好吃。我想到日本的贫穷，有一些黯然神伤。

我突然想起英国俘虏健硕的身躯，脸不禁红了起来。我并不是对他们有兴趣，不过这让我回忆起在欧洲时候的震撼。

巴黎、伦敦的人，体格都十分魁梧，总是正视着前方行走。小个子的我只能小步走在冷冰冰的石路上，不时地叹着气，从高楼的缝隙间仰望天空。我觉得自己正象征了资源匮乏的日本。

如今，在一楼的食堂里受尽侮辱的英国俘虏，唤醒了我自卑的情绪。日本能够用精神战胜他们吗？

不过，暂时的胜利成果，正是这片土地。我拿着饭碗，眺望窗外。并不高的山顶上飘扬着日本国旗，就像做梦一样，让人难以置信。

"那是筑紫山。"

在角落里，捧着饭碗低头猛吃的年轻女人，含糊不清地告诉我。从她身穿的华丽和服来看，应该是一名风尘女郎。

"为什么叫筑紫山呢？"

"听说是第十八师团的牟田口取的名字。"

每个女人都喜欢炫耀自己的知识。牟田口中将的师团，是在福冈附近编成的吧。应该没错，我没什么兴趣，便没问。

"还有一座更高的山，叫千代田山。据说是根据千代田城取的名。千代田山里有个池塘，不断地有水涌出，那里正在造一个很大的神社。"

这些应该是从客人那里听来的吧。这个女人很不雅地用筷子指指山的方向，得意洋洋地说着。我听着她高亢的声音，觉得硬要取

日本名字的做法很奇怪。我不是水木洋子，在我心里，新加坡就是
新加坡。

成为了军事统治地之后，新加坡改名为昭南。本应是为了解放
欧洲殖民地的战争，却让日本成为了殖民地的新主人。即使日本因
此遭到责难，却也觉得理所应当。

"早上好。早上的天气还挺不错的哦。"

第一公论社的下村亮一向我打招呼。不知何时起，他换上了干
净工整的白衬衫和裤子。这套行头应该是为了这一天，一直藏得好
好的吧。

"只有早上还算凉爽，但也已经很好了。"和下村几乎同龄的水
木洋子认真地回答。

"你们睡得可好？"下村把女作家们一个个看了个遍，"昨天晚
上有没有臭虫？"

"我最讨厌臭虫了。即使有臭虫，我也不会发觉吧。昨晚太累
了，睡得很死。"

水木洋子一回答，下村就笑了起来。

"我是来通知大家一件事情的。下午，军政监管部门的大久保
中尉希望与各位会面，黑田先生与马场先生表示，将会去交涉今晚
的住宿问题。"

下村很有礼貌地打完招呼，便走了。大家安心地看着彼此，心
中期盼今晚能泡个热水澡、有一张单人床。但是，稻子裹着一条毛
毯，只是呆呆地看着天空。我叫了她一声。

"洼川女士，肚子饿吗？今天的饭挺好吃的，要不要我拿来

给你？"

稻子转头看着我，她摘下了眼镜，一副昏昏欲睡的样子。

"谢谢，不用了。我想就这样看着蓝天，太美了。"

南方的光线很强烈，早上的太阳就能把普天之下都照得熠熠生辉。筑紫山的日本国旗、像镜子一样的蓝色海面、白色的国泰旅店。

"林女士，今后我们会碰到什么灾难？这里太美了，让我不禁害怕起来。"

水木洋子亲密地挽住了我的上臂，她好像也察觉到风平浪静中隐藏着的危机了吧。

"不会让我们上前线的，不用担心。"

我安慰了水木之后，从行李中找出九月份拿到的《南方特派指导要领》，看了起来。

《给报纸、杂志记者、女作家 南方特派指导要领》陆军新闻部方针：

一、为纪念大东亚战争一周年，收集对内宣传的资料。

二、在当地参观学习以下事宜：

1. 参观战争遗迹。

2. 与军司令官、军参谋、司政长官、司政官、当地要员会面。

3. 视察战场上军事统治的效果。

三、在当地的具体行动必须听从军队的安排。

根据此项要领，我们被派来南方的主要任务可以总结为：参观战争遗迹、与要员会面、视察军事统治的效果这三点。而且这些都必须听从军队的"指挥"。我的脑海中突然浮现出"筑紫山"与"千代田山"的名字。我觉得，是为了让军政地和民政地都使用日语，所以才征用作家和记者来此地的。

四年前当我"第一批随军赴汉口"的时候，状况与现在截然不同。

当时，我想比任何人都要快一些看清战争的真相，想把所有看到的都写下来，那股猛劲差点要了我的命。不断地有词汇涌现出来，在我的体内横冲直撞。想把那种战栗的感觉传达给别人，却又有着不知应该如何表达的焦躁。深爱一切生命，却认为死亡也是一种美好，恐惧与欣喜交汇着。这正是活着的感觉。

然而，现在呢？我必须听从陆军新闻部的安排，视察当地军政监管部门事先准备好的地方，写出上级规定的文章。为此，我们冒死乘上假伤员船，穿越南海来到这里。难道我们不是作家吗？我突然感到这次的工作是多么愚蠢，我想丢下一切，去别处流浪。

我觉得有人在看我，抬起头发现横躺着的稻子在看着我。我刚想和她说几句话，她却默默地移开了视线。

吃过午饭，我们全体出动去八层建筑的浮尔顿大厦里的昭南军政监管部门。军政监管人员很多，不只是日本士兵，还有马来西亚的童子军、打扮得很花哨的办公人员模样的日侨女性。他们像洄游鱼一样在走廊里走来走去。

"这里和电台很像。"水木轻声说道。

"哪里像？"

"这些人也不知道自己为什么在这里。"

听了水木这句话，我偷偷地扑哧一笑。其他人都被军政监管部门的高傲气场给震慑住了。

"你们那么早就出发吗？"

大久保中尉似乎一直吃得很好，是个又胖又矮的男人。可能是为了模仿山下奉文，所以故意留着一撮小胡子。但是眼神看起来很靠得住，让我想起腰带系得很合体的掌柜。大久保中尉的旁边，站着体型同样又胖又矮的平栉少尉，他们两个真像西洋的相声演员。

大久保中尉依旧从训话开始。

"诸君，欢迎来到昭南特别市的军政监管部门。这次来南方的旅程，能充分了解皇军的丰功伟绩，想必诸君一定觉得十分有意义并万分激动吧。这次诸君远道而来，所渡过的茫茫大海，正是皇军消除了敌人威胁后的日本海域。昭和十六年十二月八日，我军在马来半岛东海岸的哥打巴鲁、北大年、宋卡三处完成敌前登陆。之后以破竹之势一路南下，在纪元节① 之前，就已经全面进攻新加坡。并在今年二月十五日，成功降服了白思华中将。

"诸君，请勿怪我说这些废话，你们知道马来半岛的大小吗？被征用的新闻部的某个笨蛋问'这里是不是和伊豆半岛一样大'。

---

① 2月11日，日本四大节日之一。

可不能说这种蠢话，这里有九州、四国、北海道合起来这么大。也就是说，皇军的进攻路线已经长达一千一百公里了。走在没有路的地方，不吃不喝地穿越原始森林和沼泽地带。有时甚至在水深及胸的河里搬运炮身、以血肉之躯支撑被敌人炸断的桥梁让战车通过。仅仅花了两个月时间就南下至新山。我希望诸君都能了解皇军的英勇，以及日本人的高尚精神。可以说诸君就是为此而来军政监管部门的。

"确实，诸君并非我们正式征用的新闻人员，但是希望大家有同样的高度认识。就像我们常说的，征用也有些许惩罚的意思。确实有一部分人是因为惩罚而被征用来的。

"战争不是儿戏。希望大家铭记住，现在正处于国家的非常时期，请不要写什么天真的爱情故事。有一件事，特别要对诸位女作家说一下。请以女性的角度，通过文字，把南方共荣圈的美好新生活传达给日本。也让在日本等待着的家人，了解军人的艰辛。我认为这样做的话，能开解一些军人的思乡之情。"

听着口齿伶俐的大久保的话，我感到了一丝恐惧。"征用就是惩罚"，原来这个说法是真的。有许多被征用的作家、画家、摄影记者、广播电台人员群聚于此。其中或许还有我认识的人，如果在街上偶遇了，正好可以打听一下这里的情况。

"我可以问一个问题吗？"美川喜代用优雅的语调问。

大久保中尉慌张地和平栉说了几句话，可能是因为美川喜代的名字和脸很不一致。

"我被派去爪哇岛，请问可不可以申请去想去的地方呢？"

"比如说什么样的地方？"

大久保的小眼睛里好像有些怒火。

"具体还不清楚。比如说当地妇女过着怎样的生活等。我想亲眼看看当地人民的生活状况。"

"不可能！"大久保喝道，大家都惊呆了，"诸君不是来游山玩水的，所有的视察场地都由当地军队安排，诸君只要听从便可。"

"明白了。"美川喜代用生硬的口吻回答。

见面会就这样结束了。

之后，与平枬少校的交涉很顺利。我与美川喜代的朝日新闻组，被安排在朝日新闻分局的贵宾室里。洼川稻子和中央公论社的黑田、每日新闻的马场秀夫一起住在每日新闻提供的设施里。水木洋子只稍作停留，便出发去缅甸。终于到了和伪装船的成员们分别的时刻。

我们刚想回去，大久保中尉却把我和稻子叫住了。和刚才对美川喜代的态度完全不同，他笑嘻嘻地说：

"听说林女士是爪哇岛视察组的吧。在去爪哇岛之前，是否愿意和洼川女士一起视察一下马来半岛的激战地？"

我很害怕大久保突然发火，便回答："可以是可以，但是行动要领上面写道，必须第一时间移动至指定的地区。没关系吗？"

大久保笑了笑，露出洁白的大牙。

"也没有那么着急。要领上是不是也写了在当地听从军队的安排呢？让我们安排吧。林女士与洼川女士，我们会特别派人跟着你们的。请务必细心地观察，把皇军在马来西亚的丰功伟绩都写下来。"

"中尉，我是马来西亚组的所以肯定要去，但为什么也要让林女士去呢？"稻子温和地微笑着询问道。

稻子的微笑有种特殊的力量，能让周围的人心平气和下来。大久保用手摸着自己的短发。

"没有什么特别的理由，只是听闻林女士与洼川女士是一流的女作家，所以希望你们二位能多看、多写一点。"

他们好像已经事先商量过了，平栉看着手里的笔记本，接下去说："想让二位参观的地方是峇株巴辖、马六甲、芙蓉、怡保、槟榔屿、亚罗士打。每一个都是激战过后皇军占领的基地。不会耽搁太多时间，并保证二位视察途中的安危。还将为二位配备专属的司机、翻译、勤务兵。可以吗？"

我和稻子对视了一会儿，不知道应该如何回答。想不到拒绝的理由，如果这是命令的话就必须去。我的犹豫不决是因为大久保的态度骤变。

"知道了，请务必让我们前去视察。"

我答应了之后，平栉露出满意的微笑。

走出军政监管部门，我们漫步于热闹的沿海地区——惹兰勿刹。听说每日新闻和朝日新闻的分局都在这附近。沉默着的稻子突然停下了脚步，她一副想不通的样子，拉住了我的手臂。

"那个，林女士。你做了什么事情，让军部的人给盯上了？我不会说给任何人听，你坦白告诉我。"

我不知道她在说什么，便呆立于马路上。稻子的额头上渗出了不少汗，身体左右摇摆，好像在犹豫该不该继续说下去。稻子看出了我的犹豫不决，于是大声地说："哎呀，对不起。突然被别人这么问，一定会很吃惊吧。你可是一名伟大的随军作家啊。"

我倒吸了一口凉气，因为稻子不是爱冷嘲热讽的人。

"但是，你写的'满洲'报告，受到警告了吧。"

"是的，因为《冰冻的大地》有损'满洲'的印象。但只不过受到警告而已，你怎么会那么想呢？"

"因为我是被当局盯上的作家。他们让你和我一起行动，所以我担心你也犯了什么错。"稻子小声地说道。

"去年我们不是一起去慰问了战场吗？所以不必担心，当局应该已经不会怎么你了。"

稻子大声笑了出来。

"也就是说，当局已经开始喜欢我了？"

我听出了这句话中的讽刺，身体一下子发僵，担心周围有没有人听见。突然回想起刚才大久保中尉的一句话。

"征用也有些许惩罚的意思。确实有一部分人是因为惩罚而被征用来的。"

大久保特地说出这句话，可能是想说，我们这些被召集起来的人之中，确实是有为了惩罚而派来的人。如果说这个人是洼川稻子的话，一定没有人会感到吃惊吧。

"即使我去慰问了战场、像这样被派来南方，但其实我从未得到过原谅，一直被盯着。军部拼命地想抓住我的把柄，而且，我有利用价值。你能明白吧？我丈夫是共产党员。我作为党员的妻子——共产党拥护者、无产阶级作家，竟然随军出征，还在为军队做宣传。对陆军新闻部来说，没有比这更好的事情了。所以他们一直在利用我。"

"既然知道他们在利用你，那么你为什么要来？"

稻子似乎在思索恰当的措辞，紧紧地咬着嘴唇。可能她觉得还不是说的时候吧，于是我换了一个问题。

"那么你为什么觉得我也和你一样被盯上了呢？请告诉我理由。"

我渐渐地开始焦躁起来。因为稻子的担心，一定是多余的。不管怎么说，在昭和十二年的时候，我是第一批赴南京的女作家；昭和十三年的时候，我也是第一批随军赴汉口的成员。就算《流浪记》被禁止发行了，我也没有任何被军部盯上的理由。

"我也不知道为什么。但是你已经和我一样，成为了军部监视的对象。所以才会派我们两个人一起去马来西亚视察。他们一定会派间谍跟着我们，大久保是想抓我们的把柄。"

间谍？真古老啊。稻子的被害妄想症让我太意外了。

"那么，你的把柄是什么？"

"我不能说。"

说完这一句，稻子便闭口不言。

"那么，我的把柄又是什么？也就是说我有弱点在他们手里？很不巧，我才没有什么把柄呢。"

我觉得稻子的担心很可笑，绝对是杞人忧天。稻子摆出很困惑的样子，用手托住了她圆圆的下巴。

稻子究竟想说什么？希望她不要再胡思乱想了。我抬起头，看着这条大马路。

这里根本不像正在打仗，一派南方祥和的光景。在阳光下被照得发白的宽广沿海大街上，有一整排时尚的陈列窗，灿烂夺目。在那里美美地陈列着的，是日本所见不到的商品。五颜六色的夏天衣服、真皮的包和鞋子、金项链和金手镯、钢笔之类的文具、高级的美丽碟子、床单、窗帘、靠垫、肥皂、香水，还有种类繁多的布与毛线。在日本，毛线也买不到。只能把旧毛衣拆掉，把褶皱的毛线用蒸气烫平，反复地编织。

店员几乎都是印度人或华侨。大家看到日本人来了，都跑到我们跟前，想吸引我们的注意。我们开始愉快地购物，徘徊于这条路上的都是日本人。在各个施工地点，都是裸露上半身的英国俘虏在干活。大家像是嘲笑般地看着他们。

"喂喂，快来看。那件白色衬衫很好看哦！"

水木与美川一边大声叫着，一边看着服装店的陈列窗。是一件领子上装饰着清秀的蕾丝花边的棉质衬衫。我丢下稻子，走到她们身边，自己也被感染到了，变得很开心。

"旁边的皮鞋也很漂亮哦，我们进去看看吧。"

我们走进店里，各自买了一些凉快的麻质长裙、旅行时穿的棉质裤子、高级手帕等等。我还买了一个可以背的红色皮包。每一样都在十元日币左右，便宜得惊人。

不久，稻子也走进这家店。她一拿起小孩子穿的粉色长裙后，就低头哭了起来。可能是想念女儿了吧。我永远也忘不了她那副颓废的样子。同时，也越来越在意，她到底在担心些什么。

那天晚上，由于马场的前任负责人——若松宗一郎要回东京，稻子和《时局情报》的主编马场秀夫、中央公论社的黑田秀俊，便一同出席他的欢送会。我和每日新闻的关系不好，所以根本没有人来邀请我。我和美川喜代，前往港口附近的朝日新闻分局。我们将暂时住在分局的贵宾室里。不过六天之后，我和稻子要前往马来半岛视察，看来贵宾室并非是久居之所。

到了分局，朝日新闻分局长的千叶先生来迎接我们。曾经在朝日新闻总公司里已经认识千叶先生了，所以我们就这么站着说起来。由于明天我们几个人要参观，他说已经为我们找好翻译，是征用来的原贸易商人，真是个好消息。

顺便一提，我就是从这个原贸易商人口里，得知了那个可怕的消息——昭南的广场下面埋着许多被处死的华侨尸体。

进入房间，我脱下了行装，松了一口气的同时，感到疲惫正一点点地让腰和腿开始发麻。我躺在床上，把脚放在靠垫上，就这样睡了半个小时。

"林——太——太——林——太——太——"

我听到一阵急促的敲门声，连忙起身。打开门看见马来西亚的少年服务生站在门口。他说，有一位名叫"井伏鳟二"的客人找我。

井伏鳟二来了！我吃惊地连忙奔往接待处。白衬衫、白裤子，手里拿着一顶巴拿马帽，体态丰满的中年男性站在那里。看上去真像泰国一带的人，很沉稳的样子。

"井伏先生。"

听到我的声音，井伏晒得乌黑的脸上绽开了笑容。

"林女士，欢迎来昭南。"

井伏比我大五岁，去年十一月的时候，作为新闻部成员被陆军征用。十二月八日，在去马来西亚的途中，经过香港海域的时候，正巧遇到大东亚战争开战，这一段插曲被传为佳话。所以，井伏鳟二是日本进攻马来西亚时，极为罕见地见证了这段历史的作家之一。我刚刚从几个记者口中得知，他担任了《昭南时报》这一英文新闻报纸的主编，并且和日语学校也有一些关系。

"井伏先生，你还在昭南啊。真没想到能在这里见到你。"

井伏不好意思地笑了笑。

"我已经是四十四岁的老兵了，终于能被赦免，我二十二日回去，所以最后想来见你一面。"

井伏打算邀请我和美川喜代一起去名叫"南天楼"的中国餐厅吃饭。于是我去叫美川喜代，没想到美川一脸的倦容。

"井伏先生来找我们吃饭，你去不去?"

美川抱歉地拒绝道："不好意思，我太累了，想休息。"

"保重身体。"

我刚想离开，美川有气无力地叫住我。

"林女士，听说你要和洼川女士一起去马来西亚视察。我们在爪哇岛再见，请多多照顾。"

"不必客气，我也需要你多照顾。"

"我刚才被大久保中尉大骂了几句，到现在还后怕。虽然我并没有小看这次的工作，但事实上完全要受军队的摆布，那种高压态度真让人感到不舒服。"

"大久保中尉一定是因为昭南的战役已经成功了，才会如此盛气凌人吧。其他地方不知道是由什么样的人指挥，不要太介意了，认真做好工作吧。"

我安慰了她几句，她终于微笑着关上门。

在接待处，井伏与认识的几名记者聊得热火朝天。他还有一个星期就要回国了，听说欢送会排得满满的。

南天楼是中华街上的一个大餐厅。日本客人很多，其中有几个军人带着我好像在军政监管部门见过的日侨女性。

井伏好像是这里的熟客，他点了菜，叫了冰啤酒。我一吸烟，中国的服务员就显出十分吃惊的样子。

"昭南的生活怎么样？"

井伏用眼镜片后面柔和的眼神看着我。

"我刚刚到，还不是很清楚。我觉得这里很漂亮，资源也很丰富。"

"我很晚才去前线，城池沦陷的第二天才来到新加坡。二月十七日这里已经改名为昭南了，真是名副其实的'昭南先生'呀。"

井伏露出了圆滑的笑容。

"林女士，现在日本怎么样了？"

我向他说明了现在物资短缺的寂寥状况。井伏喝着啤酒听我讲话。

"我们刚才去了沿海大街上的店，那里什么都有，太感动了。

在日本，毛线、皮革、钢笔、打火石都一点点没有了。没有进口商品的日子真难过。你回去以后，看到日本与物资丰富的昭南截然不同，一定会十分吃惊。"

"有没有威士忌？"

"没有。各种商品都有替代品，大家都忍着。"

"这里什么都有哦，啤酒、香槟、葡萄酒、威士忌。我上运输船之前一定要把所有的酒都喝个够。"井伏破颜一笑。

"话说回来，林女士，关于这里的情况，你有什么想知道的，尽管问。"

于是我问他，今天大久保中尉所说的"征用就是惩罚"的意思。

"我不知道这算不算正确答案，但是请一定要谨言慎行。呵呵，这是理所当然的事哦。"井伏说完开场白之后，一下子放低了声音，"我是第一批被征用来的作家，由于是第一批，所以新闻部和我都有很多不成熟的做法。我们坐的运输船上有两名间谍，他们把我的一言一行全部记录在案，据说做成了'自大阪集结以来有关惩罚对象的行状'这样一份告密书。好像写了各种各样的事情，比如，在船上有一位态度强硬的运输指挥官，我给他起了个绰号，叫'胡子'。'胡子'说：'再唠叨的话我就宰了你！'于是海音寺潮五郎回了一句：'你宰宰看！'于是，海音寺被派去了吉隆坡。被判定为反战思想的画家冢本国夫也被派去了吉隆坡的宣传部。把海音寺等人的事情以嘲笑的口吻写在船内报纸《南航新闻》的小栗虫太郎，早就被丢到吉隆坡去了。中村地平从昭南调到吉隆坡，寺崎浩和桥本五郎去了槟城。只要在报告书上写你有反战思想，就会被派去吉隆坡、槟城这种还有敌军潜伏着的危险地带。所以为了不被贴标签，一定要万事小心。我想林女士一定没问题，女性不会做那样的事情，但还是万事小心为上。"

我想和他说一下洼川稻子的担心，可是这样无非就是让一个快要回国的人空担心而已，所以还是作罢。不过和井伏吃饭十分高兴，并且约定了回东京之后再见。

十八日，朝日新闻分局的记者采访我和美川喜代，还帮我们拍了照片。听说照片会登在第二天的早报上。至少我们的家人看到了之后会放心吧。采访的问题都是针对我的，美川喜代一脸的僵硬。

五天后，一大早便有朝日新闻分局的车子来接我。是六人座的车，同行的还有洼川稻子、平栉少校。作为导游，还来了一位东少尉。司机是印度的中年男性。

稻子身穿浅棕色的上衣和裙子，戴了一顶白帽子，整个人瘦瘦小小的。我向她挥手打了声招呼后，在车上一路无言。车子停在了最初观察的激战地，下了车，稻子终于与我交谈了起来。

"林女士，你还好吗？"

稻子偷偷地瞧了一眼平栉他们。平栉和东好像想和我们说明情况，站在一座石碑的面前等着我们。我假装用手擦拭粘在白皮鞋上的红黏土。

"若松先生告诉了我们许多可怕的事情，日本好像耀武扬威地占领了南方地区，其实不过是击败了殖民军而已。其实日本根本没有意识到真正的抗美抗英战争是怎么样的。"

　　也许真的是这样。原来我看到英国俘虏时候的想法，和大家是一样的。但是，已经无法停止，稻子和我都被迫在战争的轨迹上奋勇前进。

　　"那位年轻的少尉好像在监视我们，在旅途中还是少说话为妙。"稻子轻声说道。

　　东少尉是一个长得呆头呆脑的、看起来一点也不可怕的男性。正当我半信半疑之际，稻子狠狠地盯着我的眼睛看。

　　"你好像还不相信，那么我就把我的'把柄'告诉你。性命攸关，所以你一定要帮我保密。我曾经是党员，现在心也依旧向着党。"

　　稻子一说完，就离我而去。在旅途中，这是稻子第一次也是最后一次向我吐露心声。

第三章　爪哇岛

1

昭和十八年六月二十四日

清晨，突然听到轰隆一声，我以为是爆炸，急忙一跃而起。发现原来是雷鸣，才舒了一口气。可是雷声不断，很吓人。从银座回家的时候，我也误将雷鸣声当作空袭。我听到打雷都会全身颤抖，实在是太厌恶战争了。我害怕灾难的预兆。

附近有个地方遭到了雷击，随着一声爆裂般的巨响，房子摇晃了起来。几年前，坂上住的房子被雷劈中，着了火，我一直很担心下一次被劈的会不会是我们家。

我想起谦太郎去伦敦赴任时，很害怕当地的空袭。在石头铺成的街道上，活埋要比火灾更恐怖。

昭和十四年的秋天，谦太郎作为每日新闻的特派员前往伦敦赴任。一年后的伦敦，每晚都遭到德军的猛烈空袭。听说谦太郎住的公寓附近就遭到过炸弹的袭击，他便空手逃到附近的地铁站避难。

之后他马上回国，只在日本待了一年，又被调去纽约。不久，日美开战，半年多后乘坐交换船回国。在南方我们只见了短短一段时间，今年他已经成为和作家再无关联的社会部副部长。只要一想到在这动荡的社会中，谦太郎那瞬息万变的心绪，我就会嗜酒。这样做也算是情有可原吧。

我隔着睡衣，摸着自己的小腹。这里有一条小生命，仔细地摸，就能用掌心感觉到有一颗小小的种子一样的硬块。这是爱的结晶吗……绝对不可能。

我差一点呜咽了起来。即使受到世间的嘲笑、绿敏的反对，我也要一个人好好地带大这个孩子。我把自己的决心组织成文字，如果不这么做的话，好好的决心马上会被无法预期明天的战乱时代给摧毁得烟消云散。

我和洼川稻子花了一个星期时间视察了马来半岛之后，按原定计划，我们开始分头行动。稻子留在马来西亚，我前往爪哇岛的婆罗洲。

乘着名飞行员——小俣开的朝日飞机，十二月十一日，我来到了婆罗洲。比先来的美川喜代晚了十天左右。

在婆罗洲和我住在同一旅馆、将要一同前往泗水的美川，非常高兴能和我重逢，一直抓着我的手不肯放。

"林女士，看到你平安无恙我就放心了，很高兴能与你重逢。"

美川穿着一条在婆罗洲买的凉爽的连衣裙，白色底，缀着一朵朵黄色和绿色的小碎花，很漂亮。

"好久不见，你看上去也很精神。"

美川是一起乘坐伪装船的伙伴，见到她我也意外地感到很

124

高兴。

美川握着我的手，问道："马来西亚的情况怎么样？"

"很不错，特别是小孩子很可爱。"

我说着一些无关紧要的话，并不是不信任美川，而是没想到竟然得知了稻子的秘密，我的内心很沉重。

"我曾经是党员，现在心也依旧向着党。"

如果我泄露出这句话，稻子会有生命危险。稻子不惜暴露自己的把柄，来提醒我小心。在马来西亚，她很在意东少尉的目光，和我说了没几句话，便匆匆分手。不知道稻子现在平安与否。美川没有注意到我的担心，洋洋得意地自顾自说着。

"话说回来，林女士，我又向军部抗议过了。他们说有两辆视察爪哇岛的汽车，所以让我也乘上，但是车上全是军人，只有我一个女人，太沉闷了。所以我说想一个人视察，他们好像惊呆了，最后让我随便怎样，不管我了。"

美川"哈哈哈"地放声笑起来。我以为她是一名温柔贤淑的女作家，所以很意外。但是到了泗水之后，我才明白，美川伶俐的口齿能救命。那两辆汽车中的一辆后来跌落悬崖，导致两名军人死亡，所以说，这次旅程也是豁出性命的。

美川曾经这么说过："林女士，你不在家的时候，绿敏先生怎么办呢？"

美川的丈夫鸟海青儿也是画家，和绿敏同属于春阳会。所以美川一开始就对我很随便。绿敏远不及鸟海有名，鸟海可是一位名画家。

我有点犹豫地回答："我家里还有女佣和老母亲，所以日常生活应该没问题，他不是一个很挑剔的人。"

"不是说这个，"美川摆了摆手笑起来，"我的意思是，你不在家的时候，绿敏的性生活要怎么办？"

"哎呀。"我因为她说话太露骨而突然脸红了。美川有点恶作剧地微笑了一下，用长长的手指夹起了香烟。

"我只是好奇其他夫妻都是怎么处理的。"

绿敏和我母亲的关系很好，有时也会为我分担一些秘书的工作，是能够托付家庭和帮我处理事务的男人。

但是，我从来没有把我的丈夫当男人看待过。我和绿敏长年分居，其实是因为爱上了谦太郎的缘故。绿敏可能知道也可能不知道，整天摆出若无其事的样子拾掇庭院、剪报，生活得悠然自得。

美川似乎认为我的沉默是害羞。

"我对我丈夫说，随便你怎么玩。妻子由于工作而半年左右不在家里，当然会觉得对不起丈夫啦。"

美川好像太渴望与日本的同性聊天了，她吐出烟圈，接着说：

"我现在才痛切地感觉到，女人根本不适合战场。我半年前才刚刚在北京堕胎。"

我吃惊地看着美川的脸，美川习惯性地皱起眉头，露出忧郁的表情。

"今年五月，有一个战地慰问的工作，派我去蒙古视察。你知道吗？博文馆^①派我和渡边启助去。一开始我还很犹豫，但是鸟海劝我，作家不应该放弃任何开拓眼界的机会，于是我就去了。没想到我刚到北京，身体状况就不好。恶心，还有点贫血。走到哪里就吐到哪里，不久我发现，原来是怀孕了。但是又不能回去，我想这样下去可能会死，便决定去军队医院堕了胎。是男宝宝。"

如此伤心的事情，却被美川爽快地说了出来。我从来没有怀孕过，所以不知道应该怎么接她的话。

"其实，这是我第二次堕胎。以前也有过一次，当时我很犹豫，可是鸟海让我无论如何也要打掉那个孩子，所以只好听他的。我和其他男人曾经生过一个孩子，他是为了那个孩子考虑。怎么样，鸟海是个好男人吧？"

那个孩子应该如传闻所说，是和小岛政二郎生的吧。美川之所以打了两次胎，是因为和鸟海享受着真正的爱情生活，我仿佛看见了自己阴郁疑虑的真面目。

或许因此，我才和美川相反，坚持要保住自己腹中的孩子。我不停地对孩子说，我一定会想办法的，你一定要健康地出生、茁壮地成长。雷声越来越远，我再也睡不着，打算看看书，便打开了床头灯。但是，由于刚才的雷击，似乎停电了。没办法，我只好继续躺着，听着外面大雨滂沱。

突然，我想起了酒井，他现在身在哪片海上呢？如果能向很投

---

① 东京的出版社。

缘的酒井诉说一些谦太郎的事，该多好。但是，只要一想到酒井之所以那么温柔，是因为在日本有妻子和孩子的缘故，倏地觉得很没劲，又睡着了。

等我再次醒过来的时候，已经很晚了，时钟超过了九点。天空十分晴朗，仿佛黎明时分根本没有打过雷似的。今天应该会很热，我用手擦了擦额头的汗珠，昨晚没有睡好。

"太太，早上好。"

女佣发觉我醒了，便从屏风的另一侧向我问好。

"《日出》杂志的宫田先生已经来了。"

"真讨厌。"我皱着眉头想，他应该是来拿稿子的吧。但是截止日期应该是昨天。

"我马上写，你让他等等。顺便做顿饭给他吃。"

"当然，我已经为他准备好了。太太，您吃饭吗？"

"我边吃泡饭边写，再给我杯茶。"

我脸也不洗，无精打采地坐在书桌前。是不是因为怀孕的关系，脑子里很乱，真糟糕。

自从我回国之后，不断地有报纸杂志向我约稿。而且并不是小说，是关于南方的感想、见闻录。

现在已经不存在纸张不足的问题了，据说文艺春秋出的名叫《当地报道》的月刊卖得很好。随着日本领土的日益扩大，国内老百姓越来越关心当地的风景，以及日本人在那里的生活情况。还有一个原因是，有朋友、亲属在南方生活的人越来越多。

但是我认为，出版社也有讨好军部的可能性。所以才不断地找出征过南方的作家，一个劲让他们写关于被日本占领的土地。只要翻开杂志，映入眼帘的都是"高加力""古晋"这些闻所未闻的地名。

所谓的殖民地，都是战争结束了的地方。那里净是些军纪不严、想要一举获千金的日本人。欲望漩涡，真是不可思议的东西。被征用的作家无法去危险的前线，所以永远不可能知道真实的战争。"第一批随军赴汉口"的时候，当我得知了前线的激战，觉得这是自大东亚战争开战以来，最难打的仗，不禁唉声叹气。这恐怕已经不是女人、什么都不懂的作家可以悠然踏入的地方了。

"阿姨，早上好。"

我还没回答，只见拉门已经被哗啦一下拉开了，绘马走了进来。她用托盘端着泡饭、水杯、梅干等小碟子。她穿着白色的圆领衬衫，灰色的裤子。应该是用哥哥或弟弟的旧制服改出来的。即使穿得再朴素，她还是散发出夺目的光辉。

"早上好。"

坐在书桌前的我，为了不让绘马看见肚子，便头也不回地打了声招呼。

"阿姨……"

但是绘马特地走到桌子旁边来看我的脸。

"你的脸色似乎不太好。"

"早上听到打雷声了吗？吵得我没睡好。"

"嗯，大家都这么说，可是我没怎么在意。只是在朦胧中听到了雷声而已。"

不容易惊醒是不是年轻的缘故？我看着绘马苍白的、透出血管的皮肤。绘马微微一笑，也盯着我看。

"我没洗脸，别看我。"我提高了嗓音，"我现在要赶一篇稿子，所以很忙。"

绘马笑着站了起来，望着拉门外的庭院。

"会有蚊子飞进来吧？"

"可惜已经买不到蚊香了。"

绘马思考了一下。

"我去打听打听吧。"

"对了，顺便去绿敏那里帮我拿一些有我文章的剪报过来。"

我想凭着过去的文章唤醒记忆，来写《日出》杂志要的随笔。

"知道了。"

绘马恭恭敬敬地回应，可是我突然改变了想法。

"算了算了，还是我自己去拿吧。你能不能替我陪陪宫田先生呢？"

绘马高兴地点点头。聪慧的绘马一直很受编辑们的欢迎，然而她没有发现我心中的忧虑。

我很在意那块土耳其石，借走后绘马绝口不提。说好"只借一个晚上"，但已经过了一个多星期了。我很烦恼，要不要无意间问一问她呢？真后悔当初借给她。虽说绘马是我从小看着长大的孩子，即使送给她也没什么不可，但如果是自己钟爱的东西，还是很不舍得。而且，如果送给她的话，必须有什么理由。比如说作为毕业礼物、结婚礼物之类的。此时，我真想看看绘马那丫头到底在想些什么。或许她知道了我的想法，正在暗自着急也说不定。

我走出书房，来到别屋中的画室。绿敏没有光泽的头发垂到额前，在看着植物图鉴一样的东西。

"早上打雷了。"

丈夫低着头说："嗯，我还以为是炸弹，吓了一大跳。"

说完，丈夫抬起头看我。他那空洞的眼神，好像透过我，在看后方的天空。

"我去南方的那段时间，有没有把我登在报上的文章剪下来？"

丈夫只是点点头，默默地举起手，指向壁橱。

剪报簿按年代整理得井然有序。我想找的文章在"昭和十七年十月至十八年五月 南方从军记"一档里。

"绿敏，你比我会做标题嘛。"

我苦笑了一下，打开第一页，四边已经开始发黄的剪报映入眼帘。

《不得不敬佩》林、美川两位女士前往昭南

（昭南专电十八日发）大本营新闻部主办的由十三名杂志记者与五名女作家组成的访问团平安抵达昭南港。一行人中，林芙美子女士与美川喜代女士于十八日下午，详细视察了柔佛海峡的敌前渡过点、昭南岛的激战地武吉知马，以及福特公司两位司令官会见的地点。并且两位女士决定将自己的所见所闻写成才华横溢的文字，刊登在本报上。美川女士不远千里来到昭南、爪哇岛。林女士将从昭南出发，前往马来西亚、苏门答腊岛、缅甸、爪哇岛。两位预定在明年四月左右回国。

　（林芙美子的话）来到昭南，每到一处激战地，都会深深地被触动。我国的将士又拿下了一块宝贵的地方，太不容易了，我唯有替英勇殉国的战士们静静地哀悼。我打算主要围绕战死的士兵，以女性的视角来描述南方的战争。

　这是昭和十七年十一月十九日朝日新闻的关于我与美川的报道。这是到昭南的第三天，朝日新闻昭南分局的记者，听了我的谈话，整理出来的文章。这几乎就是套用了大久保中尉的训话。多么完美的视察开头、多么没有内容的谈话啊。

　"这个可以借给我一段时间吗？"我举起剪报簿，问丈夫。

　"你拿来做什么用？"丈夫有些不高兴地问道。

　可能是担心自己好不容易整理出来的东西，会被我给弄坏了。

　"在旅途中连笔记都不能记，回忆不起来的话，无法写稿子。"

　"原来如此。"

　绿敏似乎理解了。我拿着剪报簿回到了书房，坐在没有叠放起来的被子上，哗啦哗啦地翻着剪报。看着看着，想起曾经在泗水看过一个著名歌剧团的舞蹈和音乐，我打算把这件事写出来，终于坐在了书桌前，一边回想着女明星们的美丽容颜，一边开始填格子。

　完全不触及悲惨的战争、艰苦的殖民地，只写游山玩水的话，谁都能写得出来。但是，我回忆起与谦太郎的吵嘴、和军部的摩擦等在南方的各种伤心事，心里就郁闷得什么也写不出来。如果要我假装这一切都没有发生过，反而更难写。但是，绝对不能写军部明令禁止的内容。在这个写作不自由的时代，作家的匹夫之勇只会给周围的人们带来不幸而已。

刊登在综合杂志《改造》上的细川嘉六的论文，虽然通过了内阁情报部的审查，但是陆军新闻部的平栉少校看过后，将其定为"宣扬共产主义"之罪。随后，便开始向作者、编辑、出版社施以压力。改造社有两名员工被逮捕，我和改造社社长山本彦关系不错，所以很受打击。《流浪记》就是改造社出版的。

但是我不得不继续我的写作生活，只好假装看不见，不去管山本遭到的变故。这也不准写，那也不准写，听从军队指令的我们，已经不能算是作家了。

终于写完了，我通篇看了一遍，果然是一篇无聊的随笔。但是《日出》杂志应该会很高兴刊登这篇稿子吧。

《日出》属于主要以出文艺类书籍为主的新潮社，为了和讲谈社的大众杂志《富士》(原名《KING》)相抗衡，于昭和七年发行的杂志。但是销量远不及《KING》杂志，随时面临着停刊的危险。正当此时，大东亚战争爆发了。多亏了战争，《日出》作为振奋士气的杂志，发行量增多了。征用一些作家，让他们写一些当地的报告，刊登在好战的杂志上。军部的构想真完美。

当我修改完稿子，已经快中午了。气温骤升，我擦了擦额头渗出的汗，点燃了一支烟。我走向庭院，狠狠地吐出烟雾。突然间，我有点恶心，慢慢地忍住了。妊娠反应应该已经结束了，可能是香烟对身体有影响吧。如果用买不到香烟为理由，应该不会被别人怀疑我为何戒烟吧。

不合季节的菜粉蝶摇摇晃晃地在庭院飞着。它飞的方式很奇怪，仔细一看，原来是一只白色的飞蛾。我想起，曾经在马来西亚昏暗的原始森林里，看见过白色飞蛾乱舞的情景。

我开始担心起洼川稻子了。现在，只要被发现是共产主义的拥护者，就会马上被关起来。即使不被严刑拷打，在狱中受到的种种残酷对待，也会让人从此一蹶不振。我在中野警署被拘留的时候，就是这样的。

稻子怎么会向我吐露关系到她生死存亡的事情呢。她冒死向我谏言，而我却只顾买东西，当时的我怎么会那么傻。一想到这件事，我就很感动。

听说稻子也已经平安回国了，我很想见她。但是不知道为什么，在东京就完全没有旅行时的热情，再好的关系也会慢慢变淡，好似一段结束了的恋情。

"太太，马上要到吃午饭的时间了，是不是要为宫田先生准备午饭？"女佣拉开拉门问我。思绪飘到十万八千里开外的我，突然回过神来。低头一看手表，果然马上就要十二点了。

"你告诉他我马上就去，我自己来问他吃不吃饭。"

我洗了把脸，简单地化了化妆，涂上唇膏，套上我自己缝的飞白花纹连衣裙。这么穿的话，不容易看出身材。

我穿着木屐走过庭院，来到主屋。让编辑们等待的会客室，是大门旁边，一个朝北的房间。到了冬天就又暗又冷，现在这个季节是最舒服的了。我听到房内传来绘马与宫田的笑声。

"对不起，我来晚了。"我一边说一边拉开拉门。

我看见原本盘着腿的宫田，连忙端正了坐姿。他穿着一件整洁的白色衬衫。宫田刚想和我打招呼，可是一看到我，马上很吃惊地说："林女士，你是不是太累了？脸色看上去很差。"

听到年轻的宫田这么问，我有点不知所措地苦笑了一下。

"才没有呢，你连招呼都不打，突然这么来一句，会让人很不安的哦。"

"对不起，"宫田马上低下了头，"林老师，恭喜你能够平安回来，辛苦了！"

"别那么客气。"

宫田一副不知道该怎么做才好的样子，看了眼绘马，向她求助。但是，绘马却假装没看见，躲开了他的视线。

宫田今年二十多，还不到三十，大学毕业之后得了结核病，所以没有被征用入伍。他骨架小、皮肤白、脸颊上一直有两朵晕红，很有女性的特征。如果让他去参军的话，可能一天就受不了了吧。

我为了缓解宫田的紧张，对着他笑了笑。

"算了算了，你随便一点。我才应该道歉，又拖欠你们稿子了。"

宫田有些诚惶诚恐。女佣端来了茶，绘马立刻摆到了我的面前。我一边看着绘马纤细的手指，一边把稿子交给宫田。趁着宫田毕恭毕敬地在看稿子，我对绘马说：

"如果不快点写下来的话，一转身就会忘记。我是不是脑子不够用了，已经分不清旅行前旅行后了。好像是做了一个长长的梦。"

"这是为什么呢？"绘马问道。

我沉默了，我知道原因是，和谦太郎的见面。由于当时的场面和回忆过于强烈，新加坡、马来西亚、爪哇岛、婆罗洲，关于南方的一切记忆，都混淆起来，成为一个个片段。时光的流逝也变得含糊不清。

"可能是我去了太多地方，看到太多事情，都混在一起了。"我伤脑筋地说道。

"看到了什么事情呢？"

"太多了。"

"阿姨，南方的哪里最好呢？"绘马没礼貌地把手支在桌子上问我。

我又沉默了。最好的地方是和谦太郎见面的马辰港和泗水。但是，最不好的地方也是马辰港和泗水。因为在那里和谦太郎发生了激烈的争执。

"阿姨，是哪里啊？"绘马纠缠不清地问。

她瞪大了眼睛看着我，好像不想漏掉我的一丝犹豫。才十九岁的姑娘，看上去却宛如一个永不妥协的女强人。可能是因为她有四分之一欧美血统的缘故吧。

我想起了荷兰和印度尼西亚混血的姑娘，她们都美得惊人，而且聪慧，眼神充满魄力。当我突然回过神来，才发现宫田也屏住呼吸在等着我的回答。我只好说："应该是马辰港吧……"

马辰港位于婆罗洲南部。印度尼西亚有一条巴里托河，是流淌于原始森林里的大河，马辰港就在其支流的马达布拉三角洲。终日浓雾弥漫的原始森林，静谧的道路上红色、黄色等原色的房屋很显眼。还有金原蓝子。我一想到再也不可能去那里，突然就思念了起来，胸口隐隐作痛。

"那里是一个怎样的地方?"绘马继续问道。

"有许多河,大的河有隅田河的十倍宽。河里静静地流淌着褐色的水,还浮满了这么大的凤眼兰,几乎看不到水面。当地人把房屋盖到河上,连成一排。大家都生活在水上,河流就像道路一样,他们上厕所、洗澡都在河里。"我一边用双手比划着一边向绘马说明。

"什么?"绘马笑了出来,"在河里上厕所,不脏吗?"

"没什么脏不脏的,人们生活在河上,这是没办法的。况且,河水是会流走的呀。"

我被自己讲得一阵揪心,河水是会流走的,但是,我心中的堤坝阻挡住了某些流不走的东西,真悲哀。

"那么,住在下游的人一定很不高兴,太脏了。"

绘马说完,就和宫田笑了起来。宫田想要展现自己的博学多识。

"马辰港是盛产钻石的地方吧,林老师买钻石了吗?"

"哪有空买,我是去完成军队下达的任务的。"我有点不高兴地边说边站了起来。

宫田一惊,面露歉意。

"我有点累,先回房间了。宫田先生,现在是午饭时间,你在这里吃点东西吧,绘马你留下来陪陪他。"

我说完便离开了会客室。刚才抽烟时候恶心的感觉又回来了,很不舒服。

"给会客室里的宫田先生和绘马准备些吃的。"

我吩咐了女佣，回到书房。我从长火钵①的抽屉里拿出一个红绸的袋子，袋中有药粉包装大小的透明纸包。纸包的中央有一块凸出来的地方，我打开纸包，把里面的东西倒在手掌上。一颗黄豆一般大、微微发黄的钻石掉了出来。这是在马辰港的珠宝店里，谦太郎为我选的钻石。

"这颗钻石像是两个孩子。"谦太郎买下来给我的时候这么说。如果在日本买的话，要一万多日元，我想这证明了谦太郎对我的爱，很高兴。西洋女性喜爱宝石，她们坚信手指上的小石头证明了男人对自己的爱情。

"阿姨。"

是绘马的声音。我连收拾的时间都没有，绘马就进来了。她一脸歉意地把一个箱根手工艺盒子递给我。

"对不起，这么晚才还给你。阿姨，现在我把这块土耳其石物归原主。我早就想还给你了，可是放在口袋里总是忘记。"

盒子里是那块土耳其石。

"晚上睡觉之前看一眼，如果今天过得不开心的话就握着睡觉。这样就能做个美梦了。"

我很吃惊，没想到今天早上还惦记着的土耳其石，已经被还回来了。

"做了美梦了吗？"

"嗯，但是梦的内容保密。"绘马摆架子地说道。

___

① 日式正方形单人矮饭桌，可以生火，有抽屉。

这时，她像泗水歌剧团的女明星般带着点演技，而且比她们更美。绘马发现了我手中的钻石。

"阿姨，这是什么？"

我没办法，只好把手掌摊开给她看。

"刚才听宫田先生一说我才想起来，这是马辰港的钻石。"

绘马很聪明，并没有点穿我刚才的谎言，只是从我的眼睛里寻找着蛛丝马迹，反复回味。

"绘马，不好意思，这块钻石不能借给你哦。"

这是对我来说十分有回忆价值的东西，但是我没把这句话说出口。不过绘马似乎已经明白了。

"没关系，阿姨，这块钻石如果经过切磨打造，一定会变得很漂亮，我好像已经开始做美梦了。"

没错，的确十分漂亮。我紧紧地握住钻石，棱角刺得我手心发痛。

2

到达雅加达的第二天，我和美川喜代坐在前往机场的车里。我们将会乘坐朝日的飞机前往泗水。在泗水待三天之后，我将只身赶赴婆罗洲的马辰港。

听说刚巧三天之后，有飞机从泗水飞往马辰港。是我曾经乘过的朝日名飞行员小俣开的"朝凪"飞机。听说"朝凪"有空位，所以这次的旅程安排得十分匆忙。

战争时期四处跑的人很多，每个人都想乘坐飞机。因为坐船的话，很可能会遭到潜水艇、水雷的袭击。所以，当飞机有空位的时候就要赶快预约，否则下次不知道什么时候才能乘上，也许遥遥无期。即使同时预约，也是军人优先，所以不到最后一刻不知道能不能乘上。

我想起在昭南的第一个夜晚，和女作家们聊起 A26 飞机的事情。从乘坐伪装船到现在，才过了不到一个月时间，却好像是很久很久以前发生的事情。

我在马辰港的工作，主要是协助朝日新闻新发行的《婆罗洲新闻》。并且平栉少校和朝日新闻吩咐我，多和在马辰港的年轻日侨女性谈话，尽可能去内陆视察。

我的行程与路线，是由各地的军政监管部门和朝日新闻讨论得出的。也不是不能向他们提出要求，只不过没有相当充分的理由，是一定不会被采用的。

他们命令我调查军政地的日语普及程度、视察当地日本人的生活情况、以女性的角度写出军队的操劳并传达给日本等事情。其实，也就是让我来宣传军政制度实施得有多么完美。美川说她亲自视察了雅加达的一所名叫"千早塾"的教日语的小学。

顺便一提，马辰港以钻石矿闻名。不过大矿山都在河流三角洲地带的乡下地方，那里物资紧缺，大概待个两天便会无聊透顶吧。

说实话，我很羡慕能在雅加达好好休息的美川。雅加达是个大都市，那里什么都有。当然有印度尼西亚人，还有华侨、荷兰人、印度人、德国人、阿拉伯人、日本人。各种各样的人聚集于此，而且城市也在建造中，雅加达一定会像新加坡一样，成为一座真正的都市。

然而我却在婆罗洲累得半死。不停地赶路，再赶路。衣服、鞋子、内衣都被汗和灰尘弄得脏兮兮的。即使想买新的，也没时间买，而且净走一些没有商店的路。从昭南绕过马来半岛，抵达雅加达。又马不停蹄地赶赴泗水，最后来到婆罗洲。

在马来半岛的时候，有平枬少校、东少尉等一些男性，所以不用自己提行李。但是从马来半岛来到雅加达的时候，没有一个人帮我提行李。从准备阶段到拿行李，全都要靠自己一个人。

我想起小山爱子曾经在昭南病倒，幸好不是登革热或疟子，出门在外，能忍则忍吧。我马上就要三十九岁了，南方的湿气与酷暑，以及战争的紧张局势，让我感到非常疲乏。

而且天气不好，十二月是雨季，爪哇岛的雨季与日本的梅雨不同。傍晚下过骤雨之后，马上火辣辣的太阳又出来了，闷热得很不寻常。听说旱季的时候植物的叶子都会凋落，虽说这里常年是夏季，其实雨季相当于夏天，旱季相当于冬天。

骤雨下得很大，很有气势。好像敲鼓声，雨点打在每家每户的屋檐上，道路上立刻就积水成河。下雨的时候，一步都出不了门，只能待在家里。如果要旅行的话，还是凉爽的旱季比较合适吧。

在车里，由于睡眠不足，我忍住头疼，恍惚地看着窗外。今天早上可能是因为太累了，连起床都十分辛苦。

"林女士，还多了点时间，要不要去塔门法塔西拉广场转一圈？"坐在副驾驶座位上的朝日新闻雅加达分局的记者村中转头问我。

年逾半百的村中戴着玳瑁框的时髦眼镜，穿着和记者身份不符的潇洒服装，简直像一个通达世故的贸易商人。他很会说话，一旦开始讲话就停不下来，昨天开始我就快被他给烦死了。

听说村中刚刚校对完下个月开始创刊的画报杂志——《爪哇岛·巴鲁》。

"爪哇岛·巴鲁"在印度尼西亚语里，是"新爪哇岛"的意思。是为了纪念爪哇岛的新生而创立的画报杂志。看来爪哇岛的军政和朝日新闻的生意都做得很好。

"谢谢，那么麻烦你了。"

其实我并不是很感兴趣，我向村中道谢后，他满意地点点头，用印度尼西亚语向司机吩咐了一些话。司机是一个很漂亮的青年，有巧克力色的皮肤。

"林女士，你知道雅加达的意思吗？"村中试探性地问我。

"嗯……是什么意思来着？"

"雅加达（Jakarta）的全称是杰亚卡特（Jayakarta）。在印度尼西亚语里是大获全胜的意思。很可喜可贺吧，所以换回了这个名字。"

雅加达以前曾经叫"八达威"，是荷兰殖民时期的名字。

"原来如此，真是个好名字。我觉得比起日本取的'昭南'，'雅加达'更好。"

我随便敷衍了他一句，村中动不动就喜欢显摆知识。

听到我们说话的声音，美川喜代醒了过来，有点不好意思地笑了笑，小声打了个哈欠。

"林女士什么时候回雅加达呢？还是去了马辰港之后，再去巴厘岛之类的地方？"村中问我。

"不知道，"我歪了歪头，"这可不是由我的意志能决定的。"

"去过马辰港之后，回到泗水，之后再去哪里呢？我们的分局局长有没有说什么？"

"好像问过我，要不要去凉快点的乡下。"

"哦，是这样啊。泗水附近有一座高原，是荷兰人的疗养院，应该会让你去那吧。那里有一块像轻井泽一样的地方，虽然很无聊，但是很适合休养生息。"

"轻井泽？真不敢相信。"

村中耸了耸肩膀。

"那里海拔很高，所以很凉爽。爪哇岛这么热，应该格外容易累吧。"

的确如此。我用手帕擦了擦额头的汗水，真是越想越热，最后会热到受不了。我捻开摺扇，扇了扇风。美川喜代也扇了起来，车子里一下子充满了檀香味。

"一定有许多地方的军政部邀请林女士视察、写作吧。南婆罗洲是民政地，虽然不知道上头的人怎么想，但是我有一个后辈去了婆罗洲报纸，我会打电话让他好好照顾林女士。"

"有劳了。"我只好接受。

"不过，就当我多嘴，马辰港可是一个什么都没有的地方哦。不单单是无聊，要是在那里待上几个星期，简直就是关禁闭。"

美川喜代微笑着，也加入了我们的谈话。

"对了，林女士，你早上喝咖啡了吗？"

"喝了，很好喝。"

"简直会喝上瘾哦。"美川喜代往胸口扇扇风，满意地说。

我们住的地方，是旧总督府附近的后勤旅馆。曾经是著名的豪华酒店"喜达屋"，现在住的几乎都是日本客人，所以早饭的菜单是鱼干、煎鸡蛋等日本菜。饭后的咖啡十分好喝。在日本，几乎已经买不到咖啡了，所以当我喝第一口的时候，好喝得感到晕眩。

"林女士，这里就是塔门法塔西拉广场，后面那座高高的建筑物，是荷兰东印度公司。"村中用手指了一下。

我一边思考一边眺望广场四周。确实是个美丽的地方。广场的周围排列着让人误以为这里是欧洲的白色豪华建筑物，马车在石板路上往来如梭，小船漂浮在运河之上，瞭望塔面向大海高高耸立。码头上，红瓦白墙的仓库连成一片。用货车装着榴莲、蛇皮果、香蕉的水果商贩，还有卖五颜六色小吃的货摊。虽然此地已经被占领了，可是人们还是坐在冰凉的石阶上显得悠然自得的样子。我尽量克制住自己想观光的想法。

"我们去金巴兰看看吧？那里是鱼市场。"

村中向司机下达了指令，车子从广场开进了一条狭窄的沿海小道。鱼腥味扑鼻而来。港口满满地停着渔船，放鱼的笼子一个个被运进商店。

"真像尾道啊。"我脱口而出。

以前在尾道市雁木玩的时候，能看见不停地有渔船驶来，就在我的旁边，濑户内海的鱼被一箱箱地卸下来。有时候，我可以把掉在地上的鱼捡起来带回家。渔港悠闲宁静，可是四周却停满了日本黑压压的军舰。

"林女士，你马上要去泗水了是吗？你知道'泗水'的意思吗？"村中扶了扶玳瑁框的眼镜脚，问道。

"是什么意思啊？"美川反问道。

"是鲨鱼和鳄鱼的意思。"

"哦……我完全不知道。看来不学点印度尼西亚语不行哦，'千早塾'的孩子们日语说得可好了。"

美川笑了，她将于二月份回国。再过两个月就能与丈夫见面，所以看上去很高兴的样子。

"印度尼西亚语很简单，没必要学习哦。"村中有点看不起印度尼西亚语的意思，"'Saya orang Jepun'就是'我是日本人'。没有动词和助词，只要把单词排列出来就行了。林女士，这种地方根本不可能出现什么文学哦。"

我和美川面面相觑。我闭上眼睛，决定假装睡觉。虽然我还想再看看外面的风景，但是村中总是说话，太烦了。我一闭上眼睛，村中就老老实实地不再回头了。

飞机里，一开始热得好像要被烫伤了，随着飞机上升，温度越来越低，最后在适宜的温度中，我睡着了。直到着陆，我才醒过来，飞行过程中我一直在睡觉。虽然我很想在飞机中俯瞰一下爪哇岛，可是太累了，没看到。

"林女士，你刚刚打呼噜了，最近是不是太累了?"

竟然被美川这么说，我有点不好意思。离开跑道，飞机慢慢地滑向建筑群。我刚想看看泗水的街巷，可是机场好像在郊外，是一片什么都没有的草地。我看见黑色的云层由远及近慢慢地涌起，是骤雨。只希望在我们走进航站楼之前，不要下雨就好了。如果被卷入骤雨，马上就会像掉进水里一样全身湿透。从头到脚，连鞋子里、包里都会湿透，要花很久才会干。

操作人员将舷梯靠了过来，八名乘客同时起身。因为知道舷梯已经准备就绪，所以都争先恐后地想下飞机。但是先下飞机的，依旧是军衔高的军人。接着是军队工作人员，再接下去是他们的家属，我和美川是最后下飞机的。

当我们从舷梯上走下来的时候，大颗的雨点就一粒一粒打下来了。在进入航站楼之前，雨已倾盆。我和美川手牵着手，在跑道上一路狂奔，可是衬衫、裙子、鞋子，都湿透了。

我连想哭的心情都有，三天之后我还要去婆罗洲，来得及去洗衣店吗?不知道宿舍在哪里，所以心里很不安。

我和美川用手帕擦拭湿透的衣服。但是手帕根本起不到作用，马上就变成一块湿抹布了。

机场为了通风，没有玻璃窗，雨从窗口吹进来，乘客们集中在中央，等待托运行李出来。

有三个男人好像是来接我们的，他们向我们挥挥手。有两个把外套挂在手上，穿着短袖衬衫的，应该是朝日新闻的人。还有一个人穿着军装，应该是军政监管部门的军人。

"二位是林女士和美川女士是吗？我是朝日新闻派来的，哎呀，你们都淋湿了啊。"

朝日新闻泗水分局的人，似乎很同情我们。

"正巧飞机着陆的时候下起了暴雨，运气真差。我们是开车来的，一起走吧。对了，要不要先换件衣服？"

"不用了，我们先去宿舍。"美川回答道。

之后无论到哪里都一样，到了酒店，马上就被带到大马路上，举行盛大的欢迎宴会。军政监管部门的人也来了，因为他们要向我们讲解关于泗水的情况，还要吩咐我们记住自己的职责。军人们用报社的钱大吃大喝了一顿之后，便回去了。我想在宿舍里好好地休息一下，看来也无法如愿了。我不禁叹了口气，这时有一个男人向我搭话。

"老师，你全身湿透了哦。到了宿舍之后，我会马上帮你洗干净晒干。请放心。"

对于他随意的说话方式，我很吃惊地抬起头。一个男人在我面前，他穿着军装——卡其色的短裤、浅棕色衬衫，没有军衔。

"我被派来照顾林老师的日常起居，是第十四独立守备队的野口清三郎。请多多关照。"

3

"突然对我说要照顾我，难道要我草率地回答，'是这样吗？那么拜托了哦。'我可说不出口。"我很不高兴地说。

因为这个初次见面的男人竟然说"帮我洗衣服并晒干"，让我感到很不舒服。

"哎呀，对不起。"

他露出困惑的表情，似乎没想到我会是这种反应。

"我被委任为勤务兵照顾您，所以才来的。"

"我不需要什么勤务兵，自己一个人没问题。"我转过头，轻声地说。

美川喜代十分吃惊，似乎想问我什么问题，我假装没看到。不懂的人永远也不会懂，没必要向这种人说明。我这么做，是想起了拼了命向我提出忠告的稻子。

"为什么会突然给我们派勤务兵呢，真奇怪。"我随便一问。

"可能是担心我们在雨季一个人赶路不方便吧。"朝日新闻分局的一个戴着圆眼镜，看上去很认真的记者马上美言道。

"没错，因为您马上要去马辰港了，然后可能会去巴厘岛等各种地方。我一定会尽力照顾好林老师的。"

野口应该是为了压平卡其色的短裤，睡觉时故意把它放在床单下，所以有一条痕迹。真是个注意仪容的好男人，衬衫也用熨斗烫过，头发也梳得很整齐。

我突然感到很不好意思，便用手压头发。烫过的头发被雨淋湿后，翘得乱七八糟。我一边努力用双手压住头发，一边眯起近视的眼睛，仔细端视野口。我不可能马上信任这个自称为勤务兵的男人，不知道应该怎么办才好。我想起洼川稻子称呼跟着我们一起去马来半岛的东少尉为间谍一事，所以怎么也无法挥去自己是不是被盯上了的疑虑。

野口发现我在观察他，于是很不自在地站着不动。他苦笑着，转着眼珠，似乎在说，快点给我下个结论。目测他应该是三十五岁左右，可能因为被晒得太黑了，眼白部分显得特别清澈。头发看上去很硬，还剃了个和尚头，剃刀一定用得很准。他很有男人味，然而肩膀下垂、脖子特别长，看上去有点像公鸡。

"你是叫野口吧，一般随军应该跟着军人吧？我并没有被征用，只是特派员而已。"

"是吗？不过是军政监管部门的人派我来的。"野口悠然自得地说道。

"是平枏先生派你来的吗？"

我说出了平枏的名字，而野口却说了句"什么"，把头探向前方。一点也没有军人的作风，我不禁生了一份笑意。

"平枏先生是新闻部的少校，我刚和他在昭南岛分别。"

"昭南岛？"野口歪着长长的脖子，"我从未见过平枏少校。"

他说话有种乡土口音。说话之前，习惯先咽一口口水，这个动作也有点像公鸡，很滑稽。

"平栌先生是策划了这次视察的人哦。"

我环顾了机场航站楼，一起乘坐飞机的人们都集中在一角躲雨，我想万一被军队的人听见了不太好。可是我发现没人对我们的对话感兴趣，大家都各自聊天、看杂志，等待着雨停。

美川和朝日新闻分局的人，也抽着烟，走向了窗边。

"我原本是爪哇岛军政监管部门的中村上尉的勤务兵，现在被中村上尉派来照顾林女士出差期间的起居生活。中村上尉是林女士的忠实读者，所以无论去哪里我都会跟着您，无论什么事情都请吩咐，我定当尽力而为。打扫、洗衣服、擦皮鞋这种杂事都交给我吧，我一定会帮林女士分担重任。"

雨渐渐小了，托运行李也出来了。旅行箱和背包被放在推车上，旁边还挂着一个帆布背包，包被雨淋得湿透。我刚想上前去拿，野口制止了我。

"行李很重，我来拿。老师的行李有哪些？"

野口把"重"说成了"纵"，不知道是哪里的方言。

抽完烟的记者们和美川也来了。

"不愧是林女士，还有一个随从，真厉害。"

"而且还是一个美男子哦，林女士，真羡慕你。"美川看着野口的背影，用恶作剧的口吻轻声说。

确实，如果有这样一个细心的男人照顾我起居，旅程也不会那么闷。不仅是帮忙搬行李，安排车、住宿、买水、买吃的、洗衣服、购物等，在战地，如果有个男人在的话，的确会方便很多。再说正值战争，所有的设施都是为军人而造的，无论走到哪里都没有女厕所和女澡堂，实在太辛苦了。

但是，我到底可以信任野口吗？我心中总有些不放心，而且也觉得和比自己年轻的男人一起旅行是件挺麻烦的事。

野口完全没发现我的担忧，把我和美川的行李都拿了过来，好心劝我们还是换身衣服。

"老师们，还是把衣服换一下比较好吧？接下去我们将前往大和饭店，坐车需要花将近一个小时。"

语气中有一份强制性。

"我们要一直待在大和饭店里？"美川问。

朝日新闻的记者抢着回答："不是，各位应该已经很累了，如果明天能送各位去凉爽的地方休养就好了。有一个名叫'Selector'的地方，很像轻井泽，我们会带二位去那里。"

我和美川互相看了一眼，唯有听从他们的安排。

我们在机场的厕所里把湿透的衣服换了下来，然后，美川和朝日新闻的两名记者坐上了第一辆车，我和野口坐的是第二辆车。自然都是朝日新闻分局派来的车。车子和旅行费用都由朝日新闻出，陆军只派人力，原来如此。

坐上车，野口从保温瓶里倒出冰的红茶递给我。

"真好喝。"

红茶里放了许多糖，很好喝。在日本，砂糖也很难弄到手。

"老师，我老家是开理发店的。"

"所以才这么心细哦。"

"我来帮老师洗一下头发吧，保证舒服。"

我很喜欢男人用大大的手掌帮我洗头，我开始对他放松了起来。就算可疑又如何，反正日本殖民地净是一些怪人。

在伪装船船底那些想要来干一番大事业的人，一定在殖民地开着奇怪的餐厅、情人酒店、土特产店、照相馆等，大赚了一票。就算野口是军队派来的间谍，只要不向他敞开心扉便罢，再说我根本没什么见不得人的秘密。

野口开心地哼着小曲，从副驾驶座的窗口向外伸出手。他哼的是菅原都都子的《婆罗洲之舞》，印度尼西亚的司机也学着唱了几句。野口有点吃惊地说："你还得意忘形了。"（此句为野口的方言，林芙美子并不很确定）

应该是说司机得意忘形的意思吧。野口和司机两个人嘿嘿地傻笑了起来，看样子应该是个好人。

"野口先生，要不要去朝日分局打个招呼？"

听到我的问题，野口回头说："老师，朝日新闻的人会去大和饭店的，您只要等着就可以了。三天之后您还要去马辰港对吗？老师未免赶路赶得也太辛苦了。"

的确，我靠在座位上，最近太累了，真想睡个一整天。

"骤雨终于停了。"

我听到野口的声音，睁开了眼睛。立刻感到了刺眼的阳光，我看见地上飘起白色的水蒸气。又要变热了，我打开车窗，雨后清新的空气飘了进来。不过，马上就要变成热气了吧。这样下去的话，无论再怎么使用电风扇，也只是搅拌着热气罢了。我真想快点去那个名叫"Selector"的高原。

"对了，有一封军政监管部门给您的信，我先保管着了。本想到酒店再给您，要不要现在看呢?"

野口的口气很轻率，但比那些奇怪的敬语听起来舒服多了。

"那么，现在给我吧。"

野口把厚厚的信封递给我。我打开一看，发现其中还有几份出版社寄来的杂志和新闻报纸。

"有日本的味道!"

我不禁欣喜起来，野口点了点头。

"收到信是最开心的事情哦。"

我听到野口有感而发的话，便赞同道"就是呀"，野口很高兴地问:"即使是您这样的大人物，也会感到开心吗?"

"当然!"我有些轻浮地回答。

野口高兴地笑了。他好像十分热衷于和我说话，我突然想向他道歉，真不应该怀疑他。

我把信封一个个看过来，所有的信都已经拆封过，被盖了一个检查完毕的四角形章。绿敏寄来的信里一定有妈妈用平假名（日本的拼音）写的信。另外还有几封是出版社寄来的。

当我看到最后一封的时候，手也颤抖了。是谦太郎的笔迹。由于被军队检查过了，所以有个拆封口，让我感到很可惜。并不是因为内容被阅读过了而感到可惜。在这个时代，每个人都是做好被检查的准备才写信的。我想触摸信封中的空气。啊，我等待的就是这个。悲伤、喜悦的情绪一同涌上心头，一时间我什么话也说不

153

出来。

"您家人有没有来信?"

野口将右手搭在驾驶座上，转身看我。我发现野口右手的小指甲特别长。一根特别长的指甲，不符合他干净的仪容。我看着那根指甲点点头。

"有啊，不过我不能告诉他们自己身在何处，所以他们可能有些担心。"

"我能理解，我家人也一样。"

"你结婚了吗?"

"结了，家里有妻子和妻子的母亲，还有两个孩子。"

野口说完，便转身面向前方，开始用花腔哼着一首别的歌。我们坐的车子在排列着一个个小屋子的田间小道奔驰，卷起一阵灰尘。刚刚下的骤雨已经干透了。

我忍不住了，便开始读起谦太郎的来信。

首先看到的两个字是"稿子"，我差点哭出来，因为"稿子"是"爱情"的暗号。

听说你过得很好。东京每天吹着干风，很冷。南方一定很热吧?

工作还顺利吗? 有没有被天气给打倒?

前几天我读了《朝日新闻》上你的文章。只要看《朝日新闻》，就能了解你的最新动向，所以我现在一上班就看《朝日新闻》。

你一定在精力充沛地东奔西跑吧? 我单手拿着报纸，好像捧着一件稀有之物，我提问、触摸、回味、描绘，仿佛看见了你在我面前。你的好奇心很强，尽管是为国效力的工作，只要让你待在外面的殖民地，就一定会有许多让你欢欣雀跃的事情吧。

话说回来，非常感谢你八月份来我家看我。正巧那天亲戚都聚集于我家，没能招呼你，真抱歉。

大家一起喝了你带来的葡萄酒，很甜很好喝。你能在酷暑之中特地来看我，实在太感谢了。

我在美国染上的风寒一直没好，有些神经衰弱，所以精神不太好。

可能是船坐久了，太累了吧。不过现在我已经痊愈了。

对了，听说最近稿子的进展很快，太好了。

让我们提起当初的干劲，请务必为我撰写一篇杰作。

如果可能的话，也许我会亲自前往南方问你拿稿子。

珍重，勿忘。

书不尽言

每日新闻文艺部
斋藤谦太郎

谦太郎从纽约回来之后，又回到文艺部了吗？我不知道谦太郎现在的职务。也许是信中写到"稿子"的事，所以才故意写上"文艺部"也有可能。如果我没有和每日新闻发生纠纷，作为每日新闻的特派员而来的话，一定能顺利地见到谦太郎，真后悔啊。

155

　　我想，要不要发一份"稿子写好了"的电报给谦太郎呢？我紧握着信，思考起来。

　　比和自己小七岁的男人谈恋爱，是很开心的事情。我能让一个男人对自己撒娇，还有一颗包容他的心。而且，与年龄无关，能够观察一个男人真实的性格，还能看透他的秉性。并且知道，女人应该如何控制这个男人，每天像是在进行一场小型战役一样，很有满足感。如果每一场都能胜利的话，那么就更完美了。

　　如果能全部容忍男人的任性、专一、放任、专断、懒惰、害羞，并加以爱护的话，男人都能养成孕育爱情的优良品质，来尽情爱我。

　　我是什么时候产生这种想法的？应该是遇见谦太郎，坠入爱河的最初两年时间吧。但是，由于我们不得不分开生活，之后的一切都变了。

　　分开生活的话，恋人会用"数量"来衡量爱情，谁爱谁比较多，谁爱谁比较少。绝不能说爱得少的那方是不对的。恋人们都本能地知道，没有起点也没有终点的爱情，不久便会消逝。

　　所以我们才无休止地计算着。他给我写了多少封信，我给他写了多少封信。每封有几页、几行、几句甜言蜜语。如果数量不一致的话，马上就会变得疑神疑鬼。

　　谦太郎最初赴任的地方是中国，当时，谦太郎对我感到非常不安。明明那么想我，给我写了那么多信，我的回信却少得可怜。他怀疑我是不是厌倦了，在东京又有了新的恋人。

　　谦太郎在我作为"笔部队"的成员，完成了"第一批随军赴汉口"这件任务回日本之后，去了中国。我作为朝日新闻的特派员，受到各方的吹捧，成为了当时的红人。谦太郎发牢骚说，无法在其他国家和我见面，便去了中国。

于是，他给我写了一封满是讥讽的信。"我知道您现在十分忙碌，忙得连买一张明信片的时间都没有，如果您不偶尔地告诉我一下近况的话，我只能从别人的传言中得知了。"从这封信里，我看出了谦太郎的思念，所以我们的关系还没什么大碍。

嫉妒能在恋人相见的时候，带给双方刺激。只要同枕共眠，恋人就会坦诚相待，把当时自己的想法、没有说出口的话，都坦白地告诉对方。

所以，我们如此约定，在无法给对方写信的情况下，寂寞了就用电报传情。

"稿子写好了吗？我想尽快拜读一下。"

"稿子写好了，请尽快看一下。"

"稿子怎么样了？我十分想拜读。"

"希望你快点看完稿子，告诉我感想。"

所谓的"稿子"，就是我们的"爱情"。

我们的恋爱真正出现了问题，是谦太郎去伦敦赴任之后的事。昭和十四年九月，德军进攻波兰。欧洲的战火不断扩大，日本侵华战争也愈演愈烈。

孤身一人在伦敦生活的谦太郎，十分害怕持续了两个月之久的德军空袭，而且日本人在欧洲处于遭人鄙视的地位，一定也让他痛苦不已。于是他开始嗜酒。

　　这些是我的想象，应该是这样的。不过我不可能真正了解谦太郎的痛苦与寂寞。身在日本这样一个岛国，能发现它在不断膨胀，令人感到不安。而我自己，似乎也在和日本一起膨胀，因为我认同日本的做法。日本人都是这样的。

　　在国外生活的谦太郎，也许对于这样的我，已经感觉生疏了吧。

　　尽管如此，担心被别人检查内容，而无法写信的谦太郎，每个月都会发一封询问"稿子"的电报给我。即使我们的"爱情"远不及从前，但还是持续着。

　　当然，谦太郎回国之后，和我见了好几次。但是我总觉得有一些隔阂，不知道应该从何处下手处理我们的关系，谦太郎也一样。我们就这样一直处于僵持状态，昭和十六年，谦太郎去纽约赴任了。过了没多久，在十二月的时候，爆发了大东亚战争。

　　一个人在敌区，过的是怎样的生活？谦太郎的孤独，存在于比伦敦更遥远的地方。不过，我只能通过想象来试图了解他。由于日美开战，他无法给我任何的联络，当然也不能发关于"稿子"的电报给我。

　　我有时候想，对于谦太郎来说，我是不是他的一门语言？在英语环境下使用英语，和我说话的时候使用"我们的语言"。但是，语言如果不用的话，渐渐会被淡忘。"我们的语言"就这样被闲置着，渐渐地生锈，谦太郎一定在努力使用他的英语吧。

　　第二年他乘坐交换船回国，八月份，我拿着葡萄酒去见他。

　　我已经做好了结束一切的准备，并来到南方。谁知道他竟然会给我寄来一封情意连绵的信。但是一想到我们也许可以重新开始，就高兴得不得了。没办法，因为我和谦太郎都生活在瞬息万变的残酷命运中，和战争一起。

　　第一次见到谦太郎，是五年前，昭和十二年的时候。当时我三十三岁，谦太郎二十六岁。

　　谦太郎从东京帝国大学① 德国文学系毕业，进入每日新闻报社。一开始在整理部，之后被调到文艺部。当时谦太郎的上司是米田源助。米田曾经担任大阪每日新闻文艺部的东京特派员，一直都和我有工作上的联系。我们一起去采访、一起吃饭，关系十分好。和米田工作上联络频繁的日子，是我和每日新闻的蜜月期。

　　米田在银座的名叫"长谷川"的日式饭馆，向我介绍了谦太郎。

　　当我进入房间之后，发现米田的旁边坐着一位年轻的男子，只有二十几岁，戴着眼镜，很有文儒之风，梳了一个大背头。

　　"哎哟，这位是新人吗?"

　　我有点随便地问了一句，男子的脸上流露出了一丝愤怒。新闻记者经常这样，所以我并不在意。他大概也属于这一类人吧。

　　他们绝对不可能喜欢女作家。他们一定内心愤恨，自己是为了谈论时事、报效祖国才进的报社，为什么偏偏要向文坛中高傲的女人献媚。

---

① 现在的东京大学。

"这家伙叫斋藤谦太郎。刚从整理部被调到文艺部,是帝国大学毕业的。想让芙美子女士帮忙挫挫他的锐气,才带来的。"

谦太郎似乎终于明白了拼命维护自己的米田的心情。终于端正了坐姿,开始作自我介绍。

"我叫斋藤,刚刚调入文艺部,请多多关照。"

"我姓林。"

我简单地回了一句,开始观察起谦太郎。我喜欢他椭圆脸和戴眼镜的样子,还有柔和的灰色西装和深红色领带。因为年轻,他身体的线条纤细。不过他完全不掩饰自己,一旦话题无趣就立刻移开视线,真没礼貌。我觉得他还需要多加教育,便不去理他,开始和米田说话。

"对了,我觉得这个很适合米田先生,所以买来送给你。"

我递给他一个银座宝石店的小盒子。里面装着我白天去修戒指的时候,发现的领带夹。

"嗯,是给我的吗?真不好意思。"

"没关系,你一直很照顾我。"我看着女服务员给我倒的啤酒上面的泡沫说。

"打开来看看。"

米田笨拙地拆开包装,桐木的小盒子里装着玛瑙的领带夹。

"哎呀,真漂亮,太谢谢了。"

米田向我道谢完,马上使用了起来。米田不注重打扮,领带一直很皱,有时候污垢也很明显。所以我一直希望他能用漂亮的宝石来装饰一下领带。

其实，我本来想买红豆大小的翡翠领带夹，但是太贵了，所以只好放弃。我和米田无话不谈，正因为无话不谈，所以才不希望关系更进一步。

我看了一眼谦太郎，他一脸的不高兴。也许我的这种做法正代表了高傲的女作家们。

"那么，就让我来给新人倒酒吧。"

我从女服务员那里夺下啤酒瓶，往谦太郎的杯子里倒酒。我发现谦太郎诚惶诚恐地握着酒杯的手在微微发抖，我想自己可能有点过分了。他那么紧张，真可爱啊。不过谦太郎被我发现了他的紧张，于是不知所措，又摆出了生气的样子。原来他一害羞，就会生气。

"干杯！"碰完酒杯之后，我看了看谦太郎的眼睛。

"斋藤先生，你想在文艺部做什么工作？"

"我是学德国文学的，所以希望把德国文学的优秀之处介绍给日本人。"

"哦，你喜欢哪个德国作家？"

谦太郎有些犹豫地咽了口口水。

"不知道您有没有耳闻过。"

谦太郎一说，米田就笑着批评他。

"喂喂，芙美子女士也是作家，注意你的讲话方式！"

谦太郎继续说："斯蒂芬·茨威格、保尔·托马斯·曼，还有阿尔弗雷德·德布林。您知道吗？"

"只知道保尔·托马斯·曼，其他不太清楚。"

我摇摇头，看了一眼米田，笑了起来。谦太郎有些疑惑地看着米田的脸。米田觉得很有趣，对谦太郎说："继续说。"

"您听说过'Biedermeier'这个词吗？'Biedermeier'的意思是……"谦太郎看了我们一眼，发现我们兴致索然，马上停了下来，"对不起，我不说了。"

谦太郎用手抓抓脑袋，他的手又在发抖了。这次可能是感到耻辱吧。

"下次再详细说给我听吧。"

我嘴上说得很客气，其实心里想，帝国大学毕业的知识分子记者真麻烦。有很多男人，只要知道对方是文学家，就一定会吹嘘自己的理论知识。但是，他们也绝不会像谦太郎那样，对我这样的大众小说家、女作家说，反正你也不懂。看来谦太郎还太年轻了。

米田沉默着喝着啤酒，似乎对谦太郎不谙世故的样子有些不满。

菜一道道地上来，我和米田聊着一些无关紧要的事情，同时也顾虑着谦太郎。谦太郎应该很饿，连生鱼片的配菜也吃得干干净净。他是在客人面前毫不做作的人。

"斋藤，你问问看林女士上次我们说的事。"

米田暗示谦太郎陪我聊天，他才终于放下了筷子。

"林女士，下个月我们文艺部一起去草津温泉，您一起来吗？久米先生和吉屋女士、狮子文六先生等，大约有十来个人都来。"

"咦，是不是诗歌会啊？"我开玩笑地说道。

"不是，一直深受大家的照顾，所以算是慰劳会。"谦太郎一脸严肃地回答。

他的脸上明明写着，这是一场陪同许多作家的无聊慰劳会。米田也邀请我。

"芙美子女士，请一定要来哦。"

"米田先生也去吗？你去我就去。"

"不，我下个月要回大阪总公司了，我让这家伙代我去。"

米田所谓的"这家伙"指的是谦太郎。谦太郎板起了脸，等待着我的回音。

当时我和久米的关系已经不太好了，所以听说久米也去，我本是打算拒绝的。但是我很好奇年轻的谦太郎如何接待各位作家，便决定去看看。其实我是一个喜欢在一旁看别人笑话的坏心眼老女人。

"那么，我就去视察一下斋藤先生的工作情况吧。"

谦太郎表情僵硬地向我点头致意。

参加草津温泉慰劳会的成员，女作家只有我和吉屋信子。其余是和每日新闻关系亲密的男作家、《Sunday 每日》的编辑、文艺部的谦太郎，总共十个人。

在温泉能做的事情只有一件，就是穿着浴衣开宴会。一开始，谦太郎几乎不喝酒，努力地招待客人。久米很谨慎，只和大家开一些低级玩笑。渐渐地谦太郎不知道该如何应对涉世较深的作家们，便一个劲地喝起酒来。每当我们的视线对撞，谦太郎马上就愤愤地低下头。我终于无法忍受他的笨拙，他这么做未免太过失礼了。不过我一直没有机会提醒他，天就黑了。

过了午夜，我洗完温泉，发现谦太郎站在走廊上。他穿着浴衣抽着烟，静静地看着黑漆漆的庭院。

"斋藤先生，你泡过温泉了？"

我主动问他，他沉默地摇了摇头。

"你一定觉得，这种事情不应该是记者的工作吧？"

谦太郎老老实实地点了点头，随后马上回过神来，向我道歉。

"对不起。"

"没必要道歉，我也觉得是这样。记者们也都这么想。但是，记者会被作家、出版社、报社分配各种各样的任务。你要做好准备，这是工作，所以不得不为。"

"你是在训我吗？"

谦太郎有些自嘲地歪着嘴笑。比任何人都要努力、怀着出身于名校的傲气、对文学抱有极大幻想的人，很容易感到屈辱。而且一定在自己的故乡享有盛名吧。我发现谦太郎漂亮的额头上暴起了几根青筋，于是开玩笑地说："哎呀，真抱歉，我不应该训你的哦。"

"怎么可能不应该，您是大作家，要杀要剐悉听尊便。我们为了拿到您十分精彩的稿子，什么苦都会忍。"

谦太郎在说到"十分"这个词的时候，很用力，把嘴里的香烟吐出了一条长长的烟雾。这应该也是他的叹息。

"你说话还真不客气，我会告诉米田的。"

从来没遇到过敢如此直截了当抱怨的记者。我想起米田让我

"帮忙挫挫他的锐气",我也叹了口气。谦太郎的锐气,不容易挫啊。他的锐气可是用钢筋加固过的。

"帮作家倒酒、被逼表演才艺、照顾女作家,这些的确不是记者的工作哦。"我想起刚才宴会上的情形,笑着说道。

一贯如此。一有酒就开怀畅饮,全然不顾座次。有人拉着艺妓的手不肯放、有人没酒了就要发怒、有人用墨汁在大肚皮上画一张脸跳舞。现在这个时间,男人们的宴会应该还在持续着。

我和吉屋信子受不了这场无休止的愚蠢宴会,便中途离开,去泡了个温泉。吉屋只泡了一点点时间就走了,也许回到了宴会上,也许已经睡觉了。吉屋喜欢男人的体臭味,所以并不觉得这种宴会很痛苦,她应该又去参加了吧。

"我觉得这也不是作家的工作。林女士这次跳不跳'捉泥鳅舞'呢?哎呀,您是不是已经带着红色围裙了啊。"谦太郎有些不开心地说道。

我只要一高兴,就会表演"捉泥鳅舞",这是大家都知道的事情。谦太郎无非就是想讥讽我几句。

有心眼不好的人,说我一开始就打算跳给大家看,所以才带着围裙来赴宴。于是这件事成为了文坛里的一段"丑话"。

"你才那么年轻,却说得好像亲眼见过一样。传这种恶性谣言的人,是不会为人所信任的。"

我把小毛巾贴在脖子上,苦笑了一下。我把头发留长了,所以用红色发簪把湿漉漉的头发固定在脑后,水珠时不时地滴落在脖子上。

谦太郎抬起头，看着我的动作。我发现他的眼里有吃惊的神色，真好奇他的脑子里面到底在想什么。谦太郎没有向我道歉，依旧板着脸。

这个男人脾气真坏，我开始厌倦了与谦太郎的对话。我想快点回房间，喝着冰啤酒，看看书。谦太郎似乎没有发现我的真实想法，还在和我较劲。

"不为人所信任也没关系，我对这个世界已经失望了。"

"哎哟，是你们说要开个慰劳会，所以邀请我务必来参加的哦。我们都是被邀请来的，而且知道这是宴会，所以拼命地在活跃现场的气氛。久米先生也好狮子先生也好，大家虽然玩得很疯，其实谁做了什么都看在眼里，都打着自己的算盘。这才是大人的做法。我所说的，都是觉悟。而你却没有这份觉悟。我最讨厌只会发牢骚的男人了，如果你那么讨厌这里，一开始就别来呀。没有比你这样更失礼的做法了！"

我终于忍不住发怒了。现在谦太郎在这里偷懒，也就是说只有《Sunday 每日》的山田一个人，在应付酒品不好的作家们。

"快回房间去工作，山田先生未免也太可怜了。"

"山田先生喜欢喝酒，这样正合他意。"

也许是我的话刺激到谦太郎了，他竟然这么说。

"你这样说自己的前辈是不是太没礼貌了？他可是在工作哦。"

我责备了他几句，他转过身面向我。

"林女士，虽然你说这是工作，可其实是应酬，我们所做的事情，不就和拍马屁没什么两样吗？"谦太郎说得很急。

"原来如此，你出身名校，所以不愿意拍人马屁。"我嘲笑他。

"不是的，我给你们作家倒酒，难道你们就开心了吗？不觉得很奇怪吗？"

"不开心；就算是我们女人，也希望漂亮的艺妓来给我们倒酒，总比你这种没礼貌的小毛孩要好多了。"

"是吗？"谦太郎冷笑了一下，"不过有些作家看到我们拍马屁，似乎心里很痛快哦。"

原来他是这样一个乖僻的人，我十分吃惊，于是毫不客气地说："这种想法纯属性情乖僻的人在执迷不悟。你不适合待在文艺部，你根本不可能拿到我们'十分精彩的稿子'。快点去别的部门，找到真正适合自己的工作。"

我在说这话的时候，根本没想到几年后会成为现实。沉默了一段时间，谦太郎看着一对藤椅前的桌子上，烟灰缸里原本被自己熄灭的香烟，还在飘着一缕烟雾。

谦太郎已无力还嘴，只好向我道歉。

"林女士，对不起。我今天话有些多，可能是喝多了，所以言行有些过激。希望您能忘记今天发生的事情。"

"没那么便宜哦，"我笑着说，"说出的话就像泼出的水，永远会记在别人心里。再说我们又是这种职业，很恐怖的职业。像你这样的小毛孩一定无法忍受，就让我来告诉你，你将来的路该怎么走。我刚才虽然说，让你快点换个部门，其实像你这样娇滴滴的孩子，我敢保证，不管去哪个部门，都是无法做好工作的。我一定会告诉米田先生，你做好心理准备，快点从报社辞职吧。"

最后那些并不是我的真心话，我也以牙还牙，不知不觉地语气越来越重。谦太郎咬紧嘴唇低下了头。

有一个中年男人提着小毛巾，走了过来。应该是刚刚泡过温泉，当他走过我们身边时，看着我们的脸说："你们两个，好像一直在斗嘴嘛。小情侣别在这里斗嘴，回房间去！"

男人走远了之后，我看着谦太郎的眼睛，忍不住笑了出来。明明我看上去比较年长，却被当做了情侣。谦太郎好像有些不知所措，提心吊胆地看了看我的眼睛。

"难道我们看上去像是小情侣在斗嘴？怎么看我都已经徐娘半老了。"

"这是我的荣幸。"

我笑了。

"你是想弥补刚才的失分吧。哎，你们帝国大学毕业的人呀，只会算分数。"

我停下了讲话，因为谦太郎默默地站到了我边上。矮个子的我，不及谦太郎的肩膀高。看到这种压倒性的气势，我不禁后退了几步。

"林女士，如果能和你斗嘴的话，该多好。"攻击性完全消失了，谦太郎像少年似的害羞地说道。

正因为犹豫和羞耻，才说出这种多余的危险话吗？我歪着脑袋，发现自己越来越不能理解他。

"你在说什么？"

谦太郎的浴衣，胸口部分敞开着，能看见他的胸部。白白的、滑嫩的年轻肌肤。很意外地还有结实的肌肉，真漂亮。

谦太郎似乎感觉到了我的视线，用手拉了拉领口。

"林女士体态娇小，明明是个很可爱的女性，但为什么说话这么刻薄呢？不过我就是喜欢爱刁难人的女性。"

我不知道该如何回应他。突然，我被他从背后紧紧地抱住。从谦太郎的胸口，传来了肥皂、发蜡、健康的皮肤的味道。真怀念。我曾经伏在男人的胸口，一直闻着胸口的味道。

"这么娇小，这么可爱，却又那么爱刁难人。"谦太郎把他厚厚的嘴唇贴在我的脖子上，喃喃说道。

我痒得缩了缩脖子。谦太郎的嘴唇，不停地游走在我身体的各个部位。我刚想让他停下，可是他的左手已经从我的浴衣袖口伸入，毫不费力地抓住了我左边的乳房。

"小小的胸部真可爱。"

我好像完全中了他的陷阱，被他从背后紧紧抱住，摸着胸部。

"停下。"

我终于说出了口。因为我不想在走廊上被别人看见，但是喘着粗气的谦太郎，根本不打算停下爱抚。这次他用右手，从右边的袖口伸了进来。他摸索到我乳头的位置，我快要窒息了。

"你穿内裤了吗？"

我不知道该如何是好。激动、心跳加速，明明我很习惯于男女之事，可是被谦太郎抱住时，却心动不已。

突然，我听到了吵吵嚷嚷的声音，那些人没有转弯向这边来，而是直走了过去。谦太郎连忙放开了我，我终于逃离谦太郎圈起的陷阱，把弄乱的浴衣整理了一下。

"来。"

谦太郎拉着我的手走了起来。

"去哪里？"

"当然是去一个只有我们俩的地方。"谦太郎愤愤地说道。

然后他紧紧牵着我的手，从昏暗的走廊带领我走向谷底。谷底指的是河边的温泉。

不会吧，我竟然和谦太郎发展成了这种关系。虽然脑子里很混乱，但我的内心由于期待而颤抖。也许眼前的这个男人，比以往的所有男人都好。

谦太郎打开了温泉的玻璃窗，是家庭式小浴场的更衣室。他把我拉了进来，突然抱紧我，亲吻我。像是久未进食的人渴求食物一样的激情。

"锁门。"

在嘴唇分开的间隙，我好不容易说了这句话。谦太郎回过神来，把螺杆式的钥匙插入孔中，慢慢地转了起来。我环顾昏暗狭窄的更衣室，在家庭式的小浴场里，只有一个模模糊糊的灯泡亮着。里面有一个小小的岩石浴缸，窗户外射入的月光，照在温泉淡淡的雾气上。

更衣室只有三块榻榻米大小，墙壁的隔板上叠放着更衣篮，四周漂浮着硫黄的味道。我没想到自己竟然会在这种地方和谦太郎发生关系。我心里很慌乱，同时也有一份安心。

第一次见谦太郎的时候，看到他灰色的西装开始，我就喜欢上了他。其实谦太郎也一样，不停地和我顶嘴，也是因为对我有兴趣。

谦太郎脱下了自己的浴衣，丢在地板上。

"快脱衣服。"

谦太郎有些急躁，开始帮我解浴衣的腰带。解开伊达带 ①，脱下浴衣，我没有穿内裤。我躺在有谦太郎肌肤味道的浴衣上，闭上了眼睛。我们终于合为一体，我觉得自己很喜欢很喜欢他。

"林女士，我早就喜欢上你了。"

"我也是。"

听到我这么说，谦太郎抬起头看着我的眼睛。

"真的吗？"

"当然，否则我现在不会在这里。"

谦太郎用左手拄着脑袋，手肘撑在地板上，右手胡乱地摸着我的头发。我的头发还湿着，发簪掉在了一旁。

"我真的喜欢上了你，可以吗？"

"你结婚了吗？"

"结了，你也结婚了吧。"

"有孩子吗？"

"有的。"

说完"我真的喜欢上了你"而感到害羞的谦太郎，习惯性地流露出暗淡的眼神，看着我的嘴唇。

———————

① 一种腰带的系法。

有人似乎想进来，咚咚咚地敲着门。

"里面还在洗澡！"谦太郎喊了出来，那个人便放弃了。

"说不定在外面也有像我们这样偷情的人。"谦太郎感到很有意思地说道。

"只有这里才有。"

在房间里我们无法同床共眠。因为不知道什么时候会有谁闯进来。如果我们今后也要交往下去的话，必须不停地寻找可以让我们独处的地方。

"洗个澡吧？"谦太郎对我说。

我站起身来，谦太郎又拉住了我的手。我们先互相清洗身体，再牵着手一同进入浴缸，水有点温。

"我不会忘记的。"

听到我低声说，谦太郎用力地点了点头。谦太郎的脖子上，滴下了几滴汗珠。

4

从草津温泉回来的时候，我们两个统一口径，去山里的温泉又住了一晚。

我们从作家耳目众多的草津温泉，转移到了谁也不知道的驿站。途中，我和谦太郎在一条无人的道路上狂奔，那条路很暗，我们身边也没有照明工具。不过对我们来说，不需要灯光，因为越暗，我们越能够贴近彼此。

我突然很想和谦太郎上床，想念他用手托起我的脖子，注视着我的眼神，想念他嘴对嘴喂我的甜酒。

不过，回忆是个奇妙的东西。一旦像这样文字化，谦太郎突然就变成了笨男人，我也是个轻浮的女人。我们的恋情，就像随处可见的廉价情欲故事一样。

应该不是回忆奇妙，而是文字奇妙。被文字筛选过的东西、用文字表达不出的东西、比文字更重要的东西，就是恋爱。

奇怪的是，一旦和他分开，文字就像食物一样，成为生活的必需品。如果没有爱的文字，立刻就会感到饥饿，饥不择食的那种。就像我和酒井的关系。我突然觉得很对不起酒井，偷偷地惭愧了起来。

啊，我真想马上能见到谦太郎。我想像个发脾气的孩子一样，狠狠地跺脚、哭喊。

我抱着谦太郎给我的信，紧紧地闭上眼睛。我无心看窗外的景色，也不想闻到任何味道，只想沉醉于两个人的回忆之中。甚至不想承认，现在自己是孤身一人在爪哇岛上。能收到谦太郎的来信，我高兴得不得了，可是由于无法相见，所以没有消愁解闷的办法。

"老师，您身体不舒服吗？"野口没有丝毫顾虑地问我。他没有谦太郎的害羞与犹豫。

我把眼睛睁开一条缝，抓住司机的座椅靠背，马上就看到野口右手的小指甲。

只有那一根手指留着长指甲，显得有些发黄。谦太郎的手指很干净，指甲也一直剪得很短。

野口应该没有女朋友吧，我轻蔑地想着，并看着他那根脏兮兮的指甲。

"我有点累了。"

我转过视线，看向窗外。不知名的树木们，败给了骄阳，都垂下厚实的树叶。群居于货摊的浅黑肤色的男人们，看到汽车开来，都挥着手走过来。当我们的视线相撞时，他们便会露出白白的牙齿和笑容。他们都是一些温柔而美丽的男人。

"这里比马来西亚热哦。"

我以为野口会说对当地男人的印象，没想到是天气。当我忍不住叹了口气之后，野口似乎有些担心。

"您一定很累了吧，在房间里休息一下会比较好。您休息的时候，我会帮您把衣服送去洗衣店，请把要洗的衣服放在房间外面。内衣什么也请不要有顾虑。"

"谢谢，内衣我还是自己洗吧。"

内衣、贴身衣物，我一般都在酒店的浴室、洗手间里洗。所以野口的亲切反而让我觉得有些啰嗦。

"老师您坐过的朝日飞机，据说将会在后天返回日本。"

我一听，马上来了精神。

"那么，那架飞机可以帮忙带些信件回去吗？应该可以吧？"

马来西亚、昭南，都是让返航的飞机捎信回去的。

174

　　"可以，大家都让陆军飞机、朝日飞机带行李什么的回去。"野口冷笑了一下，"老师您是要写回信给丈夫吧？"

　　我没有理睬他的嘲弄，而是问道："肯定是后天？"

　　"应该不会有错。"

　　野口的直觉很准。他看出我迫不及待地要写回信，所以在不经意间告诉我朝日飞机要返航的事情。他始终面向前方，也是为了避免看到我的面红耳赤。

　　我打算写给谦太郎的内容是："稿子写好了，我马上要出发去马辰港。"虽然不知道谦太郎看了之后，会不会来南方，但是我觉得，新闻记者无所不能。你看，谦太郎不是给我写了信吗？

　　信里写道："如果可能的话，也许我会亲自前往南方问你拿稿子。"

　　但是在战地，原则上有保密义务，不能写信告知他人自己身在何方、将要去哪里。我是朝日新闻的特派员，所以只要把信件托付给朝日新闻的飞机，送回日本，就不用被检查。

　　我突然想到，为什么谦太郎不拜托朝日的记者替他寄信呢？

　　如果是通过朝日新闻的话，那么信一定是由朝日飞机运来，就能避开讨厌的检查了。我愤恨地看了看信封上被敲的那个表示检查完毕的四角形章。

　　谦太郎是报社的特派员，所以应该比一般人更了解寄信、通讯的方法。而且他认识的飞行员有很多，也不是说不认识朝日新闻的记者。既可以拜托朝日新闻的飞机，又可以拜托每日新闻的飞机，然后再转给这里的朝日分局。

真奇怪，他特地使用"稿子"这个词，好像是为了满足自己的童心。

"听说最近稿子的进展很快，太好了。"

他写的是"进展很快"，我一想到谦太郎的可爱，就从心底里觉得活着真好。只要从恋人那里收到一封信，女人就能生气勃勃。

我突然感到有人注视着我，抬起头正好和野口四目相对。我发现他好像从前面的位置在观察我，所以有些不悦。然而，野口竟然说："我一开始接到做您勤务兵的任务，以为您是一个很可怕的人，所以很不情愿。没想到您还像个小姑娘似的。"

"讨厌，别说了。"我假装不高兴地回答。

其实我心里有些担心自己被野口看穿了，同时也感到有一点小兴奋。我刚刚竟然如此毫无防备地将自己的喜悦暴露了出来。

"老师，那个就是大和饭店。"

大马路上满是三轮车和马车扬起的灰尘，我看见了白色门面的漂亮酒店。虽然不及昭南的莱佛士酒店、国泰旅店的气势，但据说内部有一个庭院。

"哎呀，真是个漂亮的酒店。吃饭前我在房间里休息一下，接下来几点出发，去哪里？"

我急着想给谦太郎写回信。

"那么，我让大家七点来大厅集合吧。我等一下联系朝日新闻的领导和军政监管部门。据说他们要请老师们吃日本菜或寿司。"

"这里有寿司吗？"

"有的，在这里会很想吃寿司，所以我经常去。爪哇岛的人们，寿司做得很好。"

"不会吃坏肚子吗？"

"不会不会，很好吃哦。"

野口认真说话时候的样子很有趣，我为了掩饰自己内心的喜悦，故意板着脸。

"林女士，辛苦了。"

另外一辆车也到了，美川喜代向我挥手。

"林女士，吃饭之前要不要先到处看看？朝日分局的人会为我们做导游。"

我摆了摆手，思考拒绝的措辞，没想到野口替我说："老师太累了需要休息。"

真贴心。可是我总觉得有些奇怪，便沉默了起来。

野口和男服务生拿着我的行李，先行一步。我看着傍晚蛙鸣四起的庭院，漫步于走廊上。我的房间在大草坪院子的尽头，所以要绕一大圈才能走到。

在尽头，还有一排小屋子，据说是给长期滞留的人们住的。应该是一些和军队一起来的商人、造房子的木匠、制作榻榻米的手艺人。光是这个大和饭店，就有近两百名日本人。

野口替我给了男服务生小费，然后进入房间，打开昏暗房间里的灯，检查了卫生间和床。

"浴缸里有时候会有壁虎爬进来。"野口连床底下都检查了一遍，然后点头说，"不要紧了，老师，请您好好休息。六点五十五分的时候，我再来接您。"

我向他道了谢，关上门。离集合的时间，还有两个小时。我没有解开行李，而是直接坐在书桌前，从包里翻出谦太郎的来信，又仔细地看了一遍。

我展开手边薄薄的航空信纸，确认了钢笔里面有墨水。正当我犹豫要写什么的时候，响起了敲门声。

"老师，我给您拿来了冰啤酒。"

野口用托盘端着啤酒而来，他把啤酒放在墙边小桌上，默默地像是在等待着什么。

"怎么了，有什么事？"

可能是我的表情太恐怖了吧，野口像仙鹤一般探出长长的脖子，看上去很吃惊、很滑稽。

"老师，衣服会皱。还是快点把要洗的衣服拿出来吧。我这就送去洗衣店。"

"没关系，等一会儿。"

"明天就要去'Selector'了吧，来不及的。"

没办法，我只好起身，将淋湿的衣服交给野口。野口把湿透的裙子和衬衫挂在手臂上，得意洋洋地走了。

虽然野口细心得让人有点恶心，但是有个勤务兵确实方便多。本应我自己去洗衣店、预约明天乘坐的车辆，现在这些事都只要交给野口就行了。

一想到今后我们将形影不离地去这儿去那儿，或许我应该处理好和他的关系。想着想着，我开始给谦太郎写回信了。

斋藤谦太郎先生

感谢你的来信。

我没想到能在这里收到你的信。当我看到你笔迹的时候十分震惊，就像和你交往时的心跳一样。惊慌失措的同时，也无法掩饰住自己的雀跃不已。

说实话，八月份我去你家的那次，还以为你已经彻底变心了。

那天你虽然看着我，可是却一副心不在焉的样子，似乎把心忘记在了美国一般。你的表情是那么的空洞……光是想起那天回家的时候，自己有多么颓废，就会痛苦万分。

我并不是想抱怨。我知道，在漫长的交往过程中，会有各种各样的意外，为了努力泰然处之，便做好了与你诀别的准备。当然其中也有因为我要来南方工作的成分。所以我很后悔那天没能好好和你说上话，当时我的内心实在太痛苦了。

因此，我很高兴收到你的来信。

听说后天有朝日的飞机要返航，所以我急忙给你写回信。字写得很潦草，真抱歉。我现在才发现，能给你写信，于我而言是一种无法替代的喜悦。而且你去美国之后，有一段时间我没给你写过信。

今天，我来到爪哇岛的"鲨鱼和鳄鱼"。像你直觉这么准的人，一定已经猜到这里是哪里了吧。现在这里是雨季，一天要下一次骤雨。可是下完之后马上就放晴，变得闷热无比。听说每天都这样，我想只要不弄坏身体就好了。

几天之后，我要动身前往婆罗洲。是朝日新闻办新报纸的地方。我将要在那里帮忙。

你托我写的稿子是我的得意之作，如果你能亲自来拿的话，请到婆罗洲报社来。拜托了。最后，请转告米田先生，我很好。

林芙美子

我考虑到万一被检查，所以没有写得很大意。可是在不知不觉中，还是变成了一封完全不像出自文学家之手，而是情窦初开的少女写的信。而且我竟然花了一个多小时才写完。

房间渐渐变暗，窗外传来嘈杂的虫鸣声。我把信纸放入信封，写上收件人的姓名。随后我想到，还要写一封给绿敏，免得被野口怀疑，所以又慌慌张张地写了另一封。这封比较短。

手冢绿敏先生

收到了你的来信。你最近还在画画吗？

这里实在热得受不了，我希望每天只要洗洗水浴，睡睡觉就行了。

但是，为了祖国，我必须灰头土脸地赶路。

朝日新闻有付稿费吗？对了，帮我把朝日新闻上的照片剪下来，保存好。

祝健康。

芙美子

写完信发现，原来已经快七点了。正当我换衣服的时候，敲门声响了起来。

　　"老师，我是野口。我来接您了。"

　　打开门，发现野口换了一件白色衬衫，笑着站在那里。

第四章　金刚石

1

从泗水起飞，乘坐八人座的朝日飞机，在碧蓝的海面上飞行三个半小时。

刚开始机舱内热得像地狱，随着高度上升，慢慢地冷下来。后来开起了热空调，但还是冷得让人发抖。而且，每次飞机摇晃时都有人呕吐，狭小的飞机内充满了臭味。

不过，我习惯于旅行，中午吃了满满一盒盒饭，在机舱里裹着毛毯，不知不觉地睡着了。

"太太，我们已经到婆罗洲的上空了。"

坐在我旁边的海军军官摇着我的肩膀把我叫醒，他似乎不知道我是女作家。"太太"这个称呼真新鲜。

军人似乎觉得我是贪了什么便宜才坐上朝日飞机的女人吧。确实，能乘坐飞机的人，一定是有什么特权，军人、军人家属、被征用的人、老百姓，谁有什么门路，不得而知。

去婆罗洲是我这次任务中的重要一环，在日本的时候，朝日新闻的负责人曾命令我，要顺便去一下南婆罗洲。其中最大的理由，是要我协助这个月新发行的《婆罗洲新闻》。

昭和十七年十二月八日，为纪念大东亚战争开战一周年而创办的《婆罗洲新闻》，强行赶在纪念日那天发行。据说是先动身来的几名员工想尽一切办法办了第一刊，所以现在的情况是人手严重不足。

我向军人道了谢，探出身子，从小小的窗户往下看去。视野下方满是广袤无垠的茂密、有量感的原始森林。飞机进入了低空飞行状态，所以能看清树干。如此真切的感受让我吓了一跳，身子也向后一仰。

没有尽头的深绿，好像是一头绿色皮毛的巨型动物蹲在那里一样，甚至会感到恐怖。而且，密林呼出的湿气包裹着森林，到处都飘着白烟。飞机一旦进入森林白色的云气中，就会产生一种没有止境的感觉。这种感觉可以算得上是陶醉，死后的世界应该也是这样的吧？

我发现，自己飞在广袤的森林之上，不停地在心中喊着"谦太郎"的名字。

谦太郎，我终于来到了婆罗洲。这样的天涯海角，正适合我们这种人相逢。喂，来吧。来见我吧。让我们弄清楚，我们之间的爱到底是什么。

自从把信托付给朝日飞机之后，我每天都在想，谦太郎到底来不来。在名为"Selector"的高原上休养的时候，我不管做任何事都心不在焉，甚至美川喜代也感到吃惊不已。

谦太郎看了我的信之后，到底会不会来见我。我不断祈祷他能来见我，是不是由于一个人旅行所以太孤单了呢？

我看了看跟着我的勤务兵——野口。野口在我斜后方的位置上，睡着了。他原来是个胆子那么大的人，明明是第一次坐飞机，可是不管飞机怎么摇晃，他都毫不在意。甚至还高兴地东张西望。每当野口长长的脖子歪向隔壁时，坐在他旁边的男人总会露出很困扰的表情。

我苦笑了一下，刚想坐正，发现野口的膝盖上放着一本看到一半的书。我努力地辨认着名字……是《美国的内幕》。我很震惊，这本好像是专业书。野口说过自己老家是开理发店的，然后当上了军队的预备役。没想到原来他这么爱读书，所以才当上了我的勤务兵吧。我突然对他产生了很大的兴趣。

"能看见河流哦，景色真漂亮。"

还是海军军官带着激动的神情，在那里喃喃自语。穿过原始森林、发着银光的河流蜿蜒延伸。可以看见，在更远方的三角洲上，粘着一条条似乎很贫困的街道。那里就是马辰港吧。该怎么说呢，天涯海角吧。我想起那里连自来水管都没有，也许在伦敦、纽约生活过的谦太郎根本受不了这种地方。当我亲眼见到这里之后，更加确信，他不会来。我只好努力隐藏自己的失落。

飞机不费吹灰之力地降落了。和往常一样，我受到报社的热烈欢迎。朝日的婆罗洲报社是一家很小的公司，今天包括社长，所有的记者都来接我了。

"林女士，你为了我们而来到如此偏僻的地方，真过意不去。"

社长平井，一动不动地向我道歉。我们曾经在朝日新闻见过，他是总公司理事。

"没关系，有什么事情请尽管吩咐。"

"那么，请问您能把这里的印象写成诗吗？"

立刻就有一位名叫真锅的记者拜托我工作，大家相互看着都笑了起来。

爪哇岛出了一份画报杂志《爪哇岛·巴鲁》，成为了报业的巨头。而且，加上万隆、泗水分局，总共拥有两百来人的员工。与之相比，婆罗洲报社则是小而精致的家庭印象。我比较喜欢后者。

而且，马辰港与以往的暂住地有着根本性的差异。南婆罗洲是处于海军的民政管理之下。所以马辰港没有军政监管部门的军人，因此野口也不敢多嘴，一直老老实实地待在我身后。

虽说这里很偏僻，来迎接我的记者们都穿着白色棉麻的西服、黑色的蝴蝶领结、硬草帽，显得很时髦。在这种时刻，我特别感谢帮我把湿透的衣服拿去洗衣店的野口。

如果是一个人旅行的话，一定没有时间去洗衣店，现在也只能以倦容示人吧。我一边想，一边与平井社长、记者们畅谈。这时，有五六个男女跑了过来。

"那里！在那里！"穿着和服的年轻女性大声地喊道。

她穿着白底、桃色流水花纹的华丽和服，配上深红色的更纱带，菱形的腰间装饰物闪闪发光，可能是钻石。

她很瘦，短发。肤色白皙，没有被晒黑。圆圆的眼睛，眼角有些下垂。不能算得上漂亮，长相有些奇怪。她向我走了过来，然后微微一笑。

"林老师，我叫金原蓝子，是你的忠实读者。听说你要来马辰港，我激动地等了又等。我住在马辰港很久了，家里是开橡胶树农场的。所以，如果你有什么想知道的事情、想去的地方，请尽管和我说。我来给你带路。听说林老师今天将抵达马辰港，所以我和附近的朋友、在农场工作的人们一起急忙赶了过来。"

我第一次受到这样的欢迎。我把面前这些激动地盯着我看的年轻人，一个个观察了一遍。所有人都是二十几岁，穿着白衬衫、白裤子。肤色被太阳晒得很健康，容貌也很标致。

除了蓝子还有一名女性，她穿的白衬衫和白裙子也分外耀眼。她把长发扎在后面，右边的鬓角处夹了一个琥珀的发夹。应该是出身于富裕家庭的人吧。

"这样的地方还有日本的橡胶树农场？"

我一不小心，说出了"这样的地方"。野口在后面轻轻地拍了我一下。野口也太细心了吧，我有些焦躁，便微笑着混了过去。可是蓝子没有一丝的不悦，笑着说："是啊，是我父亲引进过来的，在大正初期。大约是三十年前吧。刚开始的时候很辛苦，现在一切都已经稳定下来了。"

蓝子说"一切"的时候很用力，语气很喜悦。

"是吗？没想到今天能受到这样的欢迎，吓了我一跳，不过我很开心。"

"谢谢，能够见到林老师，是我的荣幸。"年轻男性激动地说道。

蓝子用手指了指他。

"这是我的弟弟，叫昭人。"

他们可爱的脸庞很相似。不过姐姐的身材高挑，而弟弟虽然看上去健壮矮小，却显得十分牢靠。

金原姐弟及他们的朋友们，和婆罗洲报社的人们关系似乎也很亲密，他们相互点头致意。

"欢迎的阵容还真大啊，老师，在马来西亚也是这样的吗？"野口轻声问道。

"怎么可能，在其他地方，谁认识什么林芙美子啊。"我轻声回答。野口微微一笑："刚才那位小姐，是不是这里的有钱人？"

"别这么说。"

我提醒了说话粗俗的野口，野口没有反应，只是不停地盯着蓝子看。

蓝子来到我的身边，不经意地用她细弱的手臂挽住了我。

"老师，你住在朝日分局里吗？听说那里有贵宾室，可是不知道是怎么样的地方，会不会有臭虫呢？"

我听到蓝子直率的言谈就笑了。

"不知道住在哪里，还没有听说。"

我刚想向野口打听一下，可是他已经不见踪影了，应该是去拿行李了吧。

"那么，也许是哪家旅馆或宾馆？"

"嗯……"

我回答不出来，只好东张西望。在毫无心理准备的情况下，突然受到如此热烈的欢迎，也是需要适应的时间的。我偷偷地叹了口气，蓝子似乎听到了。

"老师，是不是太累了？"

蓝子打开了插在腰间的扇子，立即散发出了檀香味。她用扇子在我的脖子附近扇着。

"老师，这里很闷热。马辰港太潮湿了。"

我发现蓝子左手戴着一颗大大的钻石。蓝子注意到了我的视线，笑着说："这个是在这里采的钻石哦。老师一定要参观一下采钻石的地方，每次我都会觉得自己也能采到，总忍不住想挖挖看。很有趣哦。"

"这块钻石是你自己采到的？"

蓝子十分高兴我和她开玩笑，笑个不停。

"不是的老师。是我家的用人拿来给我的，因为采到了两颗大钻石，所以一颗给我母亲，一颗给我。"

她的生活简直就像王室贵族。

"所以，我和母亲为了不辜负他人的好意，找人切磨了钻石，在西里伯斯岛制作成了戒指。在这里，用马辰港的钻石和西里伯斯岛的金子制作钻戒是所有女孩子的憧憬。"

我看着蓝子左手闪闪的戒指，微微发紫的钻石，好像代表了一种永远。与贫困、孤独、悲惨、病魔这类不好的东西相反的一种永远。我想不到该怎么形容，所以是我永远也无法得到的东西。

可能是我太专注于看钻石，蓝子高兴地笑了。

"老师也来马达布拉买一颗吧。在日本买的话贵得让人不敢相信，但是这里很便宜，买一颗最好的钻石，偷偷地带回去不就好了嘛。钻石的好处，是像豆子那么小，便于隐藏。它将会成为自己一辈子的回忆。"

我听到蓝子这么说，似乎明白了钻石的魅力。小小的发光体里蕴藏着一切——价值、欲望、爱的多寡、虚荣，所以西洋女性喜欢钻石。我也想要钻石了，这与想占有谦太郎的想法有些相似。

"你说的话真有道理。"

蓝子看着我的脸。

"老师，在这里生活，如果不聪明点的话，就没意思了。"

"你几岁了？"

"你看我几岁？"蓝子反过来问我。

"二十五岁左右？"

我故意把她的年龄说得偏小。蓝子嘴角上扬，笑了起来。

"老师，我二十三岁。弟弟二十一岁。我们在农场里生活得十分愉快，所以希望你能住在我们家，每天打打网球、游游泳，玩得很开心。"

"是吗？不知道可不可以。"

说完之后，我立刻感到晕眩，差点倒了下去。身边有这么多人，说了这么多话。在我摇摇晃晃之际，觉得遇见蓝子，是我在白日做梦。幸好野口及时赶来，扶住了我，把我带到室外。不久我已经坐在婆罗洲报社调派来的车上了。

红黏土铺的道路上扬起细小的红色灰尘，所以无法开窗。在飞机上看到的发着银光的河流，其实流淌着褐色的水。我使劲扇着扇子。

"林女士，对不起。金原先生的女儿经常做出出乎意料的举动，给您添麻烦了。"婆罗洲报社的社长平井一边擦着脖子上的汗一边道歉。

"哪里哪里，她很有趣，和她聊天很开心。"

这是实话。我想到，谦太郎也许会来马辰港。原本我以为这里是一个无聊至极的农村，托蓝子的福，骤然变成了一个魅力之都。

"金原农场在很久以前就有了，分公司遍布婆罗洲的各地，还经营着酒店。他们是一个很大的家族，我们也经常受到他们的照顾。"

"刚才蓝子小姐邀请我去他们家住。"

"你将要在这里生活很长一段时间，如果住了一段时间想换地方也是可以的。"

2

来到马辰港，一转眼已经过了十天。受婆罗洲报社的真锅所托，写了几首诗，发表在报纸上。

听真锅说，马辰港被称为"千川街"。巴利多河有数不清的支流，它们时而合流，时而分离，好像是网眼一般遍布马辰港。

那个情形让我想起在飞机上看到的风景，像复杂的鱼骨头一样发着银光的河流。总之，巴利多河是脊梁骨，肋骨是数不清的支流。

河流的颜色呈红褐色，是泥土的颜色。绝对称不上美丽，但是有一种名叫鸢尾的水葫芦满满地铺满水面，不太容易看见水的颜色。鸢尾停留在这里、那里，有时还会随着水流，飘去远方。人们乘坐小船，拨开水葫芦，不停地往返在鱼骨头上。

我每天从大和饭店去附近的婆罗洲报社，在那里写稿子、帮忙校对。大和饭店遍布于所有的殖民地，马辰港的大和饭店连浴缸也没有，只有简朴的椅子和床，房间显得很冷清。

晚上，平井社长和真锅他们总是一起吃难吃的日本料理，有时候也会去海军的水交社①，和民政部的人们一起喝酒。虽然说城市里有娱乐设施，可是只有一家电影院，对于我们女人来说，几乎没有娱乐活动。

去机场接我的、唠唠叨叨的金原蓝子他们，一定是发现了我的疲惫，所以完全不来找我玩。可惜啊，厌倦了这座城市的我，还真想去金原家里住一段时间看看呢。

到了年底，由于周刊《妇人朝日》的企划，开办了一个和在马辰港工作的女性们的座谈会，但是蓝子不工作，所以不会被叫来。

其实当我还在日本的时候就已经被告知了这个企划。当时我想，婆罗洲怎么可能会有年轻女性啊。不过来了之后才知道，马辰港和昭南、雅加达一样。虽然是一个连自来水管都没有的乡下，但

---

① 1876 年创立的海军将校的和睦研究团体。

是只要是殖民地，就会有各种各样的日本人千里迢迢地来工作。和我开座谈会的女性们，据说是作为打字员、事务员而来到民政部的。她们也是拼了命，才坐船来到这里。

另外，还有许多从很早以前开始就住在南方的日侨在这里经营企业。像金原蓝子家族一样成功的日本人，拥有许多用人，住在便捷美丽的西洋式建筑里。据说那种生活既奢华又开心。男人们组成了一个"日本人会"，在互相帮助中共同生活。女人们组成了一个"妇人会"，加强彼此间的团结。

我和美川喜代在雅加达也好、泗水也好，都受到过"日本人会"或"妇人会"的邀请。因为在当地停留的时间很短，所以只是一起吃个午饭或下午茶，但是也能够从中窥视出海外日本人的人际关系。

在雅加达那样的大城市，日本人之间，以领事为中心，分出各种阶级。继领事之下权利最大的不是由日本派来的企业干部、军人，而是从很久以前就在当地创业，有一定信用的实业家。他们和荷兰人、印度尼西亚人、华侨等关系密切，在政治上也有一定的力量。

恐怕，金原蓝子的家，也掌管着马辰港的所有日本人公司吧。如果不是的话，在机场的时候，也不可能那样傲然了吧。我想起蓝子指尖闪闪发光的钻石和腰间的菱形装饰物，眺望起了黄昏的天空。

真是又无聊又孤独。今天晚上，不知道为什么，没有任何人邀请我共进晚餐，看来只好一个人吃难吃的饭菜了。

　　我走出《婆罗洲新闻》的建筑物，站在了满是灰尘的马路上。看到了我之后，在我前方的运河上，卖东西的小船一下子都聚集了过来。他们向我展示出色彩缤纷的蔬菜和水果，吵闹地叫卖着。

　　我想起今天是十二月二十五日，喃喃地哼起了圣诞歌。十一年前的今天，二十七岁的我在巴黎，和朋友们唱着圣诞歌庆祝。

　　但是，现在我在南婆罗洲的马辰港，热得精疲力竭，一个人孤零零地看着眼前的小船。突然，我感伤地想到，不知道谦太郎有没有看我的信呢。

　　在十一天以前，我把回信托付给了朝日飞机。如果飞机平安返航了，再花六天时间，应该就能到谦太郎的手上。如果谦太郎看了，并第一时间给我写回信的话，我也应该快收到了。就在刚才，海军飞机似乎抵达了马辰港，不知道那架飞机上有没有谦太郎的信。如果有的话，这将会成为最好的圣诞礼物。

　　"老师！"

　　是野口的声音，可是我依然假装没听到似的看着运河。野口由于要向泗水的军政监管部门汇报情况，所以这几天过去了一趟。他应该是乘坐刚才的海军飞机回来了。

　　"老师，我回来了！"

　　我勉强将头转向野口声音的方向，先看了看他的手里有没有信件。我期待他能给我带来信，可是他的手里空空如也。我极力隐藏起自己的失落，用沉闷的声音说。

　　"你还好吗？"

　　"这是我应该问您的话，老师一切还好吗？"

野口把脖子伸向前方，用滑稽的样子反问我。他原本有点长的头发，剃得干干净净。

"你把头发剃了之后真清爽。"

"为了迎接新年嘛。"

"是自己剃的吗？"

"不不，"野口笑了，"头发才不会自己剃呢。"

"自己剃不是挺好的吗？你也只有这点优点了吧。"

我讥讽了他一句，拿出香烟，点燃火柴。群集于此的小船不肯放弃，依然在向我展示着蔬菜和水果。我不知何时养成了一种气魄，能够无视他们的声音，只做自己想做的事情。

"口下真不留情啊。"

野口露出自己白白的牙齿，苦笑了一下。

"你可是我的勤务兵，怎么可以抱怨。这样我以后怎么吩咐你做事情。"

"对不起，请问有什么吩咐？"

我不发一言，因为实在不想让他陪我吃圣诞节大餐。

"作为道歉，请收下这个。"

野口从胸口拿出一包"金鸱"，是日本的香烟，我要一个人慢慢享用。

"圣诞节……"

"嗯？什么？"

"没什么，谢谢你。"

我耸了耸肩膀，把"金鸱"放进裙子的口袋里。然后再次将视线投向完全没有风的黄昏运河之上。

夕阳之光反射在河面上，很刺眼。今天异常闷热，出汗了，皮肤变得黏黏的。真无趣啊。野口看着我无精打采的脸，有些犹豫地递出了一封信。

"老师，这个是酒店让我带给您的。"

信封上写着"邀请函"，背面写着"金原蓝子"。

"你怎么不早点拿给我！"

我对野口的坏性子感到无可奈何，连忙拆开了信封。

林芙美子老师

在机场有幸见到老师一面，实在太激动了。但是我没发现你原来这么累，真抱歉。

现在身体好些了吗？习惯马辰港的炎热了吗？

今天是圣诞节，我家人不是基督教徒，用人中有许多是伊斯兰教徒，所以不可能办什么大宴会。但是家人、朋友都会来我家，一起喝喝葡萄酒什么的。

希望林老师也能一起来。

五点左右我会派车去接你，真心期待老师能来！

金原蓝子

我正巧想见她，她就来信了，可能是我脸上流露出了异样的光彩，野口看着我笑了起来。

"老师，是宴会的邀请函吗？"

"嗯，差不多吧。"

如果要出门的话，必须先洗个澡，换身衣服。还要好好化个妆。我连忙向酒店的方向走去。野口在我后面迈着大步问："是那位有钱人家的姑娘吗？"我没说话，只是点点头。

"是今天吗？"

"当然，今天是圣诞节嘛。"

我抖了抖邀请函，野口一把抓住，读了起来。

"原来如此，有钱人做事情真着急啊。她以为大家都会听她的话吧。"

说对了，我不禁苦笑了起来。

"那么我陪您一起去，我在外面等您。"

"没关系，你也一起来参加吧。"

"可是，我是勤务兵。"

我发现野口有一瞬间，流露出了不愉快的表情。

金原农场，从马辰港开车大约二十分钟就到了。门口的黑色石头上雕刻着金色的"金原农场"，显得很气派。门前还站着当地的看门人。穿过大门，再开十分钟左右，终于能看到像高尔夫球场那么大的草坪，还有两个网球场。屋子是三层楼的白色建筑。看到如此壮丽的情形，我顿时哑口无言。

"真气派啊。"坐在副驾驶座上的野口转过头说道。

驾驶员是当地的年轻男性，像喜剧演员一样，戴着帽子和白手套。不过，马辰港是个一无是处的乡下，这里有一座如此华丽的宅邸，显得很突兀。

车子抵达门口之后，穿着白色礼服的蓝子笑着从大门中跑了出来。

"老师，你来了啊！"

她把长发盘在头顶上，用白鸟的羽毛作为发饰，宛如一个芭蕾舞演员。

"谢谢你的邀请，今天是圣诞节，我正愁没地方去呢。"

"我也是这么想的，老师一定是个很时髦的人，所以经常会庆祝这种节日吧。"蓝子自信满满地说道。

她的语气太过恭维了，应该是勉强自己使用平时不常用的日语吧，和这座宅邸一样显得突兀而滑稽。

"老师，这是我的爸爸和妈妈。"

蓝子向我介绍她的父母。她的父亲上了年纪、矮个子，苍老黝黑的脸庞仿佛在诉说着年轻时吃过的苦。母亲应该是后妻，和我年龄相仿。这么热的天气里，蓝子妈妈竟然穿着一件金丝刺绣的厚重和服，手指上戴着和女儿一样的耀眼钻石。

"林老师，能够见到你是我的荣幸。如果没有战争的话，一定见不到你。"蓝子妈妈推开沉默寡言的丈夫，用精通世故的语气说道。

看她的样子，在"妇人会"上应该也是作威作福的人。我也向她打了招呼，这时蓝子有些焦躁地咬着指甲，看着父母。蓝子好像不太喜欢她的父母。

"欢迎！我也刚刚到。"

没想到，婆罗洲报社的平井和其他记者都被邀请来了。刚才他们佯作不知地离开报社，原来是为了给我一个惊喜啊。

"这是惊喜派对哦！"

蓝子指着庭院，捧腹大笑。大大的草坪上，挂着一盏盏粉色的灯笼，倒映在池塘里，看上去很漂亮。今天应该是在草坪上吃烧烤，日本人的孩子们穿着花哨浴衣，东奔西跑。

"哎呀，玩得真开心。"

我在喝醉之前，先沉醉于欢乐的气氛了。在这样一个什么都没有的乡下，每天被无聊环绕，所以这样的热闹派对便更加珍贵。

我偷偷看了一眼野口，野口有些困惑地单手拿着葡萄酒杯，看着一个有说有笑的人。他的表情有些奇怪，我想起刚才他说"我是勤务兵"的时候，流露出的不愉快表情，野口到底是一个怎样的人呢，我突然对他产生了兴趣。正当我犹豫要不要和野口说话之际，蓝子拉住我的手。

"老师，来这里。我来给你介绍。"

由于现在是战争时期，金原家的聚会显然不是圣诞派对，而是深受西洋影响的聚会。因为一年前，这里曾是荷兰殖民地。不久，大家开始交换圣诞礼物了。

"蓝子小姐，请收下这个。"

我在一直随身携带的改造社的《流浪记》上签上名，递给她。

"哎呀，太好了！"蓝子把书抱在胸前，"我一直很想读这本书，这是老师的成名作啊。其实，我从来没有读过老师的书，因为我在马辰港出生，所以不太了解日本的情况。不过我哥哥说过，老师是真正的世界主义者。"

“什么？”

“也就是世界公民。不过还是被称作日本人会比较开心哦。”

蓝子摆出了认真的表情。

“你有哥哥吗？”

蓝子点点头。

“是我爸爸发妻的孩子，现在在日本读大学。”

蓝子毕业于泗水的高等市民学校，弟弟昭人就读于万隆大学。两个人都没有受过日本的高等教育，所以和哥哥的情况完全不同。看来他们十分苦恼于如何成为日本人吧。

夜深了，我打算回家，可是蓝子全家人都留我一定要住在他们家。野口和平井他们应该早就回去了。

“老师，你在马辰港的日子，请一直住在我们家。”

蓝子似乎很不想离开我。

自从那天在机场一别，蓝子一定被谁批评过了。所以她忍耐了十天的好奇心在今天全数爆发，兴奋得不得了。

“老师，老师，我把泳衣借给你，我们一起去洗海水浴吧。坐车只要一会儿，就能到漂亮的白砂海滩哦。来我们家玩的人，都是为了去洗海水浴。在那里可以拼命游泳，然后喝冰的椰子汁，凉快了再打打网球，玩整整一天。怎么样，听起来就很有趣吧？”

蓝子指着弟弟昭人和其他小伙伴，好像把我当成了和他们一样年轻的人。在机场见到的，鬓角处夹了一个琥珀发夹的女性也在。今天她穿了一件用旧和服缝制的花纹绉绸礼服。盘起来的头发上，插着一朵很香的白色花朵。这些人应该也和蓝子一样，是富裕的农场、商店家的孩子，或者是矿山工程师的徒弟？他们年轻人总是一直围绕着蓝子和昭人。

不过蓝子过分的喧闹，让我感到了疲倦。这些只知道享乐的日本年轻人，到底明不明白现在正在打仗？看着他们喝光手里的葡萄酒，我产生了一种奇妙的感觉。马辰港的金原农场，一定是一个世外桃源。

万一日本输了这场战争，那么作为日本人的农场主人、商人都会被驱逐出婆罗洲。壮观的宅邸和巨额的生意都将失去，能够生还就很不错了。说不定连性命都难保。战前就已经移居过来，拼命发展产业的蓝子的父亲是怎么想的呢？

正当我还思绪万千的时候，蓝子开始向我发起了嗲。

"老师，告诉我一些日本的事情吧。"

"你一次也没有回过日本吧。日本现在物资短缺，很艰难。如果看到这里有如此丰富的资源，大家都会想要来南方哦。"

听到我这么说，年轻人们脸色一变，低下了头。四周飘着尴尬的气氛，我连忙思考，自己是不是说错什么话了？

"老师你可能不知道，我们是'复归日侨'，只在日本待了一个月时间……"蓝子认真地说道。

我吓了一跳，"复归日侨"指的是在国外做生意、经营农场的人，在开战之后回国，可是又被赶回国外的日本人。我为自己的无知感到羞耻，我甚至以为蓝子他们是一群无所事事的年轻人。

"对不起，原本是荷兰殖民地的婆罗洲也是这样啊。"

"对的，而且我们是被扣留下来的。"

弟弟昭人也开了口，年轻人们纷纷点头。昭人指着穿着花纹绉绸礼服的女性：

"她的父亲曾经是矿山工程师，是'北野丸'组的，所以很早就回日本了。可是我们家都是经营农场的，一直被拒绝回国。因为一旦停止工作，农场就会荒芜，想要恢复原状需要花很长时间。后来我们被荷兰的官员抓住，流放到了澳大利亚。有些年纪大的人被关在船舱里，结果病死了。那段日子真艰难。"

有个精心梳理过头发、穿着白色西服的时髦年轻男性听了之后，一下子表情僵硬了。

"之后怎么样了？"

蓝子回答我的问题道："在澳大利亚，我们分别被关进男女收容所。家人四分五裂，在不同的收容所里生活了半年左右。之后被送往葡萄牙在非洲的殖民地，最后乘坐交换船回到日本。"

交换船。和谦太郎一样。我感到呼吸困难，于是用手抵住胸口。没想到在这样的炎热夜晚，我竟然起了鸡皮疙瘩。我以为他们只是一些在荷兰殖民地享受生活的年轻人，没想到原来经历过这样的苦难。

"对不起，我完全不知情。"

"没关系，在日本生活的人基本都不知道。"

蓝子抱住我的肩膀，西洋风的举止，应该是受荷兰教育的缘故吧。这里的生活看上去好像很优雅，其实和日本难民的生活差不多。

"真可怜，那么你们什么时候再回到这里的？"

"我是在两个月以前。现在这里是日本殖民地，所以我们被派来复兴这里的产业。爸爸为了填补半年多的空缺，拼尽了全力。"昭人说道。

我看了看蓝子的父亲，他有一双农民特有的粗糙的手。他像是失去了归属一般心不在焉地望着黑漆漆的天空。

"我以为你们都是一些活得无忧无虑的人，对不起。"

"没关系，所以我希望，老师你能把我们的故事写下来。"

蓝子和穿着花纹绉绸礼服的女性相视而笑。

马辰港在昭和十七年二月，被治兵团的坂口分队占领。坂口分队从三百公里以外的巴厘巴板市，横渡海洋，从两个方向攻入了马辰港。现在主力部队已经撤离，马辰港恢复了以往的平静。但是蓝子说出的这些我无法想象的事情，让我很忧郁。

那天夜里，我住在金原家的客房，睡在一张带顶床上。偶尔能听到从远远的原始森林里，传来猴子的叫声。可能是因为听了蓝子的故事，我感到特别寂寞。

第二天早上我睡了个懒觉，当我走进百叶窗打开着的明亮起居室里时，发现他们已经为我准备好了早饭。早饭是欧式的，白面包配鸡蛋、火腿，等等。我看到了混着一粒粒新鲜草莓的果酱，便想起了日本的贫穷。砂糖替代品、咖啡替代品，货真价实的材料渐渐消失于日本市场。而在这里，虽然能享受到真材实料，可是正值危险的战争时期，不知道今后会变成什么样。

"早上好。"

我向穿着简朴棉质连衣裙的蓝子妈妈打了招呼。褪去了奢华的礼服，蓝子妈妈突然变身成为农民的妻子。

202

蓝子穿着成套的网球衣和网球裙，抓住了我的手。

"老师，以后也一直住在我家吧！把大和饭店的房间退了吧。"

蓝子仍然不肯放开我的手。

"蓝子小姐，我很高兴你这样邀请我。可是我必须完成报社的工作。"

"从我家去上班不就好了嘛，需要用车的话请随时吩咐！"蓝子似乎看出了我很心动，于是补充了一句，"大和饭店那么热，一无是处，你一定会郁闷的。但是这里很凉快，而且车子也可以随便用，有时间了还能去观光。"

蓝子一副享乐派的态度，像是为了报复被战争玩弄的命运。

我喝着冰镇红茶，外面天气酷热。不过，打开百叶窗的房间，透着一阵阵凉风。地上铺满了精心研磨过的雪白大理石，赤脚走在上面感觉很凉快。

"老师，快点决定吧。"

"那么，我总要拿行李，让我回一次酒店。"

"太好了！"蓝子高兴得手舞足蹈。

到了黄昏时分，我终于回到酒店。金原家的车等在楼下，所以我必须迅速整理好行李上车。蓝子喜欢和我说话，可能是为了向我诉说自己和土生土长的日本人之间存在着一些差异吧。而我对于她是乘坐交换船回来的事情，很有兴趣。

如果我告诉野口自己要住到金原家去的话，野口会作何反应呢？我想起昨晚野口厌恶的表情，有点担心，我们似乎开始能感觉到对方肩上的沉重担子了。

一个中年男人，作为勤务兵，要照顾首度见面的女人。虽说是军事命令，但是帮中年女人洗带着汗湿的衣服、跑腿买烟、收拾浴室的蟑螂等事，会加重男人的抑郁吧。

"林——芙——美——子——有——您——的——信——"

酒店大堂里的马来西亚男人，说着礼貌的日语，把一封信递给了我。我才看了白色的信封一眼，就立刻心跳加速。信封上用假名写着"给芙美子"。不用看背面也知道是谁给我的来信。我坐在了昏暗大厅一角唯一的一把长椅上，迫不及待地撕开信封。果然，是谦太郎。

很高兴能收到你的来信。

今天下午，我乘坐海军飞机，来到了马辰港。经过台北、马尼拉、美里、昭南、泗水，真是一次漫长的旅程。途中飞机摇晃得很厉害，可是我一想到马上就能见到你，漫长的旅途也变得美好了。伦敦、纽约，我去美国英国的时候，旅途中总是那么艰辛。

但是，很不巧，你不在。我等了一晚上，你还是没有回来。太失望了。

我马上要乘坐下午海军的飞机，前往西里伯斯岛的望加锡。

与婆罗洲报社一样，每日新闻也要在望加锡出版报纸，你也应该有所耳闻了吧。

总之，属于文艺部的我，被安排为机动人员，来随时待命。但是不知道会待多久，也不知道会不会一直在望加锡。

　　听说这次是在马辰港转机，所以我想应该能见到你，而且又刚好是圣诞节。就像你以前对我说，期待能和我在巴黎共度圣诞节，最终我们却失之交臂，真是太可惜了。

　　但是今后还有很多机会，我就在你附近。不要丧失希望，我们一定还能再见。请把你的稿子，交给我。

斋藤谦太郎

　　今后还有很多机会？

　　我被绝望感压迫得快疯了。昨天谦太郎特地来见我，可是为什么我偏偏却不在呢。万一谦太郎乘坐的飞机遭到袭击，或是发生故障的话，我就再也见不到他了。

　　谦太郎让我"不要丧失希望，我们一定还能再见"，可是我清楚地明白，战争时期的希望是多么的靠不住。

　　想想伪装的伤员船，是多么危险啊。在昭南的港口，从昏暗的船底解放出来的女人们，大哭大闹的样子，让我永世难忘。即使是回国，也不能保证一定能乘上飞机。随着战局的发展，能不能回日本都是未知数。战争让"一定"这个词完全失去了意义。

　　据说美川喜代接到陆军的任务之后，做了一个自己变成淹死鬼，被波浪冲上沙滩的梦。但是美川的母亲说："梦到自己的尸体很吉利，绝对没事的，放心去吧。"于是就把美川送走了。死亡离我们如此之近，我们随时做好了死亡的准备。

　　日本和美英开战以来，我只见了谦太郎一次。这次可以说是奇迹，谦太郎竟然来见我了，可是我却偏偏去了蓝子家，我悔得连肠子都青了。

马来西亚人的司机来到酒店大堂，似乎是想帮我搬行李，我对司机说。

"对不起我不能去了，请你转告蓝子小姐。"

因为我是用日语和他说的，司机露出了困惑的表情，像是寻求帮助般东张西望。我对着他大喊"NO！NO！"之后，就丢下他，径自跑回了房间。我找出地图，查了起来。西里伯斯岛是婆罗洲东侧的一个大岛屿，比泗水更远。我不禁叹了口气。

谦太郎什么时候回来呢？不过从望加锡回去的飞机，不知道经不经过马辰港。马辰港是朝日新闻的管辖地，所以谦太郎没有什么要紧事的话，不可能一直来。

等我回过神来，发现自己已经出了一身汗了。由于昨晚没有回来，我的房间关得紧紧的。我用力打开窗，菜市的臭味和河流的土腥气伴随着热气，一起吹了进来。

我打开吊扇，横躺在床上。运河将夕阳光辉反射到天花板上的美景，是唯一的慰藉。我泪眼汪汪了。

"老师，老师！"

有人敲门，原来是野口。我懒洋洋地起身，打开门。野口一副倦容，东看西看，然后看到我的脸和乱七八糟的头发。

我把手放在头发上。自从我知道野口家是开理发店的，就非常注意发型。野口对我说过"我来帮老师洗一下头发吧"，所以我对他放松了戒心。可是当我看到他那一根长长的指甲，就不由得心生厌恶。

"老师，您的头发……"

果然，野口马上发现了我凌乱的头发。我沉默着，指着天花板上大型的吊扇，它只是在搅拌着热气。

"司机在楼下等着哦。要不要我帮忙搬行李？"

"我不去。我决定不去了。"

"那么我去和司机说一声。"

我以为他会说什么，没想到竟然如此听话。

"对了，我要给蓝子小姐写一封道歉信，你等一下。"

"不用那么客气的，您可是大作家啊。"

野口这句话好像在威吓我："与其对一个小丫头客气，不如好好完成军队交给你的任务。"我有点不开心。

"但是她肯定在等我，好可怜。"

"老师，写得不好的话，可是会遗臭万年的哦。"野口一边笑一边说道。

我有点害怕，野口是不是真的见过"遗臭万年"的信呢？

3

昭和十八年一月。在马辰港迎接新年的我，依旧无所事事，在婆罗洲报社帮忙。

对于寻找石油、矿产、橡胶等资源的日侨来说，当地的报纸极受好评。四月，在巴厘巴板市将会推出东部版婆罗洲新闻，虽然朝日新闻又开始招人了，不过还是严重人手不足。

以下是我受到真锅邀请，写的新年感想的一部分。

此地虽是没有冬季，甚至连秋季都没有的南方，时而感受着过颈之风，在雨点拍打肩头时唱一支愉快的思乡曲，已经到了迎接新年的时候了。孜孜不倦地心系故乡，而来到此地战斗的士兵们，一定将第一个南方的新年过得有声有色吧。我来到马辰港已经二十多天了，在即将迎接新年之际，回忆着战争时期质朴的故乡，不断地增长自己的见闻，并悄悄向着东方合掌为新年祈愿。

于马辰港一月元旦

马辰港是个一无是处的地方。那份空虚和常夏的涣散，让我感到越来越孤寂。随之转换为疲劳，就像河底的泥泞一样，堆积在我的体内。所以偶尔有个凉爽的夜晚，或是袭来一阵狂风暴雨时，我总是会思念故乡。我从来也不知道，原来"自己来自四季分明的日本"，这种感悟就是思乡之情。那时，我总会想起在南方出生的蓝子。

但是，自从我拒绝了长住她家之后，就没有再见过蓝子。可能是她不好意思再邀请我了吧，也可能是野口用很严厉的口气拒绝了司机。即使去问野口，他说不说实话我也不得而知。我越来越不明白野口到底是一个怎样的人了。

一月三日，由于是新年，野口擅自请了假，去了慰安所①。当我得知此事，觉得野口真恶心，不过当然不会当面表现出来。同时我也为自己想找人聊天解闷却找不到而烦恼。年底，由周刊《妇人朝日》开办了一个和在马辰港工作的女性们的座谈会，听说她们之中有许多人和士兵、矿山的年轻工程师谈恋爱。一旦陷入爱河，红色的河流、饿死的狗、大得足以打穿地表的暴雨都不足为惧，甚至还会觉得美好吧。但是，我孤零零地生活在这里。

由于太无聊了，我在酒店前的运河上坐上小船，享受着水上的清凉、眺望红色的月亮。船夫站在船头，也就是日本所谓的出租车司机，他们大多是中年男性。如果提出要求的话，他们还会用沙哑的声音吟诗唱歌给我听。

我喜欢坐在船上，看着漂浮在水面上的水葫芦。小的水葫芦旁边紧紧挨着大的水葫芦，我不禁想起了自己小时候，和妈妈在一起的样子。小的水葫芦终于飘到了婆罗洲这块偏僻的地方，我看到靠近岸边平平的水葫芦的蓝色花朵，忍不住叹了口气。

到了傍晚，我和平时一样坐上小船看着岸边，我发现婆罗洲报社的真锅用手遮住阳光，在看我。我向他挥挥手，他也挥着手向我走来。

他好像有话要对我说的样子，我向船夫打了个手势让他回到岸边。小船稳稳地停到了酒店前运河的岸边。在船头铺着一块三十厘米左右的木板，我颤颤巍巍地走上岸。

---

① 战争时期由军队和政府设立、为军人提供性服务的地方。

我担心万一掉到河里，为了不让自己呛到水，只好紧紧地闭着嘴唇。马辰港的卫生状况很差，河水脏得惊人。

岸上的真锅向我伸出了手，我抓住他白皙的手，跳上了岸。脚踝陷入了岸边松软的泥土中。

"林女士，在乘凉吗？"

"是啊，如果有瓶啤酒，就更好了。"

"没错，在船上喝的话，一定很美味。"

真锅大声笑了起来，他一副贫寒的样子，可是声音却异常洪亮。真锅似乎没有发现自己的大嗓门，所以每当他说起话，当地安静的女性们总是向我们投以诧异的眼神。

"林女士，我今天在小原商店前见到了蓝子小姐哦。"

十二月二十六日，我从蓝子的家回来。今天是一月四日，我们已经有近十天没有见面了。

"蓝子小姐有没有说什么？"

"没有，她只是感到很可惜，不能与老师见面。新年会的时候也没有能邀请你来，所以她担心是不是自己有什么地方做得不对。"

虽然蓝子邀请我去参加他家举办的新年会，但是我想到谦太郎也许会来马辰港，所以一步也不肯离开酒店。我在心里偷偷下定决心，绝不能让谦太郎再空欢喜一场。我之所以无聊的根本原因就是不能离开酒店，哪里也去不了。

"才没有那种事呢，只是在她家里玩得太高兴了，高兴得连写作欲望都没有了。"

我觉得很对不起蓝子，于是搪塞了一句。

"原来如此，写作欲望啊。"真锅重复了一遍，"那还真难办。"

"所以，麻烦你替我巧妙地传达一下。"

"明白了。"真锅用认真的表情说道。

他想对我说的，似乎就是蓝子的事情。虽然工作很忙，但是基本上这里的生活很无聊，不会节外生枝。

真锅和我走在马辰港唯一的一条繁华街道上。有几条路围绕着铺修过的广场，还有一排像是拍戏的道具布景一样的荷兰风格建筑物。海军的民政部和水交社都在这里。虽然只是一个小规划地带，可是聚集了主流餐厅、咖啡店、酒吧、商店、服装店，等等，后面甚至还有电影院。

当走到尽头，就能看见只有破破烂烂的民家的平坦街道。挡在两块地区中间的，是大河的支流与运河。

之所以这里没有大马路，是因为当地居民的交通工具是小船。生活必需品都在水上超市，或者划船出去买。

"老师，您是去吃饭吗？我也一起去。"

野口在河对面向我挥挥手，船慢慢地靠了过来。他穿着卡其色衬衫和短裤，算是换回了军装。他去慰安所的时候，明明穿的是自己的衣服。

"你从不好的地方回来了啊。"

我嘲笑野口，他却认真地敬了个礼。

"老师，放我一马吧，男人总是需要放松的。"

野口的措辞听上去很猥琐，于是我沉默不语。

"我刚刚去了一次民政部，听说从泗水的军政监管部门来了通知，老师，我们六号出发，据说飞机已经预约好了。"

啊，终于要出发了。我终于要离开马辰港。今后再也不会来这里了，我连忙环视了一下四周。虽说这里是马辰港唯一的繁华街道，但是到处都堆放着生活垃圾，野猫旁若无人地走来走去。

"野口先生，林女士要回去了吗？"真锅有些慌张地问道。

"是的，六号回泗水。先到军政监管部门露一下脸，然后去巴厘岛休养。"

野口没有用静冈口音回答，而是一副军人的严谨态度。我发现他只有在和我说话的时候才用慢吞吞的静冈口音。

"六号是坐飞机去吗？"

听到我的提问，野口微笑着说："陆军新闻部不会让老师遭到什么危险的，当然是乘坐海军飞机。"

六号乘坐海军飞机。我在心中暗想，我应该没有机会见到身在望加锡的谦太郎了。就算是写信，如果没有飞机能运送的话，也无法与谦太郎取得联系。马辰港去望加锡的飞机什么时候有、有几班，以及回程的情况，我都不得而知。

"是这样啊，让林女士这样的文学家东奔西跑的真是不好意思，不过巴厘巴板市也希望林女士能过去帮忙，如果知道这个消息，我们社长平井先生一定会很失落。"

"哎呀，你们快放过我吧。"

真锅笑着看了看手表。

"那么我先回报社，商量一下如何给林女士开个送别会，一定把这个会搞得有声有色的。吃日式牛肉火锅，还是这里的沙爹烤串？"

"老师，吃火锅吧。"

听到野口这么说，真锅笑了。

"我也想吃火锅。"

真锅回报社去了。我看着他的背影，对野口说："虽然这里一无是处，但是想到要离开了，还是会觉得不舍得。"

"是啊，虽然没有一分钱的报酬，而您却如此热心地帮忙。"

野口好像在评论一个不相干的人。虽说我是朝日新闻的特派员，然而这是军队的命令，并不是我的个人意愿。我对野口的发言感到有些火大。

我打算回去整理整理行李，于是迈开了脚步。自从知道野口去了慰安所，我和他之间的隔阂就越来越深了。这时，真锅回来了。

"报社有一封给林女士的电报。"

是无线电发来的电报。我还以为出了什么事。打开纸片，上面写着。

"明天我来拿稿子，每日新闻斋藤。"

啊，谦太郎要来了。我把电报紧紧攥在手里，忍不住跑了起来。不知名的欣喜涌上了心头，甚至想大声喊出来。

"老师，怎么了？"

野口追了过来。我不想让他看见我的表情，便没有回头。

"不快点写稿子就来不及了，我先回房间。"

"老师，是什么稿子？"

要你多事！我没有回答这个问题。

第二天，我整理完行李之后，就开始迫切等待起谦太郎。自从夏天在谦太郎家门前一别，至今已经过了将近四个月。再上次见面是谦太郎去纽约出差的时候，是一年前的秋天。

不知道谦太郎有没有什么变化。我不太喜欢他上次穿着浴衣，有些喝醉的样子。我苦笑了一下，没想到身体也颤抖了起来。我好像一个少女般害羞着。

不过，我有些担心婆罗洲报社要为我开的送别会。昨晚听真锅说，他们包了马辰港唯一的一家日本料理店，不仅婆罗洲报社的人，民政部、海军军人、"日本人会"的主要成员，都会来参加这个盛大的送别会。金原蓝子应该也会来，估计不太容易中途离席。

"老师，我是野口。"

每当响起敲门声，我都会吓一跳。我把门打开一条缝隙。

"老师，要不要我帮忙整理行李？"

"不用，已经整理好了。"

野口瞪大眼睛，摆出了滑稽的表情。

"真快啊，那么要不要我帮忙准备马辰港的土特产？"

"不用了。对了，明天的飞机是几点的？"

"应该是下午的飞机。是今天刚从望加锡飞来的海军飞机，所以不太清楚。"

望加锡……谦太郎就是坐这班飞机来的。而且明天我们将一起坐飞机，我高兴得快晕倒了。

"这班飞机什么时候到这里，你知道吗？"

"不知道，没有听说。老师，您是不是有认识的人坐这趟飞机？"

我看着野口的眼睛回答："每日新闻的记者，要来拿我的稿子。"

野口有些意外。

"老师应该是朝日新闻的特派员吧。"

"是的，所以我并不是来帮婆罗洲报社的忙的。"

我明白野口想说什么，所以我有所保留。

野口继续说："没想到老师和每日新闻之间也有工作关系啊。"

我突然想把野口尽快赶走。

"在文坛，当然有你不知道的事情。"

"原来如此，文坛里有一般人无法理解的魑魅魍魉啊！"

野口即兴一说，抓了抓喉咙。他喉咙上有一块发红的地方，似乎是被虫咬的。

"我是斋藤。"

下午三点，我听到门外响起了谦太郎低沉的声音。

我等得累了，不知不觉已经躺在床上昏昏欲睡。听到声音突然一惊，由于太紧张了，身体不太灵活，我硬生生地开了门。

比我高出两个头的谦太郎站在昏暗的走廊上，眯起眼睛，打量着夕阳斜射的房间。他穿着白衬衫配上灰裤子，戴着一顶白色的鸭舌帽，怎么看都像个报社记者。

"小谦……"

我一手把谦太郎拉了进来，一手关上门。

"真怀念啊。"

就像恋人们怀念对方一样，我们分别许久。

"真没想到，我们能在这种地方相见。"

谦太郎有些不好意思，他一害羞，说起话来就像生气一样。

"坐下来，让我好好地看看你。"

我让谦太郎坐在这里唯一的一张椅子上，然后蹲在他面前，像个孩子似的仰望着他。谦太郎的肤色被阳光晒得很健康，不过黑眼圈很明显。

"怎么了？"

谦太郎不好意思地笑了起来。

"你不是幽灵哦。"

"说不定在途中我已经死了，现在你看到的是冤魂哦。"

"就算是冤魂也好，能见到你真高兴。"

我在不知不觉中已经眼泪汪汪了。

"你怎么哭了，好不容易才见面，干吗哭呀。我也很高兴，所以哭不出来。"

谦太郎苦笑了一下。

"因为我已经做好心理准备，和你形同陌路了。八月份我好不容易鼓起勇气去见你，你却那么冷漠。而且在美国的时候，你连一封信、一封电报都不给我。就算你身处敌国，但是总有办法联系我的吧，真讨厌。"

明明此刻的我欣喜万分，却忍不住说了一些气话。

其实来南方，也是因为下了一个大决心，做好和谦太郎从此诀别的准备才来的。

"对不起，我不是写信向你道歉了吗？我在美国一直受到'敌国人'的对待。具体是怎样的对待，像你这种受军方奉承的人是不会明白的。"

虽然谦太郎道歉了，但是不改一贯的讨人厌口气。

"别再用这种口气说了，你凭什么怪我？我们只不过是战争的棋子，一直在被玩弄而已。只能任凭巨大的外力，将我们四分五裂。并不是只有你遭到不公的对待，而我一直被阿谀奉承。"

我很讨厌"奉承"这个词。谦太郎耸了耸肩。

"的确如此，国家正在打仗，所以没办法。明明是贫穷的东洋岛国，却到处和别人开战。对了，我知道很多你不知道的事情哦。"

我感到了谦太郎的变化，于是抬起头来，发现他正向我投来冷笑。

"你知道什么？"

"太多了，不知道该从何说起。总之都是全世界知道、日本人却不知道的事情。"

我有些不安。

"小谦，在美国到底发生了什么？"

"没什么，坐交换船的时候太无聊了，以至于迷上了喝酒。芙美子迷上了些什么没有？"

谦太郎笑了。

"我不知道算不算迷上，我可能得了一种'放弃'的病。"

"放弃什么？"

"比如说,你。"

太久不见的话，恋爱气氛也会降低。但是谦太郎像这样在我面前，我的感情在一瞬间就复苏了。

"笨蛋芙美子，有时候直觉错了也是好事。"

谦太郎咧开了薄薄的嘴唇笑。

"小谦，你能来，我真的太高兴了。"

我又擦拭了一下眼角。谦太郎点点头，每当我越来越激动，他总是有些困惑似的冷静起来。

要打破谦太郎心灵的城墙，看到他最真实的一面，需要一定的时间。在这期间，我必须胆战心惊地等待，到底真正的谦太郎会不会出现。

谦太郎叹了长长的一口气。

"我也很高兴。我有很多话想对你说，很想你。所以当我被委任为南方特派员的时候，我觉得这简直就是老天在帮我。而且还是在婆罗洲转机，所以我坚信，一定能见到你。"

还好，今天的谦太郎很坦率，我放心了。

"那天真对不起，我去参加了一个农场的派对，还住在了那里。"

"没关系，那天太匆忙了。我本想写一封信给你，可是搭载信的飞机正是我要坐的那班，所以我就直接过来了。"

"我没想到你会来南方，但是我曾经想了很多，如果能在南半球与你相遇，会是怎样的感觉。"

"想了很多？"谦太郎不怀好意地笑着问。

"太多了。"我也笑了。

"我这次的任务也很突然，太吃惊了。"

218

"你才刚从美国回来呢。交换船怎么样?"

"我不是说了,现在迷上喝酒了。"

我们像是相互较量般说个不停,谦太郎先停了下来。他似乎受不了我这样一直盯着他看,所以躲开了我的视线。

谦太郎从口袋里拿出香烟,我把玻璃烟灰缸递给他。当谦太郎拿烟灰缸的时候,我突然跳上了他的膝盖。我个子小,所以经常这样向他撒娇。

谦太郎一手拿香烟,一手拿烟灰缸。我把脸贴在他的胸口,能听到他心跳的声音。这是谦太郎此时此刻在此地的证据。光是这样,我就感动不已,我喃喃地说了一句"活在当下"。

谦太郎终于笑了,用拿香烟的手抚摸着我的头发。好像忘记了一贯的手法,他的动作很生硬。我继续把脸贴在他的胸口,轻声说"一股汗臭"。连他的汗臭我也爱。我们在椅子上紧紧地相拥在一起。

一开始,我们只要一见面就马上发生关系。但是现在好不容易才能见上一面,为了不让这奇迹的一刻烟消云散,所以必须认真地对待每一分钟。因为我们的相遇正是如此的不易。

阳光不见了,天空一下子暗了下来,突然一场大雨倾盆。我急忙去关窗,被强风吹得作响的百叶窗,是谦太郎帮忙一起关上的。房间变成了一间密室,只能听到闷闷的雨声。

"上床吧。"谦太郎低声说道。

我点了点头,谦太郎把我抱上了床,我马上开始脱衣服。心想快一点、快一点,为什么我们会如此饥渴地需要对方呢?如果不马上合二为一，我会想不起来。如果不快点相亲相爱，我会忘记。我们从远处拉回记忆，紧紧地相拥在一起。

　　我枕着谦太郎的手臂，看着天花板上转动的吊扇。谦太郎把点了火的香烟轻轻地放到了我的唇边。我们关系很好，所以两个人抽一支烟。

　　"我们已经有一年半没上床了吧。"

　　"你已经忘记我的身体了吧。"

　　就像我和酒井一样，谦太郎说不定也和别人发生过关系。我想象着给别的女人枕手臂、抽着烟的谦太郎。顺便也想了一下去慰安所的野口。

　　"没有忘记。"

　　"如果你不抓紧时间的话，我就要变老太婆了。"

　　谦太郎捏了捏我侧腹的肉。

　　"早呢。"

　　"年纪小的男人真讨厌。"

　　我假装打了一下他，我感觉谦太郎的内心终于向我敞开，所以特别高兴。不知道是不是因为我想不起曾经恋爱的情景，所以会觉得谦太郎像变了个人。

　　"你是斋藤谦太郎吧？"我忍不住还是问了。

　　"当然，"谦太郎用近视眼看着我，"你不是确认过了吗？是我。"

　　"可是……"

"怎么了？哪里不对？"谦太郎有些不安地问道。

"没什么。对了，你明天是不是和我坐同一班飞机去泗水？"

"好像是。"谦太郎歪了歪脑袋。

"你也不知道吗？"

本以为我们会坐同一班飞机去泗水的，我有些失望。即使不能在众目睽睽之下聊天，只要能和他在一起，也是好的。我用手肘支起身子，看着谦太郎的脸。雨声渐渐地小了，天色昏暗，所以看不太清楚。

我点亮了枕边的台灯，摘掉眼镜的谦太郎带着深深的黑眼圈，表情黯淡。

"现在正在打仗，如果有空位子的话也许我能乘上，但是这些并不是我能决定的。"

是谁决定的呢？海军飞机的话，应该是海军民政部的人吧。如果是陆军飞机，那么对于被陆军委派来的我是有利的。而且陆军征用了朝日新闻的飞机，如果是这样，那么作为朝日新闻特派员的我应该能最先乘上飞机。但是，这些又能说明什么？

"你今后会去哪里？"

"不知道，可能是雅加达、棉兰，这些有每日新闻分局的地方。"

"还没有定下来吗？"

"没有，和你一样，被派到各种地方。"

谦太郎摇摇头，又点起了一支烟。

"小谦，你觉得望加锡是个怎样的地方？"

"是个很漂亮的港口城市，蓝天碧海，白色的建筑物。人们早晚都在海岸边的那条路上散步，和这里完全不同。"

"马辰港呢？"

我故意问他，而他却没有回答。因为这里是污浊的河流成群的乡下。

"不过，这里能开采到很漂亮的东西哦。"

谦太郎抬起头来看我。

"是钻石哦。"

我想起了蓝子指尖的那枚钻石——在夜晚发着蓝白色光的钻石。蓝子怎么说来着？

"钻石的好处，是像豆子那么小，便于隐藏。它将会成为自己一辈子的回忆。"

"是哦，据说钻石这个名字是从达雅族来的，显然很假。"

"听说在这里，用马辰港的钻石和西里伯斯岛的金子制作钻戒是所有女孩子的憧憬。"

"这是真的。"

谦太郎高兴地笑了。我下了床，从旅行箱里拿出一瓶金酒，递给谦太郎。

有一瞬间，我从谦太郎的眼里看到了渴求的欲望。看来他是真的迷上了喝酒，而且还很严重。

谦太郎不发一言，直接对着酒瓶喝了起来。我默默地看着他咕噜咕噜地喝了好几大口。我有些不安，喝酒也许是改变了他的直接原因。

"虽然我知道这里可以挖到钻石，但是最终还是没去。难得来次这里，其实我很想要。"我再次投入谦太郎的怀里，轻声说道。

"明天上午去买。"谦太郎说。

"给你太太的礼物？"

我随口一问，谦太郎露出了遗憾的表情。

"是买给你，如果有好钻石就好了。"

谦太郎的口齿变得伶俐了。可能是因为喝了酒吧，他的态度很柔和。我看了一下谦太郎手里的金酒还剩多少。

"老师，老师！"

传来了一阵粗暴的敲门声。是野口。我跳起来，看了看放在床边的手表。马上就六点十分了，我完全忘记了欢送会的事。

"老师，在吗？马上就到时间了。"

"我还在准备，你先去吧。"我用带着痰的声音喊道。

谦太郎在床上用讽刺的眼神看着我。

"你还真受欢迎。"

我想起谦太郎说过，你们作家最喜欢听我们拍马屁。

"你是记者哦。"

我回问了一句，不知为何谦太郎有些消沉。

"朝日新闻的人要帮我开个送别会，你来不来？"

我知道他一定不会来，但还是问了问。不然的话，他肯定会不开心。

"不去，反正我会被笑话成是你的情人，而不是记者。"

"那么你接下去怎么办？"我边穿内衣边问。

"在房间里喝酒。"

"欢送会结束之后,我可以去你房间吗?"

"可以啊,如果没喝醉的话,还可以再上一次床。"谦太郎依旧握着金酒的瓶子说道。

"不上床也行,我只想和你一起睡觉。因为很久没有在一起睡过了。"我边说边感到很悲伤。

谦太郎也起来了,穿起了乱丢在地上的内衣。

"刚才来喊你的男人是谁?"

谦太郎有些不悦。

"是勤务兵,叫野口。"

"还给你配了个勤务兵啊,待遇真好。"

他又用起了初识时的讥讽语气。

"没有那回事,因为工作很辛苦,所以才给我配了一个。"

我忍耐着谦太郎的无礼,穿上为了送别会而烫平的薄薄的白衬衫和褐色工字褶的裙子,整理了一下凌乱的头发,涂上唇膏。和谦太郎在一起才这么一点时间,镜子里的我竟然熠熠生辉起来。我担心直觉很好的野口会不会发现什么。

我打扮好,走到大堂,发现送别会已经开始十分钟了。送别会是从六点开始,在离酒店步行五分钟距离的日本料理店举行。

野口站在大堂的一角,读着《婆罗洲新闻》等我。

"对不起,我睡了一会儿。主角迟到了真不好意思啊。"

"老师,您一定很累了吧。不用着急的。"

野口安慰的话语,让我感到很奇怪。回头一看,发现谦太郎在和前台的男人说话。可能是想让服务员准备酒吧。谦太郎察觉到我的视线，向我轻轻点了点头。

"那位是来拿稿子的每日新闻的记者吗？"野口问我。

我不情愿地回答："是的，他是斋藤先生。"

"老师，我要不要去打一声招呼？"野口弱弱地问我，我摇了摇头。

"没关系，我还没写完，所以让他再多等一段时间，他可能心情不太好。"

野口有些奇怪地低下了头。谦太郎在和前台说笑，我想和谦太郎在一起，不想去送别会。

4

我迟到了。在出酒店门口的时候，谦太郎故意走过来说了一句。

"林女士，我在房间里拜读你的稿子。"

拜读稿子，我听起来就是喝酒的意思。我突然有些担心，轻声说："别喝太多了。"

"老师，你在说什么啊，我是看稿子。"

谦太郎笑了，他似乎已经有些酩酊了。

"你是几号房间？"我为了躲开野口的视线，背对着他问道。

谦太郎把手里的房间号码牌给我看。351 号房间，351、351，我记住了。

"我回来之后去你那里一次，等我。"

"对了，你有没有从日本带什么吃的东西来？"谦太郎问我。

我很担心野口的视线，于是转过身。

野口认真地看着清洁员用拖把擦着被暴雨淋湿的地板。但是在几秒前，他一定在观察我们。我有信心。

野口对我没有好奇心。正因为没有好奇心，视线才冷静而透彻。

以往我在战地遇到的人们，只要知道我是作家林芙美子，都会向我表示朴素的好奇心。有的人会因为读过我的书而感谢我，还有的人会特地向我报告，自己的朋友读过我的书。因为作家是小众职业，所以有人会认真地问我："作家老师即使和我们看到同样的东西，感触也一定不同吧。请问您是怎样感觉的？"

但是野口不同，我甚至能感受到野口揶揄作家这个职业。

"您可是大作家啊。"

"文坛里有一般人无法理解的魑魅魍魉啊！"

我想起野口曾经说过的话，产生了一种无以名状的厌恶情绪。

野口慢慢转回视线，看着我。他奇怪地微笑着指着手表，用唇语说道："老师，时间差不多了。"

我紧闭双唇点了点头，表示自己知道了。不知道为什么，我总觉得野口体现了战争不讲理的一面。所以我想，我必须在这个战场上保护自己喜欢的男人。野口只不过是一介勤务兵，我到底是怎么了。

"喂，你有没有带什么喝酒小菜？你一定带了很多罐头来吧？"谦太郎再次问我。

"有是有，你想要什么？"

自己喜欢的男人提出的要求，无论多么渺小，我都想尽力满足。谦太郎似乎明白我所想的，所以他不断地纠缠我，是为了故意让大家知道，我是他一个人的。

"我不会说想吃炖肉什么的，"他笑了，"什么都可以，有什么给我什么。你在送别会有寿司、牛肉火锅吃，我可是一个人在房间里寂寞地喝酒哦。"谦太郎半开玩笑地说。

"那么你一起来我房间选吧，不过要快点。"

我和谦太郎一起回了房间，虽然看到野口好像嘟哝着嘴想说些什么，可是我选择了无视。

我迅速地打开门锁，进入房间。刚才两个人睡过的床乱七八糟。

"再来一次吧？"

谦太郎用调皮的眼神勾引我。我轻轻推开谦太郎的手，打开了行李箱，从箱底找出了一袋炖贝壳的海味、一小罐鲭鱼罐头，于是连同开罐器一起递给他。

"这些够了吧。"

"真冷漠。"

"我可是主角，不参加不行。"

"没必要去这种聚会，偶尔逃一下又何妨。你太乖了。"

　　我刚想反驳，谦太郎突然吻了过来。他用粗壮的手臂搂住我的腰，让我的身子向后仰。他吸住我的舌头，不顾唇膏，拼命地吻我，从谦太郎的口中传来了酒精的味道。

　　我想如果自己陪在他身边的话，他应该不会继续喝酒了吧。真想就这样和他一起躺在床上，但是送别会怎么办？

　　在热吻中，我考虑着送别会的事。谦太郎的气息越来越急促，他刚想拉起我的裙子，我制止了他。

　　"不行，没时间了。"

　　"那么我要去慰安所了哦。"

　　我吃惊地推开他，他笑着。我打了他一记耳光，因为想到了野口，所以一下子生气了。

　　"不准开这种玩笑。"

　　"没有开玩笑，我好不容易才能来见你，难道你认为面子比我重要吗？"

　　"和面子没有关系，这是工作。"

　　"就是面子，你是第一批赴南京的女作家，也是第一批随军赴汉口的成员，为作家争足了面子。绝不是因为你的作品有多么好，而是军队成全了你的面子！"谦太郎嘲笑般地喊道。

　　我因为生气而脸色苍白。这时，响起了敲门声。

　　"林女士，林女士！我是真锅，我来接你了。"

　　"不好意思，我马上去！"我急忙大声喊道。

　　"时间差不多了，所以请快一点。"

　　"老师，是不是身体不舒服啊？"是野口的声音。

228

"我只是有点头痛，马上下去，等一下。"

"知道了。"

野口他们的语气有些不痛快。

"大家都在等我。"

"让他们等下去就是了。"

谦太郎点燃一支烟，打开窗。轻抚河面的微风吹了进来，房间凉快了些。不知不觉，天已经快黑了。往来于运河的小船上，一盏盏煤油提灯摇摇晃晃。景色真美啊。谦太郎似乎发现了蚊子，他喃喃地说：

"有蚊香就好了，如果有人卖的话一定发财了。"

我笑了。

"如果不看泥土的颜色，这里很美吧。"

谦太郎轻声叹了口气。

"战争也一样，为了看起来干净，有人故意隐藏起了泥土的颜色。"

我总觉得这句话像是在批判我，很郁闷。

"你为什么看我不顺眼？"我一下狠心，便问。

"不是的，太久没见，闹闹别扭罢了。"

比我小七岁的男人，说出这种话让我烦恼。我不再讲话，看着化妆镜，先重新涂了唇膏，再整理好衣服。

谦太郎从后面紧紧地抱住我，盯着镜子中我的脸。谦太郎的眼神很颓废，不知道我的眼神是怎样的。正当我这样想着时，谦太郎拉起我的裙子，迅速扯下了我的内裤。

"我不是说了不行吗!"

我的抵抗是无用的,谦太郎默默地咬着我的脖子。我明明已经整理好衣着了,谦太郎却好像蹂躏般地,从衬衫外面揉着乳房。我一边被他从后面袭击着,一边幻想在走廊里屏气凝神地等待着我的真锅和野口。

我丢下抽着烟的谦太郎,终于走出了房间。野口和真锅并不在走廊里。快七点了,走廊黑漆漆的,外面已经全黑了。

我坐电梯下了楼,在大堂里说悄悄话的真锅和野口马上发现了我。

"对不起,让你们久等了。"

两个男人的脸上都露出了奇怪的表情。不会吧,难道我的脸上显露出刚才的喜悦了?我有点慌张。

"林女士,你没事吧?大家都等不及了。"真锅用响亮的声音说道。

他穿着整洁的白衬衫、麻的裤子。从来没见他打扮得如此端庄过。真锅虽然笑着,但是脸上不断地渗出汗,眼神也暴露了自己的慌张。

"对不起,我们走吧。"

我用手理了理头发,走出酒店。已经是夜晚了,但是骤雨过后的炎热还持续着。地上的泥泞和褐色的积水看上去好像冰冷的年糕红豆汤。我闻到河流的腥臭味,突然停下了脚步,陶醉地想起了刚才发生的事。

"老师，那个记者怎么了？"

"什么意思？"

"吵架什么的。"

没有好奇心的男人真直截了当，我摇摇头。

"你在说什么啊，怎么可能。他只是催我写稿子。一旦接下了任务，催得可紧了，就像欠他钱一样。"

"要不要我去替您说说？"野口用舌头舔着嘴唇，说道。

"为什么？"

"因为老师为了祖国任务繁重，怎么可以被稿子缠上呢？"

我没有理他，笑了笑。野口边上的真锅是朝日新闻的记者，应该知道谦太郎和我的传闻吧，他沉默地走着路。

希望能在南方与谦太郎见面的愿望已经实现了，但是我的不安在渐渐扩大。谦太郎是不是在生我的气？我不知道。

举办欢送会的地方，原本不是日本料理，只是在地上铺上了榻榻米，临时赶建出来的。由于榻榻米直接铺在了石头地板上，天花板显得异常高。榻榻米上摆着座椅和坐垫，店里没有日本画，所以挂了一幅中国字画代替。到处都装饰着南国之花，看上去好像是南蛮风格的料理店。

我走进店里时，大家同时鼓掌。我看到大家等不及似的已经喝起了酒，终于放心了。

"对不起，我来晚了。虽然来马辰港的时间很短，但是受到各位的诸多帮助。明天我将要坐飞机回到泗水，继续南方的旅行。今后我还会送稿子来的，希望婆罗洲报社一切顺利。"

我简单地打了一下招呼，紧接着是海军民政部部长的讲话。宴会开始了，我背靠着大理石支柱，坐在坐垫上。四个人一个牛肉火锅，由当地的女服务员为我们烧。

"老师，好久不见。我一直在等你，心里盼望着能快点见到你。"金原蓝子用尊敬的措辞说道。

她拿着一个啤酒瓶，坐在我面前。今天她穿的是红底白色菊花花纹的华丽和服，把和服的黑色腰带高高地系到胸部，看上去很辛苦。她带的还是那个用钻石做的菱形的腰间装饰物。蓝子的打扮，就像这家料理店一样，有着南蛮风格的日本风，很奇特。

蓝子沉默着，给我倒酒。

"上次真对不起，突然有急事，不能离开酒店。"

我对蓝子的境遇很有兴趣，然而却背弃了约定，所以感到很对不起她。

"没关系，我听说老师一直很繁忙。"

"对了，你弟弟呢？"

我环顾了一下四周。

"昭人有事出去了，但是，应该会回来吧……"

蓝子话语的结尾有些暧昧。

"是不是发生什么不好的事了？"

现在是战争时期，所以任何事情皆有可能。我有不好的预感，便喝着蓝子给我倒的酒，轻声问道。

"是的，上次在我家里的小型聚会，我们不是说了很多事情吗？好像有人传出去了，弟弟和朋友们，都被带去古晋的总部了。"

怎么回事？我看着蓝子深深的黑眼圈和涂着鲜红唇膏的嘴唇。这样的打扮似乎是为了掩饰本质，蓝子的眼神很锐利。

"也就是说，他们在接受宪兵的审讯。"

我顿时变得哑口无言。

"真可怜，你们刚被关过收容所，有一段惨痛的经历。"

"所以我们才被盯上了。老师你也要当心，在这里，有很多军队的间谍。我们就是被告密的。"

我很吃惊，张望了一下来到送别会的日侨们。海军军人、朝日新闻工作人员，还有像蓝子这样的当地人，总共三十来个。看到这派日本风光，我不禁发出了啧啧声，但是这些人里面竟然有间谍。

"千万不要被军队抓住你的把柄。"

我突然想起洼川稻子的忠告。原来是这么一回事啊……在我发着呆的间隙，蓝子低着头，语速很快地说："据说原因是厌战思想，我们把经历过的困难都告诉了老师，军队说不应该告诉你这些事情。但是我根本不觉得老师你会告密。"

"你是在怀疑我？"

"不是……"

蓝子虽然否定了，但是有点吞吞吐吐。

"我没有告密，而且知道这种事情只会觉得心痛。"

"我知道，"蓝子看着我的眼睛，"我觉得间谍应该是真锅。"

真锅是婆罗洲报社的记者，这个小姑娘怎么会如此语出惊人。我用强硬的语调告诫她："蓝子小姐，不可以在别人面前说这种话。他是一位名副其实的记者。"

由于大家紧靠在一起吃火锅，我连他的名字都不敢提。听到我的斥责，蓝子耷拉下了肩膀，但是她的怒火并没有消散。

"老师你明天就要回去了，这是好事。但是由于你来了，我们将忍耐至今的苦难全都发泄了出来。"

她的意思好像是由于我的到来，心灵受到了鼓舞。

"明明是我的错，我却不必承担责任？"

蓝子察觉到自己的措辞有问题，于是马上道了歉。

"对不起，不是这个意思。只不过老师作为有名的小说家，大驾光临这块小地方，所以我们都忍不住对你说出了心里话。如果有可能的话，希望你能把我们的故事写出来……哎呀，对不起，我在说什么啊，自己也搞不明白了。"

蓝子把手放在额头上闭上眼睛。我往蓝子的杯子里倒入了啤酒。

"喝点啤酒冷静一下。"

真锅在记者们中间，汗流浃背地把牛油涂在铁锅里。不知何时起，他用头绳绑住头发，只穿了一件T恤衫。看着这副滑稽的样子，怎么也无法想象出"间谍"这两个字。但是我想起，作为严重人手不足的报社中的一分子，真锅并不熟悉编辑流程，工作效率低，我经常指出他漏看的错字误字。

我的心情有些低落，蓝子的看法并非不可能。在战争时期，经常会发生出人意料的事情。

也许是察觉到我的想法，蓝子轻声说：

"老师，因为这次的事情，我突然变得很害怕。被关进澳大利亚的收容所，在南非的马普托坐上交换船，有生以来第一次去日本，最后好不容易回到马辰港，是两个月以前的事情。如果仅此而已，只要耐心等待恢复正常的生活就可以了。但是现在这里来了那么多人，完全搞不清楚他们是干什么的、从哪里来。光是猜疑就已经够累了。"

蓝子家在战争爆发之前便经营着偌大的农场，而且是在爪哇岛接受的教育，她用大人般的口气说着话。然而她望向喝酒聊天的男人们的眼神，充满了恐惧。

我为了不引起别人的注意，微笑着喝着啤酒，装作在聊闲话。

"你所说的，我似乎也有所察觉。"

蓝子似乎察觉到我的意图，于是叹了一口气，强颜欢笑起来。

"我觉得，我们是从去日本的时候开始，被盯上的。没办法，我弟弟也在这里上学，虽然我们在极力模仿日本人，可是一定有所不同吧。因为我们的朋友都是一些华侨、马来西亚人。日本现在穷得不得了吧，我们终于得以回来，没想到有这么多莫名其妙的人也来了，这里完全变了样。还来了许多南方产业开发特派队的人，夺走了我们的工作。老师，我父亲真的很可怜，一个人来到婆罗洲开荒辟地，没有受过任何人的帮助。像这种靠自己努力发财的人，日本是绝对不会相信的。"

我把手放在蓝子膝盖上劝她。

"蓝子小姐，不可以哦，小声点说。你现在也被宪兵盯上了，我曾经被警察抓住过，拘留了一个多星期。"

"为什么？"

蓝子垂下的眼睛里布满血丝。

"我把钱借给一个朋友。因为我知道他需要帮助，然而那个朋友是共产党员，所以怀疑我赞助共产党资金。我在里面遭到无缘由的殴打，而且在法国买的无袖衬衫肩带也被弄断了。真是一次恐怖的经历。所以你一定不可以被抓住，你是个直性子的姑娘，想到什么说什么，今后你不可以这样，要学会沉默、低调。"

蓝子一言不发地点了点头。我们说话的时候，完全忘记了笑容。但是旁人或许会以为我们是在惜别。我看了看周围，往蓝子那里挪了一下。

"蓝子小姐，你为什么会认为真锅是间谍？"

"昨天我在小原商店前刚巧碰到了真锅，他竟然已经知道婆罗洲宪兵队抓住了昭人。可能是因为我的脸色不太好，所以他亲切地拍了拍我肩膀说'昭人真可怜啊'。我不知道为什么他会知道，但是后来想起，圣诞派对的那天，他也在旁边听我们讲话。"

"他是记者，是不是从民政部听来的？"

蓝子有些不安地歪着脑袋。

"不是，我觉得不是的。他好像是在威胁我。"

真锅似乎察觉到我们在说他，他抬起喝醉的脸望向我们。他的眼神和刚才在酒店里观察我时冰冷的感觉很像，我躲开了他的视线。

昨天真锅特地叫回在乘舟纳凉的我，告诉我自己遇见了蓝子。

"她只是感到很可惜，不能与老师见面。新年会的时候也没有能邀请你来，所以她担心是不是自己有什么地方做得不对。"

他说这话原来是为了试探我的反应啊。

"你遇见真锅先生的时候，有没有说到过我？"

"没有，我虽然觉得对老师很过意不去，但是根本没心情说。新年会的第二天，弟弟他们就被带走了。"

我感到一阵寒气。我们到底被什么包围着？我突然害怕了起来，根本就没有什么安全的地方。当我察觉到了之后，第一次明白了谦太郎作为特派员的孤独、蓝子被祖国背叛的心情。

"蓝子小姐，若无其事地微笑着会比较好哦。一定有人在虎视眈眈地盯着你的家人，所以要当心。"

"到底是谁？"

我担心周围的视线，所以用小碟子给蓝子夹了一点肉和魔芋丝。蓝子接了过来，但是似乎没有胃口，只是端着。魔芋丝是在婆罗洲很难弄到的东西，由于浸在汤汁里，现在已经变成褐色了。

"不知道。"

我喝了一口啤酒，有点温。我只能说，真正的指使者是战争。正是这种"非常时期"夺走了人们的尊严和信赖。

"老师，要不要加点肉？"

野口突然出现了。我摇摇头，野口看向蓝子的脸。

"小姐，在炎热的气候里你竟然把和服穿得如此得体，真佩服你的毅力。在日本，女性都穿宽松的裤子。"

"这里可没有什么宽松的裤子哦，昨天我去小原商店看过了，没有。"蓝子冷冷地说道。

野口不认输地回了一句："那是因为已经卖光了。你买得太晚了！"

蓝子的眼睛里浮现出了悔恨的泪水，我只能在一旁静静地看着。

最后大家轮流握手，送别会终于结束了。

"老师，我可以去机场送你吗？"

我看到蓝子哭着说，于是用手摸摸她的背安慰她。当我回到酒店，已经快要十一点了。

我在空无一人的走廊上，走向谦太郎的房间，时不时地回头，确认没有人跟踪我。我放心地敲了敲门，里面传来了回答。

"门开着。"

他已经有点口齿不清了，我打开门，看见谦太郎趴在桌子上。

"小谦，我来晚了，真抱歉。你喝醉了？"

谦太郎抬起头，桌上的苏格兰威士忌的酒瓶已经空了一大半了。谦太郎醉眼朦胧的样子。我锁上门，整理了满是面包屑的桌子。鲭鱼罐头也已经空了。

"我们睡吧。"

"我无法和你上床了。"

"没关系，我只想和你抱在一起睡觉。"

如果不这样做的话，我会怕得要死。这间屋子，说不定也被人监视着。我拉着谦太郎的手臂，让他站起来。然后帮他脱掉衣服和鞋子，让他睡在床上。我只穿了一件背心，钻到了谦太郎的身边，他身上散发着我熟悉的汗臭味。

"小谦，据说这里金原农场的儿子被宪兵带走了。"

"为什么？"

"因为他们在大庭广众之下表达了厌战思想。"

谦太郎嗤之以鼻，闭着眼睛，口齿不清地说："那么好战思想是什么？啊，是你写的《我喜欢士兵》那种吧。"

我身体僵硬，原来他是这么想的。我不想和他睡在一起，于是跳了起来。谦太郎半睁着眼睛看着我。

"怎么了？"

"小谦，原来你是这么想的。你在心里一直蔑视我的作品。"

"你突然之间怎么了？"

谦太郎不情愿地坐起来，抓着赤露着的手臂。

"真讨厌，有臭虫。"

"别岔开话题。"

"没有岔开话题，虽然我认为你是一个很了不起的作家，但是其中也有我不喜欢的作品。"

"《北岸部队》和《战线》都是报告，并非小说。"

"我知道，"谦太郎的声音变得粗暴，"搞什么啊！酒也醒了，我好不容易才能见你一面，你总是抓我的把柄挑起争端。"

挑起争端的是谦太郎吧。《北岸部队》的确是肯定了战争，而且确实属于好战思想。我继续说：

"你没权利批评我。我只不过是听从陆军的话，肯定、赞美战争，而你呢？你在中国的时候，不是每天都在报纸上写这样的报告吗？为什么你要批评我？哦，我知道了，刚才我说窗外如果看不见泥土的颜色的话会很美，你说战争也一样。你一定觉得就是我在掩饰战争中泥土的颜色，太过分了。我们无法见面也是因为战争，你明明知道这一点。"

我不想说了，但是停不下来。我哭诉着。

"吵死了，停下！如果不停的话……"

谦太郎吓唬我，可是话只说到一半。

"如果不停的话，是不是想打我？你打打看，如果敢的话。"

"不敢。"

谦太郎像是在嘲笑自己一般耸耸肩，打开威士忌的盖子，直接对着瓶子喝。

"别喝了，这么喝的话会醉的。你一醉就会失去理智。"

"理智是什么？"

谦太郎脸色一变，发起怒来。这种情形很少见。

"就是这么一回事。"

我处于劣势，向后退了一点。由于只穿着内衣，所以心里很不安，便用床单遮住了胸口。

"就是这么一回事是怎么一回事？是不是因为抱怨了你轻率的作家精神？"

"你为什么要这么说，我知道你心里所想的了，你根本就是把我当成了这么一个人。不过你要明白，任何人都无法拒绝军队的要求。如果拒绝就倒霉了，被跟踪、流言蜚语四起、受各种不平等待遇，所有人都一样。'征用的征其实是惩罚的惩'，你不知道这个传闻吗？既然都说成这样了，莫非你有勇气拒绝？"

"不好意思，我也没有。"谦太郎用双手挠着凌乱的头发，"别说了。"

"别说了？"

我靠在椅子上，穿上了自己的衬衫，套上裙子，搭上搭扣。

"你要去哪里？"

谦太郎抓住了我的手臂。

"回房间，自己一个人睡。"

"不准走！"

谦太郎紧紧抱住我，我任由他摆布，可是心中满存芥蒂。谦太郎到底怎么了？如果不共同奋斗的话，是无法在这种环境下生存的。

"如果不共同奋斗的话，是无法生存的。"

谦太郎竟然说出了我心中所想，我抬起头。

"金原蓝子小姐，觉得婆罗洲报社的真锅是间谍，你觉得呢？"

"不知道，"谦太郎摇摇头，"我觉得你的勤务兵野口也很可疑，所有的事情都不正常，他好像在监视我们。"

"为什么我们要被监视呢？"

我太意外了，所以提高了声音的分贝。

"你是不是以为自己很得陆军的宠？"

这句话没有一丝一毫的讥讽，反而多了一份同情。

我无言以对，想不到合适的回答。

"我没有这么想，不过……"

"不过什么？"

谦太郎很有记者的作风，不断追问。

"不过我没有蠢到会因为得宠而高兴。"

"是吗？"

"别把我当白痴看待。"

我有点生气，用手戳了一下谦太郎的胸口。

"我没有。"

谦太郎温柔地抓住了我的双手，我就这样一动也不动。

夜渐渐深了，明天谦太郎也许无法乘上海军飞机。不知道我们下一次何时才能见面，不能把宝贵的时间浪费在争吵上了。剩下的时间无论说话、拥抱、吵架、对视，做任何事情都不够。虽然我们不说出口，不过双方都感到了焦躁。

"小谦，你还没有回答我刚才的问题，我们为什么会被监视？"

"为什么？你还不明白？"谦太郎像是在嘲笑我，"因为我们在战争时期品行不端。"

是啊，我叹了一口气。这时，我从打开的百叶窗里看到了流星，瞬间即逝。接着像没有发生过任何事情一样，黑漆漆的夜空闪烁着点点星光。

"我看到流星了。"谦太郎把醉眼投向窗外，轻声说。

"我看到成块的空气，漆黑的南洋中成块的夜空，好恐怖。"

也许是因为我们在婆罗洲重逢的关系，只要一想到延展到海边的浓郁黑夜和河流上栖息着的无数嘈杂生命，重逢的喜悦与即将分别的空虚感就会不断地向我袭来。等我回过神来，发现我们都泪眼汪汪了。

"能见到你真好。"

谦太郎紧握着我的手不放，我把脸埋在他的胸口。谦太郎依然抓着我的手，把我紧紧地抱住。在我们偶尔才能相逢的岁月里，谦太郎不知不觉已经三十岁了，而且身体也越发健壮了。

"不管怎么做，都没有和你在一起的真实感觉。"

"是啊，就像做梦一样的虚无缥缈。因为我们太久没见了吧。"

"只要可以见面，各种误会都能化解。"

谦太郎和我，都有冰块般让人心寒的回忆。

"我不想和你分开。"

"我也是。"

我们刚才还在争吵，现在两颗心又贴在一起了，真高兴。

"其实我越来越害怕生活在战争之中了，你批判了我的婆罗洲报告，确实是我的觉悟不够。因为我曾经坚信自己写的东西都是为了国家。其实每个人都一样。只不过现在太贫穷了，无法振作精神而已。我只是在完成我的义务，我们女作家虽然不属于被'征用'，但其实'委任'就是'征用'。"

"我知道，你们写的作品有多少限制？"

谦太郎用长长的手指抚摸我的脸颊。

"无论去哪里，都要听从军队新闻部的指令。无法选择题材，去哪里多长时间也要听他们的。视察些什么、如何视察、文章发表在哪里，都不是我能决定的。我只要听从指令去应该去的地方，住在那里，尽可能写军队的光荣事迹。"

"这是作家的工作吗？"

谦太郎盯着我的脸。

"怎么可能，不是的。那么我问你，你又怎么样？你做的是记者的工作吗？"

谦太郎苦笑道："我和你一样，在严格的新闻管制中，我们只是把大本营发布①写成新闻而已。谁也无法进行独立的采访。像你作为第一批赴南京的女作家，也是第一批随军赴汉口这样的事情，对我们而言简直就是遥不可及的梦想。每日新闻和朝日新闻一对一地竞争采访，根本是子虚乌有。"

谦太郎再一次拿起了酒瓶，直接对着喝。接着他递给我，我也直接对着喝，但是漏出来了一些。我一边笑，一边用手帕擦拭衬衫。

"我写的东西，一定会被检查，如果通过的话就能发表。无法通过的话，我连理由都不得而知。就像军人写的明信片一样，如果只是被涂黑也就罢了，但是根本没有人告知我哪里做得不对，直到被抓住把柄为止，都将受到监视，这种感觉太可怕了。"

三年前，我写的"满洲"报告《冰冻的大地》，由于损害了"满洲"的形象，所以受到了陆军的警告。虽然只是被指责为标题不妥，但是不准照实写残酷的自然条件，不就是在骗人吗？我在心里极力抗议。

但是，现在就连不满也必须隐藏起来。只要稍稍被怀疑有反战、厌战思想，就会被盯上。而且若是有什么证据的话，还会遭到

---

① 太平洋战争时期，由日本陆军和海军发布的战况。

逮捕。我听说，想要捏造个证据简直易如反掌。也就是说，一旦被盯上就完蛋了。

我写的《北岸部队》《战线》这样的报告让国内的百姓狂热不已。文坛里的人都去视察战况，大部分带着战胜的激动心情回来。尾崎士郎在某次对谈中，曾经一不小心道出："战争真美。"

虽然不说出口，但是每个人心中都有一种恐惧——不知道什么时候会陷入没有底的沼泽、无法逃离的恐惧。即使在日本拿下了南方，举国欢庆的当下（昭和十八年一月）也会感到这种恐惧。

我觉得会有什么事情发生。我想把心中小小的担忧告诉谦太郎，可是谦太郎一脸痛苦的表情，一个劲喝着威士忌。

"为什么军队会知道我们在交往？"

"芙美子真是笨啊。"

谦太郎的口气中有一份怜爱。

"为什么说我笨？"我忍着怒火，"你以前也说过我笨。"

"文坛的相关人员都知道我们的事情。大家都知道你是名作家，芙美子呀，也许你觉得这只不过是文坛里的谣言。但其实有个机构，把它当作情报收集了起来。娱乐圈和政界都有这样的机构，他们抓住了丑闻、罪行、人们的弱点，为了将来能利用。"

虽然很想问是谁指使的，但是我沉默了。因为我知道是谁。是名叫"国家"，没有实体的组织。之所以没有实体，是因为聚集了每一个人的恶意、虚伪、坏心眼，看上去像是国家吐出的毒气。

我也想喝酒了，于是往玻璃杯里倒入苏格兰威士忌。

"你不直接对着喝啊？很适合你哦。"

谦太郎笑了。

"因为我是个轻佻的女人，对吗？"

我看着琥珀色的液体，然后喝了起来。没有加水也没有加冰的威士忌很辣，嘴唇好像灼烧一般。我拿起了床头柜上的玻璃水瓶。

马辰港没有饮用水，所以只能净化雨水。我把水倒进苏格兰威士忌里。

"这里有这么多河，却没有饮用水，真奇怪。不过雨水很甜，可能是原始森林的湿气形成的雨。"

谦太郎没什么兴趣，只是点点头，然后点了一支烟。我们都不想谈及关键话题。

"为什么我们交往也要被盯上？"

"首先是风气的问题，其次我是英国美国的特派员，你也去过英国和法国。"

我刚刚想问为什么，突然醒悟过来。

"难道他们怀疑你是间谍？"

嘘，谦太郎用一根手指抵住嘴唇。我们注意到开着的窗户，闭上了嘴。

"对，我在馆山冲受过盘问，不过从国外回来的人都会被怀疑，当然和我交往的你也不例外。"

我终于明白了洼川稻子说的"把柄"是什么。对我而言，被军队抓住的"把柄"意味着谦太郎。

"那么我们该怎么做？"

"不管怎么样，我们都必须先完成这次的任务，平安回国。"

不知道战争会变成什么样，即使能平安回国，也未必可以像这样和谦太郎在一起。谦太郎由于英文好，所以一定会被报社派去各种各样的地方。而且比起和我在一起，谦太郎似乎更期待出差。因为他喜欢生活在英语圈里。

"我想永远和你生活在这里。"我撒起娇来，"马辰港环境太差了，还是雅加达或者昭南好。"

谦太郎摇摇头。

"不可能，哪里都没有天堂。你刚才不是也说了吗，金原农场的儿子被宪兵盯上了。只要有日军在的地方，就有宪兵。我们也逃不掉的，只能被束缚在战争中。"

消极的想法苏醒了。

"那么别说了，睡觉吧。"

我躺下了，已经是凌晨一点了。谦太郎坐在桌子前喝着苏格兰威士忌抽着烟。我一边看着他的侧脸，一边热得使劲扇扇子，不知不觉就睡着了。

黎明，我发现自己枕着一条男人粗壮的手臂，感到很幸福。但是一想到这份幸福马上就要消失了，便忧愁起来。

天刚亮，我走出谦太郎的房间，蹑手蹑脚地走在酒店昏暗的走廊上。因为我觉得好像有人在监视我，所以很不安。终于回到自己的房间，一打开门，就发现有一张纸条插在门缝里。

林芙美子老师，明天的海军飞机是下午两点出发。一点钟我来接你。真锅出发的早晨，特别晴朗特别热，热得好像快要来暴风雨了，云中蕴藏着危机。

因为和谦太郎说好一起去买钻石，所以我整理好行李之后，穿上了深红和白色竖条纹的衬衫和裙子。裙子只有腰部是横条纹，显得很别出心裁。当决定要来南方之后，我在自己常去的银座服装店定做的。在日本，连布匹都很难买到，可是那家服装店却藏着许多外国产的高级布料，这块布是瑞士产的。

我过的奢侈生活，一定如谦太郎所说，作为"情报"被报告了上去吧。不过，等到天亮了仔细想想，谦太郎和我说的话好像都太不合情理了。我会被军队盯上？不可能。

我在讲好的时间，十点不到，到了大堂里。我们说好去马达布拉买钻石。

我在大堂里等谦太郎的时候，野口走了过来。

"老师，飞机是下午哦。"

他依旧穿着卡其色的衬衫和短裤，军装用熨斗烫过了，仪容很整洁。他好像刚刚吃过饭，嘴还在做咀嚼的动作。我不喜欢野口越来越旁若无人的没礼貌。

"我知道，行李已经收拾好了，你等一下帮我拿下来。我稍微出去一下。"

野口似乎很好奇。

"马上就要离开了，所以出去观光一下。"

"我陪您去。"

"不用了。"我拒绝了他。这时谦太郎走了下来，他穿着白衬衫白裤子，看上去很有男子风度，我真高兴。我向他挥了挥手，他有点遗憾地说："林女士，今天我不能和你一起坐飞机了，听说满了。"

"咦？你是什么时候听说的？"

我隐藏着自己的失望。

"有人往我房里塞了一张纸条。"谦太郎边走边让我看纸条。

斋藤先生，海军飞机已满。请稍等几日，下次一定先让您乘。

民政部

和我房间里的纸条是相同的笔迹，我的纸条上写着"真锅"的名字。这种做事方式真恶心，我沉默了。

"你一个人怎么办？"

"在婆罗洲报社帮忙呀。"

我听到谦太郎的玩笑，笑了起来。真想一直和谦太郎在一起，可是我们即将分离。

在马达布拉满是灰尘的寒酸街道上，排列着一整排自称为"钻石店"的狂妄店铺。谦太郎走入了其中最大的一家店，店员在铺着廉价的蓝色天鹅绒的托盘上，摆了一些钻石给我们看。

谦太郎用手指捏着一颗黄豆般大的原石，散发着一点黄色的光，时而照进我们的眼里。

"这颗应该会变得很漂亮。"

"在日本切磨一下就好了？"

　　对于我的疑问，谦太郎说："这是我们两个人的回忆，所以就这么保存着吧。如果快要忘记我了，就拿去切磨打造，让它发出光彩。这颗石头就像我们的孩子，只要想到有一天它会变得很美，就好期待。"

　　谦太郎像包药似的用透明纸把原石包好，放在我的手心里。他笑了。

第五章　伤痕

1

斋藤谦太郎先生：

马辰港的天气如何？你今天在干什么？还是已经离开马辰港了？说不定你已经来我这边了，那么我就太开心了。不过我们的命运总是那么多磕磕碰碰。我被命运玩弄得只剩下悲观想法了。

对了，我今天写下"马辰港"三个字的时候，突然想哭。

褐色的河流、雨、小船、泥土的颜色，还有钻石。我永远也不会忘记那个地方，所以我恳求你，你也别忘记。

我希望，只要我们一说"马辰港"，就能产生同样的心境。能在那里见到你，实在太幸福了。马辰港已经成为打开我心灵的钥匙。

话说回来，你乘坐哪一班飞机？大概知道什么时候搭乘吗？将要前往哪里呢？要在那里待多久？如果知道的话，请务必马上告诉我。

我才刚刚问过你这些问题哦，我这个急性子，真烦人，我已经能想象你烦躁的表情了。

但是，只要是关于你的事情，再小我都想知道。我想在你的身边，可是这也做不到。过去人们轻易地就能收发信件，而在这个困难的时代中可能会寄不到、遗失，等等。

我们就像摇摆不定的单摆，不，如果我们都是单摆的话，还比现在好一点。至少单摆会有几次交错的瞬间。

小谦，原谅我的急性子。人生没有那么长，没有足够的时间来烦恼，也没有足够的时间来愤怒，更没有足够的时间来相爱。我们一定是在擦肩而过、不断误解的叹息中死去的吧。

虽然我写得有些消极，不过今天是休息日。我正在用轻松快活的心情给你写信。

我总觉得想无约束地给你写一封长长的信。可能是因为这份心情一直压抑到了现在，或是关于你的所有记忆至今仍旧活生生地存在于我的心中。

只要拜托去你那边的飞机，把信带给你，你就会收到，真好。虽然你说我们被盯上了，让我当心，不过我无法做到。没错，今天我完全处于放松的状态。

今天异常晴朗，蓝天下的草坪发出新芽，红色的叶子花属植物、美人蕉属植物开得十分烂漫。天空清澈的蓝色和花朵的红色，都是马辰港所没有的。

如果能和你一同醒来，看着这样鲜艳的色彩该多好。这样的话，我们的爱说不定会变得更艳丽多彩、令人振奋。存在的场所不同，爱的颜色也会发生改变。这是我想和你一起确认的事情之一。

昨天晚上七点多，我到达了泗水机场。旅途很顺利，请不要担心。我先去以前住过的大和饭店放下行李，然后到朝日新闻分局露了一下脸。这些都是需要马上做的事情。

你是报社的记者所以应该知道，军队报道部发出的指令是通过军政监管部门下达到报社分局的。我们需要和报社分局商议决定交通工具、住宿以及采访的日程等等。

后来我实在太累了，懒得回一次酒店再出来吃饭了。于是和朝日新闻分局的几个人一起去吃了个晚饭。

对了，和你一起曾在伦敦赴任的鹈饲先生也在。他认识你，不过我没有说什么不该说的话，请放心。但是野口却多嘴道："我在马辰港见到了每日新闻的记者斋藤先生。"

我有些生气，不过鹈饲先生回答了一句"是吗"，然后就眯起眼睛露出怀念的样子。

"斋藤君是在我快要回国的时候被派去伦敦的。我们一起在伦敦生活了几个月，不过他运气不好，我回国才半年时间，那里就开始了空袭。在日本发生空袭的话火灾最可怕，然而伦敦最可怕的是活埋。石头铺成的马路都会遭到破坏，这是多么恐怖的事情啊。"

我担心野口会不会说出我给你写"稿子"的事情，不过幸好他没有提及。万一说到"稿子"的话，我和朝日可是签合同的，他们一定会不高兴吧。

我发现，朝日新闻的记者（每日新闻一定也一样）并非都是正式员工。

婆罗洲新闻的 Z① 先生，我怀疑他到底是不是真正的记者。我

① 原文为 M，真锅日语拼音为 MANABE，译稿采用中文拼音。

能够想象你看到这里发怒的表情，还会斥责我"不准写如此草率的话"。好吧，我就写到这里为止，请你也万事小心。

继续说刚才的事。

要说我们去吃了什么晚饭，那可太有意思了。

在朝日新闻商量完日程之后，已经快十点了。由于时间关系，饭店都已经关门了。没办法，只好请野口带我们去当地的饭馆。

小谦，你知道我们吃了什么吗？

是黑色的炖舌头汤，使用的应该是牛舌，那个汤不知道为什么像墨一样黑。配菜是细长的泰国米和鹅蛋。鹅蛋像皮蛋似的，有一些发酵，比鸡蛋的味道要浓厚多了。

"老师，你竟然敢吃，女性一般都不敢吃的。"

带我们去的野口很吃惊，不过我十分平静。因为味道很普通，意外的好吃。小谦你应该知道，我好奇心特别旺盛吧。不过你应该不会喜欢那黑色的汤汁。和英国的炖舌头完全不同。

野口是爪哇岛军政监管部门将校的勤务兵，所以对这一带特别熟悉。飞机一到泗水，他就显得很高兴。今天是休息日，所以他一定在慰安所快活吧。

昨天吃晚饭之后，我没洗澡就睡觉了。今天早上，我在男服务员们的说话声中醒来。

刚醒的时候，我忘了自己身处何方，有点慌张。房间漆黑，不过从百叶窗缝隙中照进来的一束阳光与我并行，落在了一块墙壁上，那里正巧挂着泗水古巷的照片。就像电影一样，那张照片悬浮于黑暗之中，我忘了时间与空间，很梦幻吧。

　　马辰港的大和饭店时而关不上百叶窗，时而破了几个洞，光线从各个角落投射进来，我一次也没有在漆黑的房间中醒来过。

　　我才想起自己回到了泗水，打开百叶窗看向窗外，在庭院里修剪枝叶的花匠们笑着向我挥挥手。这副和平的光景根本无法让人联想到战争。

　　刚才，我让男服务员给我拿来了葡萄酒。因为没有食欲，所以打算喝喝葡萄酒，浑浑噩噩地度过这个宝贵的休息日。我看着浓郁的紫色液体，想起了去年夏天。

　　对了，小谦，你知道吗？

　　和你在酒店一别，我被关在机场三个多小时。离开酒店之后，突然下起了暴雨。

　　好不容易到了机场，怎么等雨也不停，风也越来越强，我以为飞行会取消。一想到能回到大和饭店见到你，我就无法掩饰内心的喜悦，急切地等待着取消飞行的通知。

　　没想到，天气稍稍转好，就得到起飞的通知。于是我对野口说，绝不想乘坐夜晚的飞机，没想到野口紧张地四下张望。

　　"老师，这班飞机有海军的干部要乘，所以不管发生什么事情，都一定会起飞。"

　　我觉得是那个军人夺走了你的坐席，所以心中愤恨不平。而且由于海军军人的要紧事，临时安排飞机离开马辰港，硬生生地把我们拆散了。这是不能和你在一起最关键的原因。

　　由于暴风雨飞机延迟，虽然不能和你在一起我感到很寂寞，不过幸好蓝子特地来送我，与我惜别。

蓝子很担心被抓走的弟弟，所以脸色不太好。但是机场全都是军队相关人员，所以无法说弟弟的事情，只和我谈了《流浪记》的读后感。

她还这么年轻，却有着坚定的信念。真心希望蓝子今后能一帆风顺。

对了，很抱歉，我给蓝子看了你买给我的钻石。

"老师，你最终还是没能去马达布拉哦。"

蓝子的口气很惋惜，所以我没忍住。

"不，我上午去了。还买了一颗原石。"

蓝子的眼睛里突然有了神，她恳求我。

"老师，可以给我看一下吗？"

于是我从钱包里取出钻石，放在了她小小的手掌里。蓝子小心翼翼地打开包装，尖叫了起来。

"老师，这是颗很好的钻石，你眼光真好！"她如此说道。

我想起你说的话，钻石就像我们的孩子一样，所以被表扬了特别高兴。当然我不会告诉她，请放心。

"老师，要不要去西里伯斯岛做成戒指呢？"

蓝子开玩笑地说，我摇摇头。

"作为马辰港的回忆，我想就这么保存着。"

没想到听到我这么说，蓝子竟然泪眼汪汪。

"这样好，请就这么保存着。另外，不要忘记还有我们这样的日本人，在远离日本的岛屿生活。请千万不要忘记婆罗洲！"

"我绝不会忘记。"

我也跟着哭了起来。

结果，飞机在五点多的时候起飞。

跑道上积满了水，海军的所有人员都帮忙除水，用水桶一桶一桶地淘出去，飞机才终于得以起飞。

看着马辰港美丽的景色，天渐渐地黑了。在飞机上看到的晚霞，是只应天上有的美景。

小谦，你坐过晚上的飞机吗？你一定坐过吧。我是第一次坐，几乎全凭飞行员的视觉在飞行。

夜晚的飞行，在高黏度的黑夜里，像是穿梭于"红豆糕"之中，很沉闷。我知道，下方就是爪哇海。

所以，我不断地往窗外看，但是窗外漆黑一片，连星星都看不到。只要一想到自己身处黑暗之中，就会很不安。如果是平时的话，或许这份不安会给我带来快乐。我是小说家，或许能把害怕黑夜飞行的女性写成小说，记住这个构思。

不过，昨晚留给我的只有不安，怎么也无法平静。可能是因为你说的话一直回响于我的脑中。

"我看到成块的空气，漆黑的南洋中成块的夜空，好恐怖。"

在酒店，你看着漆黑的窗外，如此说道。的确，当我想到自己孤身一人飞行在那团恐怖的空气中时，就感到十分寂寞。不，一定是因为寂寞，才感到恐怖。

在黑暗中，能看见远方闪烁着橙色的光，就像小渔船群集在一起点亮渔火的微弱灯光。

"能看见泗水的灯光了。"

257

"这里的天气似乎不错。"

在引擎的轰鸣声中，能听到有人在高声说话。我从钱包里拿出透明纸的小包，紧紧地握住。

"这是我们两个人的回忆，所以就这么保存着吧。"我想起你的话，不知不觉地泛起了微笑。如蓝子所说，"钻石的好处，是像豆子那么小，便于隐藏。"这一颗小小的石头里寄满了我的希望。

总有一天，我们还能重逢。为了那一天，我将努力地生存下去。你也要保重。

芙美子

2

休息日好不容易是一个晴美的天气，可是从半夜开始下起了雨。之后每天都下着淅淅沥沥的小雨，就像日本的梅雨天，下个不停。

也许是因为我想家了，也许是因为一直都太累了，我开始腹泻发烧。为了把对谦太郎的思慕之情写成文章，支撑着我的灵魂似乎已经离开躯体，飞往马辰港去了。我的身体就是这么无力，不过等一下我必须去泗水军政监管部门商议今后的行程安排。

原本约在上午，我托人改为下午，在上了无数次厕所之后，准备好行装。今天在下雨，我很不想出门。不过不想出门的理由不是

因为下雨或身体不适，而是心中累积的不满与不安。只有我需要去
各种地方，而且被派来繁忙的南方。

前天，刚到泗水，我就去了朝日新闻分局，商量今后的行程等
等。和往常一样，收到了许多来自日本的信与杂志，其中还有一封
美川喜代的贺年信，美川说自己下个月就要回国了。

林芙美子女士：

新年快乐！

今年也请多多关照。

好久不见，你过得好吗？

听说一月初的时候，你回到爪哇岛。在婆罗洲的生活怎么样？

朝日新闻分局的人告诉我，那里有许多日本没有的东西和人，
一定很有意思吧。

恕我冒昧，你一定积累了很好的经验吧。

不过天气如此炎热，真是辛苦了。

我暂时还将留在爪哇岛，下个月回昭南，然后直接回国。

原本以为能在爪哇岛见到你，可是错过了，真可惜。

好像林女士还将继续旅程吧。

最后，请务必保重身体，注意休养。

希望你在皇纪二六零三年中万事如意，心想事成。

美川喜代

和美川相比，我的旅程不知道要持续到什么时候，真让人沮

丧。虽然很期待能见到谦太郎，但是这一天不知道要等到什么时候，期间我必须不停地赶路，换地方。

我无法在泗水待上好几个星期，等待谦太郎。四天之后，我将要去一个名叫金牛村的高原小村庄，在村长家住一个星期左右。当然，需要写逗留日记。

之后回到泗水，去巴厘岛视察。在巴厘岛待三个晚上，再回泗水，然后去雅加达。在雅加达待一个星期左右，再次去昭南，回到爪哇岛，之后前往苏门答腊岛。这就是我没有尽头的旅程。

不可能不累，洼川稻子、水木洋子都没有我的旅程长。她们不需要经历这么长的旅程，只有我需要。

如果我抱怨的话，一定会被人嘲讽"林女士是作为第一批赴南京的女作家而出名的"之类的。"知名女作家"这种词真让人作呕。难道仅仅是因为我有随军经验，而没有其他的什么原因？我在昏暗的房间里一直忍着肚子痛，胡思乱想，这一切到底是为什么。

时间已经到了，可是野口还不来接我。我不想迟到，所以出了房间，走在长长的矩形走廊上。我想如果中途遇见野口的话，这件事就算了。不过在下雨的走廊上，既没有野口，也没有酒店服务员。

从侧面吹打来的雨，把走廊的石路全弄湿了。好几次我都差点摔倒。有一间客房的门上，爬着好几只壁虎。昨天早晨的阳光就像假的一样，今天一直在下着阴雨。

当我走到昏暗的大堂里时，裙角已经湿了。野口坐在大堂的椅子上，和一个男人在聊天。野口侧对着我，聊得正起劲，发现我的时候，露出"你怎么来了"的表情。我感觉好像看到了不应该看的东西，于是躲开了他的视线。

野口和朋友偶遇，所以聊得很开心。他们看看手表，不舍地站了起来。

对方是和野口同年龄的男人。虽然穿着军装，但是在殖民地，军人和军人家属都穿军装，所以分不清楚。对方和野口握手之后，轻轻对我点头致意，然后离开了酒店。

"老师，您身体还好吗？"野口转动着军帽问我。

我看着野口像公鸡一样往前伸的脖子和上下运动的喉结。

"对不起，我打扰到你了。是你的朋友吧？其实你不用管我，你们自己聊天就行了。"

"没关系，他是我同学。"

"哪里的同学？"

我随口一问，没想到野口开玩笑地回答："理发店的同学。"

我突然想到，理发店是他撒的谎。野口在对我撒谎。我拼命地隐藏疑心，看着野口的脸，他在笑。

野口其实是一个容姿端庄的人，刚才他和"同学"握手的时候，明明挺胸直背，头也没有向前伸出，那不正是职业军人的态度吗？

"喂，其实你老家不是开理发店的吧。"

我终于忍不住问野口，他困惑地皱紧眉头。

"老师，您在说什么啊。我可是应征入伍的理发店老兵。"

"那么我今天发烧了，你帮我洗头。"

我在说些什么啊……但是我已经无法消除好奇心了。

"好啊，小事一桩。"

我是不是做了什么大错特错的决定？我的心一下子沉了下来，我竟然让野口替我寄了给谦太郎的信……

我们坐在竖着一面朝日新闻旗帜的车子里，前往军政监管部门的宣传部。在下雨的马路上，三轮车和马车往来频繁，溅起水花。我想起马辰港满是泥泞的街道，还有仍旧在那里的谦太郎。

"老师，"野口从副驾驶座回过头来，"去金牛村的时候，就麻烦这位司机了。"

司机是当地的男子，瘦瘦高高的，一直微笑着，看上去人很好。

"我的名字叫 Shengmei。"他用流利的日语介绍自己。

"胜美？"

"是的，因为和我的本名发音很像。"

"胜美很细心，车也开得好，所以在日侨中很有名。"

胜美与野口开始讨论去金牛村的路该怎么走，看来野口也要跟着我一起去金牛村，真郁闷。

"胜美，你抽烟吗？"

野口递给胜美一支"金鸡"香烟，胜美很高兴，把香烟夹在耳朵上。

"胜美先生。"我叫道，胜美有些吃惊地回头。他光滑的皮肤上，蒙着一层薄薄的汗。我指着野口。

"你知道这个人的真名吗？"

"Toan！"胜美立刻答道，并笑了起来。"Toan"是丈夫的意思。

不知道为什么，我突然被一种失败感给打倒了，痛感自己的微不足道。

像我这样的女作家，一旦被牵扯进了战争，结局就是被利用、被抛弃。只要能保住一条命，就已经算是好的了。为什么我会不明白这个道理？

在战地，不仅是军人，普通老百姓也死了很多。我到底是以怎样的决心面对这个与生命、生活息息相关的"战争"的呢？船一旦扬帆起航，直到沉没为止都不会停下，真可怕。野口和胜美没有发现我低落的情绪，在相互逗笑着。

在朝日新闻组织的聚会上，我遇见了宣传部的谷少尉。他长得像山下奉文，有点胖，留着鲶鱼胡子。

"林老师，这次真是辛苦你了。"

他敬礼的动作很老练。

"我是林芙美子，请多多关照。"

"听说你身体不太好，怎么了？"可能是因为我脸色发青，谷少尉很担心地问我。

"可能是食物中毒，肚子痛，有点发烧。真对不起，我想早点回去休息。"

"太可怜了，那么可以按照原计划去金牛村吗？村长斯普诺知道你要去，十分高兴，他说要举行一个欢迎仪式。"

这种不容分说的语气，无论在哪里都一样。计划已经定好了，文章的内容也有一个大致的规定。作家林芙美子，只要沿着这条轨道走就行了。

"在那里待一个星期，有什么任务吗？"

谷少尉缩了缩短粗的脖子。

"老师只要说，想看看印度尼西亚老百姓的生活，想和当地的人交流，就可以了。"

"知道了。"

"然后告诉我们你的所见所闻，我们再写成文章。"

我下定决心，问了谷少尉一个问题："朝日新闻的另一位特派员，美川小姐，我听说她下个月就要回国了。我却被命令在这里待到五月份，为什么只有我要留下来？"

谷少尉有些吃惊，他扬起了眉毛。

"不管怎么说，林老师都是名作家，所以我们想把工作托付给你。《流浪记》是全国人民都知道的名作。而且老师作为女性，竟然是第一批随军赴汉口的成员，此举使朝日新闻名声大噪。所以我们不会轻易放你回去的哦，希望老师能在这里，写出《爪哇岛流浪记》来。"

谷少尉一说，在场的所有人都笑了。我环顾四周，野口在最后一排放声大笑。

昭和十八年一月十二日，朝日新闻刊登了我的文章。"Kampong"是"部落"的意思。

《与原住民心贴心——林女士坦白自己开始新生活的决心》

从大本营陆军新闻部派来南方战线巡游的林芙美子女士，经历了 X 天的婆罗洲视察工作，最近回到了泗水。细腻的女作家神经让林女士作出了一个决定——和爪哇岛东部的部落下层阶级的印度尼西亚人一起生活。由泗水内政部部长守屋主一郎介绍，林女士将体验尼巴椰子和竹子筑家的原住民生活，作为第一个记录新爪哇岛人生感悟的日本人，开创了一片新世界。

与其说作为第一位作家，不如说作为第一位日本女性，其体验"部落生活"的决心，很快便在原住民和日本人之间传开，成为了一个振奋人心的话题。不久之后，林女士一定会通过对新生活的体验，写出一部旷世名作《爪哇岛流浪记》吧。

谷少尉邀请我一起吃晚饭，我身体不舒服便推辞了。回大和饭店，也是胜美开的车，野口坐在旁边。

"老师，我们说好了，我给您洗头。"野口的口气有挖苦的意思。

"不用了，我是开玩笑的。"

"没关系，很舒服，我来帮您洗吧。只要您把头伸进洗脸池就可以了。"

于是，野口强行进入了我的房间。他可能是为了反驳我说他家不是开理发店的。

"老师，我是勤务兵，请不要有所顾虑，尽管使唤我。我知道，老师您不愿意把衣服给我洗。所以我一直以为您是一位风雅的女士。其实我以前觉得小说家没有几个好东西，以为小说家们都是没有常识的人，不过老师您不同，您十分优秀。"

太阳从西边升起了吗？野口的变化让我感到有点恶心。

"所以，只要是我能做到的，请尽管吩咐。"

"不必了。"

我想起野口的小指甲，拒绝了他。野口勤快地打开了百叶窗，开始放洗澡水。我开始整理换下来的衣物，并叠放起来。野口可能是为了弥补在马辰港没有做的工作。

我筋疲力尽地坐在沙发上，动也不想动。

"老师，来这里，把头伸到这里来。"

野口在洗脸池前放了一把椅子，叫我过去。我不想动，野口一边叫着"老师"，一边拉着我的手站起来。

这是野口第一次拉我的手，虽然有些不快，但是野口好像是发自内心地想证明自己。

"您看上去真的很累，我来帮您洗。请允许我偶尔为您做些什么。"

"真的不必了。"

我推开了野口骨头突起的手掌，野口有些困惑，可能没想到我的态度会如此冰冷。

我看到野口很吃惊，突然内心有一种暴力的情绪苏醒了——想要揭露疑点，看清楚事实的冲动。

"野口，你真烦！真的理发师才不会这么做！"我气势汹汹地说道。

野口惊呆了，过了半晌，他露出洁白的牙齿笑了起来。

"还是被你看穿了。"

"什么叫还是被我看穿了！你是想换个策略吗？作为我的勤务

兵，竟然撒谎。别瞧不起人！"

我将野口痛骂了一顿，找到乱扔在沙发上的包，取出"金鸰"香烟，衔在嘴里。然后把香烟盒扔向野口，如果不这么做的话，我的心情无法平复。野口似乎想要收拾这个局面，迅速地捡起了地上的香烟盒。

"野口先生，你到底是什么人？我心里很不舒服，所以你能不能老实告诉我？现在是战争时期，有各种各样的人来南方。但是我不希望身边有一个不知底细的人。是不是军政监管部门派你来监视我，监视些什么？"

野口打开香烟盒，带着冷酷的表情窥视其中。

"老师，已经没有几支了，可以全部给我吗？"

我点点头。

"那么我就收下了。"

野口抽出一支烟，熟练地点燃火柴。我吐着烟雾，默默地看着野口。他长长的脖子往前伸的时候像一只公鸡似的。他不应该在这里转来转去，而应该用嘴去啄地上的米。

真想把疲劳、猜疑和下个不停的雨揉成一团扔进垃圾桶。我的心情又急躁又凌乱。

"野口先生，虽然你说过自己是应征入伍的理发店老兵，但是怎么想都很奇怪。如果你不是理发师的话，也就是说，你是宪兵？"我忍不住问道。

万一野口真的是宪兵的话，我就等于和他为敌了。

"宪兵的名声不好，请不要叫我宪兵，被别人听到怎么办。"野口从鼻子中呼出烟雾，有些着急地说道。

他的表情越认真，看上去越滑稽。

"不过我真的是预备役，而且理发师也不完全是谎言。我父亲在浜松开了一家理发店，他已经去世了，由我的长兄继承。您可以去调查这是不是真的。店名是'野口理发店'。我的二哥也在'满洲'开了家理发店，我是第三个儿子，所以依样画葫芦，理发推子这种还是会用的。不过，作为第三个儿子，根本不可能继承家业。于是我来到东京，在一家小型建筑公司做起了文职。您别看我这样，其实我很喜欢学习，所以利用了夜间在明治大学读商科。读到一半，学费不济才退学的。不过我读书真的很用功，而且也知道老师您的事。我以前的女朋友，非常喜欢您的书，所以当我被委任为您的勤务兵的时候，感到很高兴。我想把这个消息告诉以前的女朋友，可是我们分手很久了，她一定不知道我被征入伍来到了南方。即使知道，说不定她也会以为我早就已经死了。"

野口突然讲起了有关自己的事，我感到很奇怪，同时也有兴趣继续听下去。野口以泰然的态度与我对视。

"你以前说过自己家里有妻子、妻子的母亲，还有两个孩子，这也是假的吗？"

野口挠着头笑了。

"那些都是我的错。老师，我家里确实有妻子、妻子的母亲，还有两个孩子。我住在妻子向岛的老家里，她家以前是靠挖井维生的，可惜父亲过世得早，只能靠我绵薄的工资来维持生计。不过老师，她们家全是女人。我们的两个孩子都是女孩，男人只有我一个。一旦发生了什么，女人们就团结起来攻击我。为此我头痛得不得了。于是某一天，我和夜大的女职工好上了。我住到她家，开始一起生活。当时她才二十岁，是青森县农家的姑娘。不知道她靠着什么关系，能在明治大学的夜校里工作。她又认真又聪明，应该和您从前很像，我很佩服她的坚强勇敢。那时候我们的关系很好。"

我没想到会从野口嘴里听到女人的话题。但是这解开了我心中的一个谜团——难怪他对我一直熟不拘礼。我捂着便秘的肚子，专心地听。

"不过男人真的没一个好东西，不久我便厌倦了这个刚从乡下来的朴实姑娘。之后我开始和风尘女子交往，我很晚才发现了她的见异思迁，闹得天翻地覆。她到处结识新欢，我们不断地争吵，终于我决定要离开女人，准备逃离这一切。正当我要逃跑的时候，一切都败露了。年轻的乡下姑娘去我妻子那里告状，那个风尘女子向我的公司哭诉自己被我骗走了钱。没想到，就在这时，我从预备役转为了正式军人。老师，好事情总会来的。我松了一口气，觉得终于可以涂改自己的人生。虽然我年纪大了，算是个老兵，但是我从心底里想为国家出一份力。没想到战争竟然如此残酷。我加入了辎重部队，帮助大家在原始森林中搬运战车。实在太辛苦了，好几次我都以为自己会坚持不下去。日本竟然是用人力搬运战车的，我觉得这样下去一定会输。不过老师，在原始森林不成道路的道路上，用绳子绑着战车，靠士兵用手拉的话，移动一寸距离，需要一百个人花上一个小时时间呢。大炮什么的都拆了然后扛过去，即使这样也很重。我一直在想，不行了，实在受不了了。老师您知道吗？英国军队都是用卡车运送炮弹的。还有您一定知道，如果去逃跑的马来西亚华侨家里，会发现家里摆着家具，而且每件都很华丽，太让人震惊了。最厉害的是，不管去哪家，都有冰箱。而且看看书架，会发现他们很有教养。莎士比亚的精装书摆满了书架。别看我这样，其实我很爱看书。所以我一直希望有一天能和您讨论文学。不过这只是梦想而已，请您忘记吧。"

野口高兴地舔着嘴唇，吐了吐舌头。我想起了他新年去慰安所的事情。

没想到，被我怀疑为宪兵的野口，竟然说出厌战思想。虽然我不再怀疑他了，但是我突然感到野口这个人是我无法琢磨透的，心中便生出另一份不安。

"野口先生，你还是小声点为好。"我指了指门口，"隔墙有耳。"

野口突然醒悟过来，闭上了嘴。从忘记抽的烟上，掉下来一条长长的烟灰。

"不好意思。"

野口在手指上沾上口水，把烟灰从地上捡进了烟灰缸，然后搓着脏手指。

"没关系，我相信你了。我为从前怀疑过你而道歉。"

我觉得很累。

"老师，您已经不要听我的故事了？太失望了。不过能和您心灵相通真好。"

野口作出一副怪相，我苦笑了一下。

"下次听，我要睡了，身体不舒服。"

"我先走了。"野口刚准备站起来，又摆出认真的表情说道："老师，我不知道该不该说……"

"说吧。"

"老师和那个记者是情侣关系吗？"

那个记者指的是谦太郎，我不知所措地移开了视线。

"你在说什么啊，突然之间。"

"其实，是婆罗洲报社的人说的。"

是不是真锅？我一下子转过身。

"是谁说的？"

"送别会的那次，老师你一直不来，于是有人问怎么了，另一个人笑着回答：她的情人千里迢迢地从望加锡来看她了，没办法。"

我决定不再问这个人是谁。这是事实，而且我也不可能去马辰港骂他。只不过，我想到这件事被年轻的蓝子听到了，害羞得脸上发烫。而且，马上就要给婆罗洲报社写稿子了，我无法掩饰自己的失落。

"话说回来，您是几几年生的？"

野口突然询问我年龄，我很吃惊。

"明治三十六年。"

"和我一样，"野口高兴地说，"几月份？"

"十二月三十一日。"

"元旦前一天啊？真稀奇。不过我比您大哦，我是五月份生的。"

如果我也是军人的话，会不会和野口一样被称为"老兵"，成为某位官员的勤务兵呢？想到这里，我苦笑了起来。

"那又怎样？"

"所以，您还是抓紧时间谈谈恋爱吧。我们都已经老了。"

我感到很意外。

"我以为你要说什么呢，原来如此。"

野口神色依旧严肃。

"那个记者应该还在马辰港吧。在二十号之前没有飞机从马辰港飞来。"

真失望，我昨天才刚写了信，正打算让谁帮我问一下什么时候有往返马辰港的飞机。

"老师，我想说的是，"野口看着我，"我们现在处于不知何时会命丧黄泉的状态，所以趁着还活着，去多见见他吧。我刚才也说了，我见过英国军队留下的东西，坦克也好炸弹也好，甚至连罐头都不可小觑。日本马上就会由于物资短缺而倒大霉的。"

"从南方调动资源也不行？"

"老师，要怎么搬运呢？货船几乎都被击沉了，即使得到了南方丰富的物资，也没有办法运到日本。所以，在允许的情况下，应该尽可能地点亮生命之光。不然一定会后悔的。"

确实如此，我竟然被野口鼓舞了，心中偷偷地燃起了斗志。

"谢谢，我会这样做的。"

"老师别一个劲地喝葡萄酒了，我们明天去买东西吧。据说金牛村是个什么也没有的地方。"

刚刚燃起的斗志，突然熄灭了。野口为什么会知道我寸步不离房间，拼命地喝着葡萄酒呢？不过野口马上消除了我对他一瞬间的怀疑。

"有一句歌词是这样唱的：芳华短暂，少女赶快恋爱吧。所以，我一定会全力支持您，请放心。不管去哪里我都会跟着您。"

我有些迟疑，但还是道了谢。

"老师，我能成为您的勤务兵太幸福了。"

"为什么？"

"因为您总是独自旅行，跟着您太开心了。"

原来如此，我有一点失望，接着我把野口赶出了房间。不过心情很好，我又满怀期望了。

斋藤谦太郎先生：

你在马辰港过得怎么样？听说下一班飞机是二十号。只不过错过一班飞机，就要等两个星期，真不方便啊。

你一定很无聊吧，希望你别喝得太多。

我经过莫佐克托，来到金牛村。是一个很小很可爱的村子。

我的眼前几乎已经浮现出你嘲笑我的样子："知道知道，体验部落生活，写一本《爪哇岛流浪记》嘛，我在报纸上已经看过了。"

金牛村简直就像是轻井泽或野尻湖那样的高原，很凉快。虽然没有白桦树，但全是林荫路，十分赏心悦目。

我住在村长斯普诺的家中，预期要待一个星期。之后回一次泗水，然后去巴厘岛。

来的路上，我绕了点远路，看到了赛美乳火山。和富士山很像，非常漂亮。听说赛美乳火山名字的来源是须弥山，我不禁感慨，这里果然是亚洲啊！

说到亚洲，这里所有的路上全都竖立着日语标识。不过，印度尼西亚还会保持这个状态多久？正因为这里有我们两人的回忆，所以我才很在意。

感谢上苍，今生让我遇见了你。因为有你，我才有活下去的信心。最后，祝顺利。

芙美子

3

大家一定会说，林芙美子日子过得真逍遥吧。到处都在打仗，日本的物资一天比一天少，人们忍受着艰苦朴素的生活，而我却迷恋上了平静和谐的爪哇岛生活。如果说这个世上还存在乐园的话，一定就是巴黎和爪哇岛。

巴黎很美丽，街上的行人——无论男女老少都穿着时髦雅致的衣服，商店里卖的商品哪怕是一只苹果都那么惹人怜爱，怎么看也看不厌。还年轻的我就像一个迷路的孩子一样，在石路上踏响木屐，不停地行走于其中。

哎呀，你看——那个矮个子的东洋姑娘，她穿着什么奇怪的鞋子？我发现大家都先观察我的木屐，然后看着我的脸冲我笑。每当我发现别人对我的好奇心时，都会感觉自己已经成功融入了巴黎，让我十分欣喜。成为巴黎的一员，是我最大的喜悦。

但是，爪哇岛丰富的自然资源和人们温和的笑容，让马上就要四十岁的我内心无比平静。不像在巴黎的时候，需要强迫自己习惯。也不需要为了习惯而绞尽脑汁。更不需要为了节约钱而饿得半死。不用拼命学习当地的语言，在这里也能生存下去。

物资丰富的爪哇岛包容了我，不知不觉我完全融入了其中。

不管去哪里，都有刚刚发芽的草木、屹立的美丽山峰。原始森林里，香蕉与芒果熟了；闻所未闻的花朵发出沁人心脾的芳香；庭院里，猴子和蜥蜴不紧不慢地现身。这样美丽的国家，别无他处。随着旅途的继续，我越来越感到，爪哇岛是一个世外桃源。

总之，金牛村的天气很好。由于地处高地，所以很凉爽，比任何地方都舒服。虽然不比轻井泽漂亮，但是有信浓追分①那种朴实的风情。

往山的方向，缓缓地信步于林荫小道，能遇到在头上顶着许多木柴的女性向这边走来，她们还会向我打招呼。至今她们优美的举止还印刻在我的脑中。

在田里，耕作的牛翻起黑土地的泥土。和富士山一模一样的槟榔山的火山灰助长了各种各样的农作物。

小小的村子里，满地都是粗糙的石路。两旁排列着用繁茂的稻

---

① 长野县东部轻井泽中的一块地方。

草搭成的屋子，就像浮世绘中有驿站的村庄一般。一进入屋檐下就很凉快，昏暗的家里，每一位成员都会对我笑。在这种和平的生活中，甚至会怀疑到底哪里在打仗。

我住在村长斯普诺的家中，和他太太、孩子一起快乐地生活着。

斯普诺有三个孩子，最小的一岁半，他太太一直抱着，最大的在读小学。我带着孩子一起去小学看了一下，规模简直和幼儿园一样小，学校造得很简陋。旁边是清真寺，人们早晚聚集于此，虔诚地祈祷着。

一放学，孩子们就飞奔回家，扫地、打水，干着各种各样的活。他们经常结伴来参观我这个罕见的外国人，不过羞于打招呼，所以不敢靠近我。

斯普诺的家是村子里最豪华的。和金原蓝子家一样，地板上铺满打磨过的白色大理石，墙壁上挂着父母亲的旧照片。石头地板一直被打扫得很干净，一点灰尘也没有。所以赤足走在上面的话，脚底心感到凉凉的很舒服。

玉米粥、在树荫下睡觉的白狗、赤裸着上半身嬉戏的孩子、小河里跳跃的鱼，所有的一切都和日本最原始的风景很相似。

当然，我有几项必须完成的任务。去小学旁听、教孩子们日语，还有在村子的广场上观赏当地传统的舞蹈。每当这种时候，从泗水来的朝日的摄影队就会给我和斯普诺拍照。他们一定是用这种照片来装饰报纸，并写出类似《林女士享受着部落生活》的标题。

野口寄宿在斯普诺家后面用稻草搭成的家中，吃饭的时候他会来斯普诺家里。

现在想想，因为军队下达了命令，所以金牛村的村民才会款待我吧。因为斯普诺一直穿着白色的西服，神态很紧张。如果真的是这样的话，他们就太可怜了。不过在金牛村的生活，让远渡而来的我，好好地放松了一下。

为了写稿子，我开始记笔记，不过日子太安逸了，提不起一点干劲。没有安排的时候，或是雨天，我就睡整整一天。

"老师，休息好了吗？"野口每次看见我，都会担心地问我。

野口在这里，也穿着军装——淡褐色衬衫配上卡其色短裤。这里没有熨斗，所以只能睡觉时把它放在床单下压平。淡褐色的衬衫还被洗褪了颜色，不过即使这样，他也像个勤务兵，把自己收拾得很干净。

我经常问斯普诺的太太借爪哇岛的更纱衣服穿。长长的裙子加上衬衫，衬衫及腰长，腰下方有扣子，不过我并不扣住就这样穿。我穿上爪哇岛服装的时候，野口曾表扬我。

"老师，很合身哦。"

我看着野口圆溜溜的眼珠。

"谢谢。野口，我真想一直在这里啊。"

自从野口向我坦白了自己不光彩的过去，我便和他熟稔了起来。

"您在说什么啊，老师必须回到泗水，去和恋人见面，那可是一项大事业！"

野口眉头一松，笑了起来。勤务兵竟然劝我去幽会，我只好苦笑。

"别开玩笑了，那只是一个传闻，我可没承认过。"

"是吗？老师应该也想找人倾诉一下吧，没关系的，我听着。"

野口笑嘻嘻地点了一支烟。野口向我禀明身份之后，一直在不断地向我倾诉。

"老师，您母亲还健在吧？那么一定很辛苦吧。我是说您先生。妻子的母亲还健在的话，做丈夫的一定很辛苦。这是真的！因为我经历过，一旦发生了什么，她们就会合伙来对付我。如果回家晚了，和妻子吵架，她母亲就会一直在厨房的角落里偷听。表面上假装不知情，其实任何事情都一清二楚。我妻子也允许她母亲那样做。一旦吵架，她母亲就会看准时机，走出来说，你怎么可以这样指责你丈夫。她这是缓兵之计，假装在帮我。我太厌恶这样的生活了。"

"我们家挺太平的，既有女佣人，又有借宿的书生。"

但是野口摇摇头，满怀信心地说："因为老师是有钱人，所以家里很大，不会那样争吵。不过您丈夫一定积怨已深，一定是的。而且您还有外遇，真可怜啊！"

不知道为何，最后话题一定会指向谦太郎。为此我每次都会露出不悦的神色。

"轻点说，那么丢脸的事。而且那不是真的！"

野口笑了，大大地伸了个懒腰。

"哎呀，真闲。老师您不无聊吗？"

"不会啊，这种悠闲的生活多好。现在真的在打仗吗？"

"真的，到底哪里在打仗啊。"

"就是。"

　　我歪着头，回忆自己在昭和十二年时是第一批赴南京的女作家，昭和十三年时是第一批随军赴汉口的成员。就像是很久以前的事情似的，当时的我拼尽全力。所谓的战争，是不知道什么时候会死，从颤抖的脚底传来的恐惧。

　　不过，与战争截然不同的是爪哇岛的静谧。如此的和平到底是不是真的？占领还将持续到何时？日本人都把南方当作自己的囊中之物，想要支配爪哇岛的人们。

　　正因为爪哇岛是日本人可以为所欲为的占领地，所以我才会觉得这里如此的美好。并且，我作为随军作家相当成功，也保住了流行作家的地位，表面上军队很优待我。我得到的舒适生活，其实是日军获胜的战利品。

　　突然，我想起了一对荷兰夫妇。他们住在一个适合疗养的地方。由于我想参观荷兰人的生活，所以曾和美川喜代一起去了那里。

　　中年夫妇和妻子的姐姐，一同热烈地欢迎了我们。丈夫是贸易商人，殷切地把咖啡碗碟递给我。妻子与姐姐都穿着小碎花连衣裙。姐姐的头上包着头巾，一直抽着烟。

　　丈夫邀请我们一起去院子里荡"秋千"，可是当我不明白"秋千"而苦思之际，突然发现丈夫的脸上露出了焦躁之色，我吓了一跳。在场的所有人，都努力抑制自己不要显露出蔑视。他们似乎想说，我们荷兰人是不会被你们亚洲人统治的。

　　不管爪哇岛的自然景色有多美丽，漠然的不安感并不会消失。无论命运如何变化，灰暗时期的记忆总是深藏于心底。我们就像泥菩萨过江。

"怎么了？"大概是因为我的脸上闪过了一丝不安，野口问道。

"没事。军队正在打仗，然而我们却享受着这种生活，是不是很不好？"

野口看着在庭院里啄着泥土的公鸡说："没关系，老师是为了国家在工作。只要在爪哇岛看看日本是如何管教当地人、如何培养优秀的臣民，再把这些所见所闻告诉日本人就可以了。用老师优美的文笔写出的完美文章，日本人和前线士兵看了之后，都会士气大振。"

真的是这样吗？我无法赞同。住在金牛村的人们一定认为荷兰也好日本也好，都是来捣乱的国家。和平的生活，并非受任何人的恩惠。只有通过自己工作、祈愿才能过上无灾无难的生活，绝非外国人的功劳。他们一定是这么认为的。

我是第一次感到这种不安。就像在强烈的日照下才会呈现黑影一样，正因为爪哇岛像乐园，我才会感到不安吧。

我沉默着，野口双手抱胸，晒得黝黑的手臂，肌肉十分结实。

"老师，日本已经拿下南方了。土地辽阔、资源丰富的爪哇岛已经是日本的领土了。很厉害吧？以后日本的版图还会越来越大。"

这些话，和他在泗水的大和饭店里说的完全相反。

"你上次可不是这么说的，你说资源再丰富，也无法运往日本。"

野口开朗地笑了。

"我有这么说过吗？真不妙啊，请忘了吧。"

"我不会忘哦。"

野口耸了耸耷拉着的肩膀。

"这下可惨了。对了，老师。去完巴厘岛，再回泗水，之后要去雅加达，我们坐火车去好不好？在这里坐一下火车也不错吧。"

"是啊。"

"那么我去和军政监管部门的人说，凭着老师的威望，应该会答应我们。"

"因为您总是独自旅行。"上次野口不小心说漏了嘴，他是不是在利用我？旅行与我的个人意志无关，将不断继续。我只觉得痛苦而已。

"老师，金牛村不错吧？很舒服哦。"

"嗯，能来这里真好。"

听到我的回答，野口满意地拼命点头。

美川喜代和洼川稻子比我早回国，他这么说可能是为了安慰我吧。

"老师，斋藤先生二十号会从马辰港过来，我们差不多时间也回泗水吧。"

"我还想在金牛村多待一段时间，当初大张旗鼓地说要来写部落生活，只待一个星期的话什么也写不了吧。"

虽然我很想见谦太郎，但嘴上却拒绝了。一个外人对我和谦太郎的事插嘴，我觉得真麻烦。而且也担心秘密被公开。

我并没有承认这个传闻是真的，但是野口坚信谦太郎就是我的恋人。这是事实，所以我不知道该如何应对。

"情报被收集在某个机构。"我想起谦太郎曾经这么说过。或许是真的吧，我看了眼野口，他一副热心的样子。

"我以前也说过吧，老师，现在这种世道，既然他来了，您一定要排除万难去见他。"

结果，我们决定十七日离开金牛村，回泗水。如果赶得及的话，我的信将会由十七日的飞机运往马辰港，谦太郎应该会带着我的信回泗水。这一切都与我的意志无关，全是野口决定的。不，其实这只是我的借口罢了。

4

野口似乎感冒了，他来向我报告的时候脸色很差。这是我们将要回泗水的那天早上。野口对我说，司机胜美马上就要来接我们了，今天是启程的日子，没想到自己的身体不争气，如果呕吐的话真是太对不起了。

"真可怜，鬼也会得霍乱①。"

我第一次看到如此可怜的野口，所以想给他打打气。

"是什么意思？"野口没精神地问。

"霍乱这个词真正的意思是中暑，鬼是不穿衣服的，本应很凉

————————

① 日本谚语。

快，可还是受不了酷暑。"我随口回答道。

野口很佩服我："老师不愧是文学家啊，这种词语也知道。"

"不好意思，我可不想因为知道'鬼也会得霍乱'就被捧为文学家。你身体什么情况？"我认真地问。

今天我无论如何也想回泗水，所以提心吊胆的。

想回泗水的理由，当然是因为谦太郎。今天下午，有从泗水飞往马辰港的飞机。我想让这架飞机替我送信给谦太郎。

三天之后，谦太郎将会乘坐此飞机，返回泗水。我一直十分期待与谦太郎见面，野口应该也能理解我的心情。

"呼——"野口叹了一口大气，"不知道为什么，昨天晚上眼睛就开始痛，然后头也痛。我以为只有女人才会头痛，这是我第一次同情女人。老师，头痛真辛苦。没想到今天早上突然发烧了，我想一定是感冒了。这里早上挺冷的，可能是我睡觉的时候着凉了。真是对不起。"

野口的脸色铁青，可似乎还是想同我对话。

"不是旅途劳累？"

野口苦笑了一下。

"这是我应该问老师的。对不起，老师身体那么好，可是勤务兵却倒下了，真不好意思。"

"那么我先回去了，你在这里好好休养，我一定会回来接你的。"我性急地说。

可是野口执意要和我一起回泗水。

"老师，您太残忍了，请带我一起走。"

可是刚过中午，胜美就来接我们了。野口的热度越来越高，看上去很痛苦。我认为这并非是单纯的感冒，于是让村长斯普诺陪我们一起回泗水。

和野口住在一起的朝日新闻摄影队的男人，结束了采访，早就回泗水了。斯普诺愿意与我们同行的理由无非是希望从朝日新闻那里得到酬劳。

离开金牛村的时候，由于野口窝在车子的坐席上，冷得浑身颤抖，所以我与村民们便草草道别。其实我对他们很不舍，可是身不由己。

"对不起，老师，都是我不好，您不能和大家好好地道别。"心细的野口，喘着痛苦的气息说道。

我看到他那个样子，不得不苦笑。

尽管在途中，天气炎热无比，可是野口还是在发冷、颤抖。看他太可怜了，我只好从行李箱里取出黑色的毛线外套借给他。

到了泗水，我们直奔陆军医院。经诊断，发现野口所得并非感冒，而是登革热，医生马上让他住院。

登革热是通过蚊子传播的热病。和疟疾并列为南方有名的热病，所以在马来西亚半岛和婆罗洲的时候，无数人告诫过我，千万小心别被蚊子咬了。

登革热的主要媒介是身上带有条纹花样的黑斑蚊。黑斑蚊会在干净的水上产卵，很意外的是，它们大多会飞入居民家中。

我很怕在旅行中生病，所以白天尽可能地穿长袖，睡觉的时候一定会挂起蚊帐。所以除了疲劳与少许食物中毒以外，没有生过什么病。可见经常穿短裤的野口是太大意了。

那一天最可惜的是，由于野口患上了登革热，所以我来不及让飞往马辰港的飞机替我送信给谦太郎。我多么希望他能早一点读到这封信，希望他能期待与我重逢，所以我特别失望。不过一想到很快就能见到他本人，便振作了起来。

一旦患上登革热，只能静心休养。第二天下午，我在集市买了许多太阳花去探望野口。野口在白色的蚊帐里躺着。

我把太阳花插在花瓶里，放到窗边。野口隔着蚊帐看着花，向我道歉。

"老师，对不起。"

看到和他完全不搭的谦恭样子，我不禁笑了出来。

"对不起什么？"

"都怪我，您没来得及去送信吧？"

"你怎么知道？"

一开始我感到有些怀疑，不过马上想起野口为了我能否与谦太郎重逢而整日牵肠挂肚。果然，野口说："我懂的，而且老师的脸色不太好。"

我尴尬地看了看四周。这间病房里住着六个人，有两个明显是军人。其余的应该是被征用来的人或是军人家属。没有伤员，他们住院的原因无非是盲肠炎、肺炎、脚气、骨折等，所以神情很悠闲。

"我们生活在同一个村子里，可为什么偏偏只有我患上了登革热？"野口很惋惜地说道。

我笑了。

"因为你不洗当地的水浴。我本来以为印度尼西亚人不泡澡会很脏，还以为这里的人爱洗水浴，所以水也一定很脏。但这些都是偏见，所谓入乡随俗嘛，我现在很赞同洗水浴。"

"不洗水浴不行吗？"

野口的表情看上去像在被我责备。

"也就是说，洗水浴能保持皮肤的干净，这样就不会被蚊子咬了。"

"那还是泡澡比较好。"

"澡只能泡一次，不可能一直泡。泡了热水澡，还是会出汗。为了不让蚊子咬，必须去除身上的汗水。所以泡澡这种一次性行为是不可取的，蚊子会被汗臭味吸引过来。"

"原来如此，我明白了。您不愧是文学家啊！"

"就这点事情别说什么文学家。"

明明发着烧，野口却开心地笑着。然后我告诉了野口许多注意事项，比如：贴身衣物不要穿丝绸，要穿棉质的；一天要更换一次衣服；在南方旅行时必须要携带大毛巾、拖鞋、皮肤病的药等。野口可能是因为自己身体不佳而感到抱歉，所以他完全没有流露出疲态，热衷于听我讲话。

虽然我知道和一个病人长篇大论不好，不过在不知不觉中，没有野口这个跟班会让我感到很寂寞。自从野口向我吐露了自己的过去与心声，并且猜中了我与谦太郎的恋情之后，我就开始渐渐地依赖起他来。

有时候我也会觉得自己很脆弱，不过要是不这么做的话，一个女人怎么可能完成战争时期的南方之旅。

"我要回去了，野口，你有什么想要的东西吗？二十五日要去巴厘岛，在那之前我会多来看看你。"

"没有。对了老师，听说我这次住院起码还有十天。巴厘岛我不能陪您一起去了，所以应该也无望一起坐火车去雅加达。我会让上头另外派一个勤务兵给您。"

我吃惊地看着野口的脸。

"不需要，我一个人就行了。而且只要我向朝日新闻分局提出申请，每个分局都会派一个人给我。"

野口把头枕在枕头上，拼命地摇头。

"不行，那么我就太对不起军政监管部门的人了。我会安排一个人去照顾您的。老师，只要我的病痊愈了，就马上去找您。所以请您把他当作我，拜托了。"

野口由于高烧而陷下去的眼睛里，隐约浮着一层泪水。我也差点跟着哭起来。

"野口，真讨厌。只不过一点点时间而已，我等你，我不需要其他人。"

随即，野口认真了起来。

"老师，现在是没事，不过战争时期很难预测将来，所以不可以掉以轻心。我无法保护老师的期间，也许您不习惯新来的人，不过只是暂时而已，请忍耐一下。我只要痊愈了，一定马上去找您，一定。"

野口合掌恳求我。我发现他右手那根长长的小指指甲没了。

"你的小指指甲怎么了？"

野口看了看自己的指甲。

"老师，您眼力真好，被护士剪了。因为护士说那样不干净，现在护士的态度都很过分。"

可能是因为指甲剪短了，我觉得野口看起来不一样了，这种想法有点可笑。只是剪了个小指指甲，野口看起来既整洁又坚强。

"真像参孙①啊。"

"什么？"

"参孙和大利拉呀，头发被剪短了就失去力气。你被剪的是指甲。"

我笑了一下，歪着头和野口道别，然后回到大和饭店。

晚上和朝日新闻分局的人约好了一起吃饭。因为阔别了城市已久，所以我们决定吃日本菜。

我冲了个凉，取出了偶尔才穿的浴衣。刚才和野口说南方心得的时候，想起自己完全没穿过和服和浴衣。我决定偶尔穿一下浴衣去吃顿饭。

我抽着烟纳着凉，这时响起了敲门声。我盘起洗过的头发，从猫眼里看到黄昏的大和饭店庭院里站着一个没见过的男人。

"林芙美子老师在吗？我是从军政监管部门来的松本。"

那么快，接替野口的人就来了。我拒绝时候的态度那么强烈也

① 《圣经·旧约》中的人物。

没用。

我烦躁地开了门。

暮色中，有一个体格比我稍大一点的矮胖男人站在外面。因为胖，所以军装看起来很紧，闷得难受。打招呼的时候他取下军帽，是个秃顶。蒜头鼻加上颜色怪异的厚嘴唇，这个男人真丑，我太失望了。

"初次见面，我是林芙美子。"

松本辛苦地抬起粗手臂，向我敬礼。

"我是代替野口来的松本，虽然我是勤务兵，但是不知道能否如老师所愿行动。说实话，我是第一次做女作家的勤务兵，但是我会努力让你满意。"

松本说话的口气，有种居高临下的傲慢感。我有些不开心。

"谢谢，那么我就放心了。"我半开玩笑地说道。

松木的眼睛里明显流露出不悦。我看到了之后，感到阴森森的。轻易地流露出自己感情的人，一般是很有自信的。我很好奇他自信的源泉在哪儿。

野口的态度是敷衍的，不轻易让别人看到自己的内心。让别人认为他当兵很随便，无法抓住他的把柄。所以有一段时间我对他疑神疑鬼的，虽然很可疑，但那也正是他的魅力所在。

但是，松本明显不想与我处理好关系。他就是那种一板一眼、虚张声势的军人。我想到野口不在的这段时间，必须和松本一起去见谦太郎，一起去巴厘岛，就感到郁闷。

我发现松本在窥视我的房间，他好像想进来。

"我再过十五分钟下去，你在大堂里等我。"

我将他拒之门外，他依旧用含恨的眼神看着房间里，真可怕。我觉得浑身不自在，于是换下了浴衣，穿上刚刚洗过的白衬衫、条纹裙子和白色凉鞋，拿着刚才在集市里买的麦子编织包，我出了门。

没想到松本在庭院的草坪里等着我，昏暗的光线里，只有眼睛在发光。

"我不是让你在大堂里等我吗？"

我心情有些不好，他走过来，满口药味地低声说："老师，你被我们男人称作'老师'心里好受吗？让我叫女作家'老师'，其实我心里很抵触，尽管林女士可能已经习惯了。"

"那你就别叫我'老师'。"我小声说道。

没想到松本直截了当地说："野口太娇纵你了，不过我可不同。"

我听到他这么说，一下子怒不可遏。

"你说野口太娇纵我，是什么意思？你说话的方式好像把我当小孩子一样。我从来没有要求你叫我'老师'，是你自己叫的，现在又说自己不想这么叫，你也太没礼貌了吧！如果不想叫，就别叫呀！"

黑暗中，我瞪着松本细长的眼睛。为什么第一次见面的男人会说出如此没礼貌的话？而且松本是代替野口来的勤务兵，是来做我跟班的，这一切到底是为什么？我太气愤了。

其实，有很多男人毫无理由地讨厌女人写的书。特别是像我这种，描写没有故乡、混一天是一天的穷女人故事的人，特别惹人厌。

《流浪记》写的是道德颓废的女人，曾经有人忠告过我，别在社会上散播毒害思想。还有男人当面问我，你母亲把自己当作物品一样买卖是真的吗？

如果是看过我的书再说三道四的话，我也能接受。最讨厌的就是松本这种带有偏见性的攻击。

我觉得自己的脸上好像被涂了泥土，呆站着一动不动，穿凉鞋的脚被草坪的露珠弄湿了，很不舒服。

松本不作声，焦躁的我开始望起了蓝色的夜空。正上方的三颗是猎户星。在日本，会看到猎户星在南方的天空上，在赤道附近看则是在正上方。

"林老师，你被惯得太厉害了。在日本可不是这样的。"

松本又说了一遍，我把注意力从星星转到松本身上。

"我再问你一遍，到底是什么意思？我是被陆军派来南方的，没有受到过任何人的娇纵。当然，我自恃比其他女作家工作得都要艰辛，时间也更长。"

我努力让自己不要面现怒色，不过太生气了，所以声音高了好几度。他一定认为我在装腔作势。我看到松本的脸上浮现出了嘲笑的神色。

松本模仿女人的声音重复我刚才说的话。

"自恃比其他女作家工作得都要艰辛，时间也更长？"

松本的态度激怒了我。但是松本还是笑嘻嘻的，淡褐色衬衫的腋下都被汗水浸湿了，变得黑黑的，看上去很脏。我眉头一皱，说了句本不应该说的冲动话。

"松本先生，或许你不知道，我和大本营新闻部的谷萩那华雄上校可是至交。"

"哦，是吗?"

松本吃惊的样子很做作，他简直在把我当傻瓜。

"什么叫是吗? 你这个人真没礼貌! 我只是想说，我是为了协助陆军才来的，昭和十二年，我是第一批赴南京的女作家，昭和十三年，我也是第一批随军赴汉口的成员。回国之后也受邀参加演讲会而东奔西走，我一直都在协助陆军。你可真走运，新闻部的平栉少校已经回日本了，所以我丧失了将你没礼貌的言行直接报告给平栉少校的机会。我是为了国家才来南方的，凭什么要受这种待遇? 我咽不下这口气，请你道歉!"

我狠狠地将松本骂了一顿，可是他却很平静。

正当此时，男服务员从走廊另一侧走了过来。服务员发现了我们的异样，迅速地低下了头。我们身边到底环绕着怎样的不祥氛围，我很不安。

"新闻部的人和陆军新闻部的关系更好，这也算是骄纵吗?"

松本耸了耸宽厚的肩膀。

"林老师不是新闻部的人吧? 而且你不是被征用，是属于派遣——朝日新闻的特派员。林老师既然是军队的协助者，自然与军人是不对等的。"

"这世界上没有人与军人对等吧。你到底想说什么?"

"我希望你不要继续这么嚣张了。"

"嚣张？开玩笑！因为你说了如此没礼貌的话，我只是想让你收敛一点。"

我一如往常地说了句讽刺话，然后叹了口气。在松本面前，不管做什么、说什么都是徒劳。林芙美子作为流行作家的"威望"完全起不到作用，他也不理解我的待遇必须比新闻部要好这一事先说好的约定。我无法平复自己的心情，不过我想到，既然面前有岩石，不如佯装不知，绕远路即可。

我不知不觉地看了看手表，马上就要七点半了。我想快点逃离这个没礼貌的男人，和熟识的记者们一边说笑一边喝啤酒。

"我快迟到了，走了。不和你说了，我一个人去就可以。"

我手表的玻璃盖子掉下来过好几次，也修了好几次。战场上每个失眠的夜晚，只要听到手表秒针"咔嚓咔嚓"作响，心里就会平静很多。于是我下意识地把手表移到耳边。

"林老师，我已经帮你拒绝了朝日新闻的晚餐。我告诉他们你太累了，所以你有充足的时间休息。"

我目瞪口呆。

"你为什么不问过我就擅自做决定？我从早上开始就东奔西跑，肚子也饿死了！"

我一发怒，松本就开始冷笑。他一定在想，这个自私的作家又在说任性话了。

"我只是想和林老师商量一下行程什么的。我将代替野口做十天你的勤务兵，所以想先和你说清楚一些事情。"

"我需要和勤务兵商量行程？"

我努力地想要抑制自己的脾气，可是松本的话让我感到不安。松本到底是什么人？我开始害怕起来，出了一身冷汗。

"继续在这里说吗？还是去林老师的房间？"

果然，所以他刚才一直盯着我的房间看。

"那么去我房间吧。"我很不情愿地点点头，"对了，今天晚饭吃什么？"

松本摇摇头。

"老师和我都有点胖，偶尔少吃一顿晚饭也不失为一个不错的选择吧。"

如果是野口的话，我一定会说"关你什么事"，不过松本听不懂玩笑话。看上去那么没精神的男人，竟然有一种压迫然，能让我把就快要说出口的俏皮话咽下去。

当我意识到，不能和朝日新闻的人们一起吃晚饭的时候，突然就被一种不安包围了——孤身一人在南方殖民地彷徨的不安。我很挂念在不知不觉中已经成为我旅行搭档的野口。野口现在在陆军医院的白色蚊帐中想些什么呢？

但是，松本是野口派来的人呀，看来我也不应该信任野口。在极度的混乱中，我站在了房间门口。

在毫无意识的情况下，我从包里拿出钥匙，让松本开了门。松本推着我的后背，和我一起进入房间，并且打开灯，锁上门。

"分配给林老师的房间很不错啊，真的是特别待遇。"

由于我刚刚冲过凉，房间里还弥漫着水蒸气。松本看到我把换下来的浴衣乱扔在沙发上很吃惊，于是很不自然地说："我不会对你做什么的，请放心。"

"我并没有担心。"

我回过头看着松本的眼睛，松本点了支烟，然后用手指弹了弹火柴没烧尽的部分。地板上铺满了黑白相间的美丽瓷砖，火柴掉了下去，冒着几缕烟，留下一块黑色的痕迹。我已经无力对他的这一举动生气了，只是在等他开口。

"老师，请坐吧。"

"你不是讨厌叫我老师吗？"

我叠着浴衣，坐在了沙发上。浴衣沾了汗，有点湿。

"是的，的确讨厌，不过在这种时候使用'老师'这个称呼还挺方便的。"

松本歪着厚嘴唇，笑了起来。

"哪里方便？"

"既不是'林女士'，也不是'您'。既不是'你'，也不是'喂'。在想不到该如何称呼的情况下十分方便。"

我不想看松本笑，于是别过脸去。

"好了，松本先生，你想与我商量什么呢？"

"是关于防谍的事情。"

松本用清晰的口吻，立刻回答了我。由于这个答案太意外，我大吃一惊。

"防谍？我干了什么吗？"

松本的真实身份是不是宪兵？我的身体僵硬了起来，在中野警署经历过的恐怖体验复苏，突然之间被扇耳光的痛楚并不是肉体上的痛，而是一种被剥夺自由、服从于他人的恐怖象征。

现在，不管是哪位作家还是学者，写的日记、笔记都会被调查。所以必须随时注意自己的言行。禁止怀有厌战、反战思想，所以只能赞成、肯定现在的战争。我也在协助陆军，算是做得比较完美，所以松本的话让我感到很吃惊。

"我一直在协助军队，还在朝日新闻上发表南方生活的真实体验，并且从很早以前就开始写军人的艰辛了。"

"我不是说老师，"松本迅速地回答，"我是说你的情人。"

他对我的称呼突然从"老师"变成了"你"，可能是因为看不起我有情人吧。我察觉到松本卑劣的本性，我带着吃惊，同时也无法掩饰自己的不悦。

"情人是什么意思？"

"别装傻了，我什么都知道。"

是谦太郎。这件事被野口察觉到之后，我本应该极力否定的。我竟然被抓住了把柄，我羞耻得不敢正视他。

"斋藤谦太郎，每日新闻的记者。现在住在马辰港的大和饭店，后天将坐飞机来泗水见你。"

"他并不是为了来见我，斋藤先生是为了南方特派的工作而来的。"

松本抱着胳膊，腋下的汗浸湿了他的侧腹，黑色的汗渍越来越明显。

"不，我听说他是为了来拿老师的稿子。好像你们之间的每封信都写到稿子的事情。"

完了，他掌握了所有的情报。应该是野口告诉他的吧，我感到无比的恐惧，我和谦太郎到底被什么包围着？

就像谦太郎在马辰港的酒店告诉我的那样：真正的战争，就像河里褐色的泥土一般，紧紧地包围着我们不肯松懈。刚才我还觉得自己的脸上好像被涂了泥土，泥土是战争的象征呀。

"斋藤曾一度驻伦敦，回国之后又成为了纽约的特派员。两个月之后，日军偷袭珍珠港成功，我国正式参与大东亚战争。八月，斋藤乘坐日美交换船回国，而他在美国的时候从未遭受过扣留。当时在日侨之中，就有很多说斋藤是间谍的传言。"

我闭上双眼，静静聆听。之所以谦太郎的态度这么奇怪，原来是这一回事。过分地嗜酒、摇摆不定的心。如果谦太郎愿意敞开心扉与我交谈的话，他依然是一位可爱的恋人。可是一旦稍微拉远了距离，他就会理所当然地说一些伤人的话。我曾经问他，在美国发生了什么？谦太郎只是淡淡地回答，自己变得嗜酒了。整天经受周围的人们怀疑的目光，为此他一定很痛苦吧。

"我觉得你的勤务兵野口也很可疑，所有的事情都不正常，他好像在监视我们。"

"为什么我们要被监视呢？"

我太意外了，所以提高了声音的分贝。

"你是不是以为自己很得陆军的宠？"

我想起在马辰港的那天夜里，和谦太郎之间的对话。说得真对，小谦，你是对的，是我太过无知。

不知不觉，泪水竟然滑过了我的脸颊。我从来没有觉得谦太郎是如此的可爱。

"斋藤先生绝不是间谍。绝对不是。"我冷静地说道。

"但是，他有反战思想吧？会说英文的知识分子都那样，特别是在英国、美国生活过的家伙。"松本愤恨地说。

"不是的！"我拼命辩解，"我在巴黎待过半年，也去过伦敦。在那里，我看到的是白人社会中强烈的歧视。只要在白人社会中生活，黄种人就一定会被歧视。所以我们会产生一种复仇心理：你们等着瞧吧！所以，斋藤先生一定很支持这次的战争。"

我一边这么说，一边在心里道歉，对不起小谦。并且，语言的神灵正在折磨我的灵魂，谁让我满嘴谎言呢！即使我知道自己会受到谴责，也必须继续撒谎。

"他是一个纯粹的爱国人士，你们不可以轻信流言蜚语。"

"老师，如果是真的话，请拿出证据来。"

要用怎样的证据才可以证明爱国之心？我哑口无言。没有人会想要卖国，但是很难向别人证明自己的爱国之心。谦太郎作为记者，可以说他的言行与态度都做得不够完美。

松本像是在试探我似的，一边上下打量着我，一边拼命挠着他淡淡的眉毛。他的身材又矮又胖，不过手指却像女人一般细长嫩白。我努力抑制自己的厌恶之情说道：

"这么难的要求，我们做不到。因为我们从事新闻工作，就是在报效祖国。斋藤先生作为记者，一定很努力地在工作。这一定是一场误会。"

"老师真是能说会道啊，不愧是文学家，文学家老师。"

他和野口一样揶揄我为"文学家"，我不禁起了一身鸡皮疙瘩。我曾经还和野口一起笑着闹着，以为这些都是玩笑话，我真傻。野口和松本，一定经常开着这些玩笑，嘲笑我与谦太郎。怒火直冲我的心头，我开始悄悄地跺起脚来。我自己也没有想到，这股怒火原来是从我的内心深处发出来的。为了不让他察觉到我的愤怒，我的措辞异常尊敬，连自己都觉得恶心。

"那么，松本先生，您是如何证明自己是爱国人士的呢？请务必教教我。如果您不教我这个文学家的话，我是不会明白的。"

松本发现了我在假装冷静，于是他的眼睛里露出了兴奋的神色。

"我不知道这算不算是榜样，不过我和文学家老师想的一样。我觉得努力做好自己的工作，就是报国行为。"

"你的工作到底是什么？"

我一激动，松本就用严肃的表情看着我。

"老师，别要猴儿戏了。你这样拖时间没意义的。"

我很害怕，不过依旧愤怒。

"要猴儿戏？你也太没礼貌了吧。我也没有拖时间，只是想解开你的误会。"

突然，松本开始抖脚。而且越抖越厉害，他的焦躁似乎已经到了极点，突然猛踩一下地板。

"老师，要不要和我一起去雅加达的宪兵总部？如果你说这一切都是误解的话，在那里我们会好好地听你说明的。一起去吗？"

我的耳朵突然轰鸣了一下，我讨厌一切暴力。男人的怒吼声、长靴踩在地上的声音、拳打脚踢，这一切我都讨厌。

"不要！求求你，我绝对不去！"

我想起蓝子的弟弟被抓走的事情，所以恐惧得不得了。如果被带去总部，说不定会遭到严刑拷打。在战争时期，一切事情皆有可能。我并没有打算屈服，但是有一种失败感，让我意志消沉。

"老师，虽然这么说很不好，但是女作家真的没一个好东西。和你一起去马来西亚的那个谁，叫洼川的女人，她是无产阶级作家。有人怀疑她是无产阶级拥护者，她被痛骂了一顿之后被带了过来。她有孩子，应该不会做什么很过分的事，不过世事难料。作家们都一副德行，明明不了解这个世界上在发生什么事情，却总是那么高傲，而且每一个都不可信。老师的《流浪记》写的是乞丐生活吧？乞丐属于无产阶级的最底层，说不定老师你也是党员吧？"

松本看了一眼桌子上的葡萄酒瓶。

"不好意思，我一口气说得太多口渴了，这个能喝吗？"

我无奈地点点头。松本没有一丝犹豫，拔掉红酒瓶塞，直接对着嘴喝。从他的嘴角流下了红色的液体，经过下巴，抵达粗短的脖子。松本好像真的很渴，他用手背擦着嘴角流出的酒，继续喝着。

我也曾经直接对嘴喝苏格兰威士忌，不过不习惯，漏出了不少，为此谦太郎边笑边挖苦我。当时的我，无论如何也想不到会有今天。

但是，我想起谦太郎时不时像在观察自己心灵深处的黑暗一般，用黯淡的眼神盯着房间一角。他到底怎么了？

"这是我第一次喝葡萄酒，原来这么涩。"

松本想要把红酒塞塞回酒瓶。没想到红酒塞裂了开来，桌上到处都是碎木屑。看到这样的暴力景象，我不禁皱起眉头，假装没看见。

"野口先生也是宪兵吗？"

松本微微一笑。

"我可没有这么说。不过老师，你不是军人，当然不会给你配备勤务兵。"

果然，和洼川稻子忠告我的一模一样，也和谦太郎怀疑的一样。我长长地叹了一口气，虽然我怀疑野口，不过自从去了金牛村之后，我以为自己和野口之间建立了一定的信赖。

我想忘记医院里白色的蚊帐和有关野口的所有记忆。但是和松本视察完巴厘岛后，还要和野口继续旅程——被宪兵监视的旅程。我忍不住忧郁起来。

"听说斋藤现在嗜酒如命，这会不会是由于自己背叛了祖国而良心受到谴责？有人这么认为哦。"

"是野口先生说的吗？"

"你说呢？"松本暧昧地回答道。是不是马辰港的假记者真锅报告的？

任何人都不可以相信，我用微微颤抖的手点燃了一支烟。我低着头，吐出了烟，好不容易才张开嘴说："斋藤先生是一个很细腻的人，他不喝酒的话坚持不下去。"

"要坚持什么？"

我没有看松本，歪了歪脑袋表示不知道。我在心里想，就是和你们这些人周旋呀。

然后，我喃喃重复了一遍，他是一个很细腻的人。但是，即使当时我追随谦太郎去他喜爱的英国美国也没有用。即使现在是战争时期，就算一个人承受多么严重的背叛罪名，人类也是无法在短时间内敞开心扉，又紧闭心门的。思考有关于人类不可思议的地方，不正是我这个小说家的工作吗？不正是谦太郎这个记者的职责吗？但是我觉得谦太郎多少总有些讨厌挑起战争的日本。

看到我陷入沉思，松本从裤子的后插袋里掏出笔记本，边翻边叫我"老师"。

我抬起头，松本看着笔记本说："我看你作为他的恋人也并非对他知根知底，让我来告诉你吧。斋藤在昭和十六年十月，被任命为每日新闻驻纽约特派员。两个月后，十二月八日日本成功偷袭珍珠港。日本派去美国的特派员几乎都被关进了收容所，只有斋藤没事。这是被扣留在纽约的朝日新闻记者写的关于纽约扣留的生活报告。老师你是文学家，想不想听听同胞在敌国吃了多少苦？我读给你听吧。怎么样，想听吗？"

我闭上眼睛点了点头，松本开始了长时间的朗读。

"昭和十六年十二月七日，日美开战，半夜 FBI 把我带走，盘问完之后，我被关入埃利斯岛移民收容所。埃利斯岛原来是进出纽约港船舶的收容所，开战之后，成为专门收容敌国人民的设施。可以住几十个人的房间里并排放着铁制的双层床。一个月里只有三十个人能去运动场散步，而且一个星期只能散步三天。

"十二月下旬，我被认定为敌对性外国人，开始受审。

"昭和十七年二月十一日，第一班四十五名由埃利斯岛移动至厄普顿营。

"二月十六日，第二班十八名由埃利斯岛移动至厄普顿营。

"二月十三日，第三班十三名；三月四日，第四班十八名抵达厄普顿营。

"三月九日，第五班七名由埃利斯岛移动至厄普顿营。

"三月十六日，我们与厄普顿营内总数约一百三十名德国人、意大利人一同移动至米德堡。

"六月一日，得知第一批乘坐交换船的名单。

"六月十日，为了乘坐定员九十五名的交换船，离开米德堡，前往纽约。

"六月十一日，经过野蛮的身体检查之后，离开酒店。乘坐'格里普斯科尔摩'号交换船。"

松本停顿了一下，我抬起头。手中的烟已经烧得很短，烟灰掉落在地上。原来谦太郎逃过了这一劫，我全然不知。我把香烟屁股扔进烟灰缸，点燃了第二支烟。

松本发现了我情绪的动摇，显得很得意。他清了清嗓子，继续读了起来。

"我继续读。接下去是关于我们日本人在敌国的审查会上受到的屈辱。同样还是朝日新闻记者的报告。

"开战后，FBI在美国各地大举逮捕了一批日侨，将我们关入各个收容所。一二月的时候通过各地的审问，彻底地进行了调查。审问的时候完全没有开玩笑般的美国风格，我们的回答完全真实，随后他们向我们下了判决。根据判决，宣布被拘留的被告分别获得释放、自家软禁、战争期间拘留的处分。审判在离收容所最近的城市法院进行。作为被告的在美日侨必须诚实地回答以下问题。

"① 你希望日美战争哪国胜利？

"② 如果日本人间谍逃入你的家中，你会顾念同胞之情帮忙隐藏，还是遵照法律将他交给美国机构？

"③ 日军入侵美国领土的时候，你会为了保护美国与日军刀枪相见吗？

"④ 如果给你一把枪命令你射杀日军，你会怎么做？

"⑤ 你认为东条将军会入侵白宫吗？

"⑥ 你会忠于美国，并敢于在日军登陆美国国土的时候向他们开炮吗？

"美国的策略是通过这些恶性的愚蠢问题让在美日侨士气全无，但是日侨虽然内心愤慨，却绝不会上敌国的当。所有问题的回答都如下：首先像①这样的愚蠢问题应该中止，其次作为日本人，当然希望日本获胜。

"丈夫被关入收容所，妻子与孩子被关入'集体移住地'或是'集体拘禁所'。在敌国境内与家人流离失所的在美日侨的叹息是深刻的。"

松本大声地告诉我"说完了"，然后又拿起了桌上的葡萄酒。他看着我的脸，拔掉了刚刚塞进去的红酒塞。松本在读朝日新闻记者写的报告中，可能是由于情绪越来越激动，他的态度变得气愤。

"只有斋藤一个人没有受到这种待遇。"

松本说得好像都是我的责任一样。

"为什么斋藤先生没有进收容所？"

"只有斋藤才知道其中缘由，大家都这么认为。斋藤甚至没有受到过 FBI 的审问。由于他的待遇太特殊了，斋藤在交换船中也被大家孤立。我们在昭南、馆山冲曾经仔细地盘问过他，但是并没有得到什么情报。"

我再次察觉到手中的烟已经在渐渐地化作灰，我的心里十分忐忑，这下可麻烦了。

谦太郎被怀疑为叛国，这是足以判死刑的重罪。

"胆子可真够肥的。"

松本又把葡萄酒瓶放在嘴边，然后把嘴里的木塞渣吐在地上。他是为了让我感到害怕，才做出如此没有礼貌的举止。比起松本，我更害怕将要抓住谦太郎的巨大陷阱。

"老师，间谍佐尔格一伙已经被特别高等警察抓住了吧。上头对我们的指示就是加强防谍对策。"

"我知道。"我用低沉的声音回答道。

"我们也问过斋藤为什么只有他没有被抓起来，但他只是模棱两可地回答不知道。由于没有证据，所以报社才派他来南方。"

"为了让我们相见？"

我突然心跳得厉害。松本手握葡萄酒瓶点了点头。

"我们认为如果是在南方的话，斋藤可能会松懈下来。这里外国人也多，想联系的话一定可以联系得到。"

所以谦太郎往返西里伯斯岛的时候总是在婆罗洲换乘。虽然什么也没有发生，不过我们住的酒店一定是被监视了。原来我们一直都被野口束缚着。所以谦太郎总是订不到飞机座位，他们是故意让我和谦太郎只见一天面的。

我是他们撒下的食饵，屈辱与羞耻瞬间侵蚀了我，我的脸上顿时犹如火烧。我和谦太郎正在巨大的危难之中。

"松本先生，要怎么做才能洗清嫌疑？"

松本粗暴地把红酒瓶放回桌上。

"刚才不是说了吗？老师只需要证明自己的清白即可。"

根本做不到。我和谦太郎一定还有一次幽会的机会。到时候一定有人虎视眈眈地盯着我们，看我们会不会露出什么马脚。

5

原本还在夕阳照射下的酒店房间，不知不觉地暗了下来，我打开了昏暗的台灯。一支接一支地抽着烟的我，突然吃惊地环顾四周。

大约一个小时之前，酷热达到极限，冲破天际，下起了骤雨。骤雨打在地上，压平花草，下了三十分钟左右。随即美丽的晚霞在晒干花草与地面的同时，暮色渐渐降临了。

我一个人在想这想那，但是时间根本不理会沉思的我，独自逝去。谦太郎就快要来了。

前天，松本离开我房间之前所说的话，至今萦绕在我脑中。

"老师，斋藤一定会来大和饭店的。我们已经安排过了。所以希望你不要告诉斋藤这些事情，万一斋藤发现了，那么老师的立场也会遭到质疑。新闻部的那些家伙也说，无法包庇老师哦。"

这话的意思是，古萩和平枏曾经包庇过我吗？只有我一个人要去这儿去那儿，不停地工作。原本我是以游山玩水的心情来到南方的，没想到却遭受如此巨大的屈辱。如果只是屈辱的话也就算了，我独自忍受即可。

银的冰桶里发出一声冰块融化的声音。我才想起刚才让男服务员给我送来一瓶苏格兰威士忌与新鲜的冰块。

我把冰块放入杯中，倒入苏格兰威士忌，然后迅速地用手指搅拌了一下，喝起来。苏格兰威士忌流进我空空如也的胃里，我好想赶快一醉方休。

不久，谦太郎从马辰港来到了这里的酒店。我的心在怦怦直跳，呼吸也变得困难。虽然很高兴能见到他，但是我脑中不断地在思考要如何帮助谦太郎，怎样避开这场属于我们的危机。

虽然松本不允许，但是我必须告诉谦太郎他被宪兵怀疑的事实。而且我们必须共同思考如何消除嫌疑的对策。

但这并不是应该拿出斗志，简单应对的斗争。我们的敌人是国家，太庞大太危险了。我觉得不管怎样绞尽脑汁也没用，只能低头哈腰地等待嫌疑自动消失。

就算是现在，我的房间一定也正在被松本、野口等人的同伴监视着。不仅如此，说不定正在被偷听、偷看着。我就像一个人赤裸着身子毫无防备地站在荒野之中，感到无限不安。

另外，我好想保护毫不知情的谦太郎。

我拿出一直放在包里的信，读起来。当时我从梦境般的马辰港来到泗水，拼命抑制住自己内心的激动，给谦太郎写了这封信。

由于野口患上了登革热，这封信没有来得及让飞机捎去马辰港，依旧留在我的身边。我一直把这封信放在随身携带的包里，所以没有被别人偷看过，现在想想自己真走运。如果把这封信放在桌子的抽屉里、旅行包里，一定早就被偷看过了。

信中很大意地写到"婆罗洲新闻的Z先生""海军的干部"等。在战地是不允许像这样写明时间、地点的。万一流入野口、松本的手中，不知道他们会怎么找我的茬。

"虽然你说我们被盯上了，让我当心，不过我无法做到。没错，今天我完全处于放松的状态。"

是我太放松了，谦太郎的忠告是对的，我们被盯上了，野口这种家伙根本就不可信。但是，谦太郎为什么会知道我们被盯上了呢，是因为在昭南和馆山冲受到盘问的缘故吗？

我想起谦太郎去纽约之前，曾经是驻伦敦的特派员，我马上出了一身冷汗。

谦太郎说不定真的是间谍。即使他用熟练的英语和美国、英国政府的人偷偷联络，也没有什么奇怪的。他指责了我写的有关战争的报告文学，而且似乎有一些重要的事情想对我说，却欲言又止。

我想起谦太郎曾经说过的一些话。

"明明是贫穷的东洋岛国，却到处和别人开战。对了，我知道很多你不知道的事情哦。"

"总之都是全世界知道，日本人却不知道的事情。"

谦太郎这种看破一切的语气，让我不禁询问他到底在美国发生了什么，他的回答是这样的。

"坐交换船的时候太无聊了，以至于迷上了喝酒。"

不过，谦太郎是绝不可能做出那样的事情的。他一贯冷静，虽然看不出是个狂热的爱国分子，但绝不会做出背叛祖国的事情。我变得坐立不安。我想到，谦太郎会有那种半吊子的忧郁感说不定正是由于陷入了逃脱不了的陷阱。

但是，现在谦太郎正在监视中前来我所在的大和饭店。我成了他的"陷阱"。

我读完之后，将信撕得粉碎。然后把碎片放在玻璃的烟灰缸中，点燃火柴。酒店薄薄的信纸，马上就烧了起来。橙色的火焰烧得有五寸高，信纸马上变成了灰烬。火焰只有一瞬间烧得特别旺盛，就像我们美好的梦境一般短暂。

这时响起了敲门声。是不是松本发现我在烧什么东西？我吓得心脏差点跳出来，连忙用手扇了扇焦味。

敲门声继续响着，我回了一句"在"，可是声音由于害怕而嘶哑。

"是我。"

是谦太郎的声音。我马上跑到门前，从猫眼里看出去，能够模糊地看到高高的谦太郎站在昏暗的庭院里。

他戴着黑框的圆眼镜，没有戴鸭舌帽，而是戴了一顶巴拿马草帽。里面穿着一件白色的衬衫，外面是一件白色的麻外套。谦太郎似乎知道我在从猫眼里看他，于是挥挥手，做了个怪样。

"啊，小谦!"

我打开门，看着心爱的谦太郎。他是不是被太阳晒黑了？在黑暗中牙齿显得特别白。

"快进来。"

虽然我知道一定有人蹲在庭院里，看着这出重逢的喜剧，但是我无法控制自己，还是拉着谦太郎的手进了屋子。谦太郎伴随着骤雨过后清爽的凉气一同进来。但是他马上皱起了眉头。

"有味道，你烧东西了？"

我没有回答，只是回头望了一眼烧尽的残骸——烟灰缸中烧得黑黑的信。

"你烧了什么？"谦太郎把巴拿马草帽丢在沙发上，有些不安地问道。

"给你的信。"

"为什么烧了？"

"对不起。"

"不用道歉，要是烧毁之前给我读一下就好了。"

谦太郎毫无顾虑地笑了起来，用右手抚摸我的脸颊。

"我不知道你什么时候才回来呀，而且信的内容太草率，被别人偷看的话就惨了。"

谦太郎认真地端详着我。

"发生了些什么？你的脸色很差。"

我不可能对恋人说你被怀疑是间谍，我受到威胁了。于是我勉强笑了笑。

"没发生什么，让我们为了重逢干杯吧，然后一起去吃饭。你想吃什么？"

"先干杯吧，我口渴了。"

谦太郎好像十分口渴，用手抵住了喉咙。我往雕花玻璃杯中放入冰块，然后倒满了苏格兰威士忌。谦太郎接过酒杯，高兴地看了一眼苏格兰威士忌的牌子。

"是尊尼获加黑牌的啊，泗水真是大城市。"

我拿起自己的酒杯，和他碰了一下。一口气吞下一杯苏格兰威士忌的谦太郎似乎还不尽兴，马上又给自己倒了一杯。开始喝第二杯之后，他才满意地叹了口气。

"听说斋藤现在嗜酒如命，这会不会是由于自己背叛了祖国而良心受到谴责？有人这么认为哦。"

我想起了松本极度无礼的话语，马上避开了谦太郎的视线，皱起眉头。然后装作什么事情也没有一样，问谦太郎。

"飞机晃得厉害吗？"

"路上挺顺利的，在飞机上看到泗水这座城市的灯光，十分漂亮。在黑暗中闪耀着华丽的光辉，是一种无与伦比的美丽。让我不禁想起西胁顺三郎的诗。

"被颠覆的宝石般的早晨

"有几个人在门口和谁低语

"那天是神的诞生日"

谦太郎似乎心情很好，是因为和我重逢的缘故吧。但是我的心情怎么也好不起来。

"这首诗描绘的是早晨的情景吧？但是在我看来，泗水的灯光却像渔船的渔火一般寂寥。"

谦太郎歪着脑袋笑了起来，他好像已经有些醉了，表情十分轻松。

"是吗？我觉得很灿烂呀。也许是因为我知道在这些灯光中有一个芙美子吧。"

谦太郎又喝了一杯苏格兰威士忌，再满上。他喝得太快了，我想提醒他，但是我知道现在的他没有酒已经活不下去了，所以没有制止他。

谦太郎窝在沙发里，用奇妙的表情喝着第三杯酒。他似乎终于能够细细品味了。

"哎呀，我在马辰港待了两个星期之久啊。"

他诉着苦。

"你一定很累了吧。"

我在谦太郎的身边坐下。

"还好。对了，我的房间在主楼的二层，从那里走过来花了三分钟。你的房间在走廊尽头，感觉很安静，比我那里好。"

故意让谦太郎住在主楼里，是不是松本的策略呢？我还没回过神来，谦太郎就一下子亲吻了我，带着一股苏格兰威士忌的味道。

"老师，稿子写好了吗？"

"为了你，正在写。"

回答完，我突然落下了泪。谦太郎笑了，用手背为我拭去了泪水。

"怎么突然哭了？"

"没什么，能见到你真好。"

谦太郎似乎什么也没有察觉到，抚摸着我的手。

"你的手就像孩子一样小。"

"你以前说过了。"

"是啊，我一直觉得你很可爱。"

谦太郎抱紧了我，然而我的身体却僵硬了起来。也许我已经无法感受那种肆无忌惮、心灵相融的喜悦之感了。我的心中升起两股势均力敌的感情——必须拿出勇气保护眼前的这个人；放弃吧，我不可能保护得了他。我紧张得发抖。

但是谦太郎似乎在想着其他事情，他慢悠悠地说："在马辰港的日子虽然很长，但是后半段很开心。我住在金原家里，是蓝子小姐邀请我的。那个牧场真好啊，简直让人联想不到正在发生战争，在那里生活得很自在。每天骑骑马、游游泳、打打网球，真惬意。我这辈子也不会忘记那个农场。对了，蓝子小姐说她很喜欢你，十分想你，让我替她向你问好。"

"我也想她。"我微笑了一下，压低声音问，"她的弟弟回家了吗？"

"她的朋友们好像已经放回去了，弟弟还没有。"

蓝子的弟弟被逮捕的时候刚好是正月，算到现在已经被拘留了三个星期。

"那些年轻人的思想上并没有什么问题，应该尽快放他们回去。他们是在国外长大的，所以眼界一定比别人开阔，但是他们的内心还是爱着祖国的。"

这话说的不就是你自己吗？谦太郎的声音回响在我心中，我开始担心起来了。而且松本可能正蹲在窗下偷听我们讲话，我越发的感到不安。我想，如果去外面吃饭的话，或许会比较容易说话，于是拿着包和帽子站了起来。身在被人监视的房间里真难受。

"小谦，我们出去吃饭吧，有什么话待会儿再说。"

谦太郎有些困惑地站起来，看着我的脸。

"芙美子，发生什么事了？"

我连忙摇头，可是也不能否定得太强烈，以免遭到怀疑，于是很快便不摇了。谦太郎从我手中夺过包和帽子，再次扔在沙发上。

"不如让服务员给我们买些沙爹烤串来吧，还要一些啤酒，我们边吃边聊。"

"聊什么？"

"不是非要聊什么，我们那么久没见了，随便说说话嘛。对了，你今天的样子有点奇怪，是不是身体不舒服？"

真是个敏锐的男人，我背过身去。如果谦太郎真是间谍，那么我一定要想办法让他回心转意。或者我们两个人逃去远方。

找一个婆罗洲金原农场那样的地方躲起来，躲到战争结束为止？或是在马来半岛附近过马来人的生活？我考虑着各种各样的方法。

"我用一下电话。"

谦太郎打电话给前台，让他们送来沙爹烤串和啤酒。

我听着谦太郎的声音，想象松本可能连电话也偷听，越想越恐怖。有人在暗中监视我们喝什么、吃什么、说什么、做什么，他们不会放过任何一个细节。

我们的行为被当作"情报"收集到宪兵队总部的书架上。然后用这些"情报"来折磨我们的家人一辈子。等哪一天谦太郎被冠上莫须有的罪名，我也作为帮凶被逮捕、定罪的话，就说明我们已经没有利用价值了。

我害怕得差点喊出来。牵连在"佐尔格事件"中的尾崎秀实也是朝日新闻的记者，同样作为新闻记者的谦太郎正独处于猜疑的迷雾之中。

就像口号一般，人们一直都在说"防谍、防谍"。我也随口说过。但是，一旦自己遭到怀疑，就无法逃避。而且根本没有办法证明自己的清白，所以嫌疑只会越来越重。

我真想抱着洼川稻子大哭一场，这里的人全都不可信！够了，真丢脸，我鼓励自己甩开凄凉的心情。只有这个小小的房间，才是我们两个人的堡垒。我们的重逢宛如奇迹，只要两个人相互扶持，一定可以闯过去的。我从小过的不就是这种居无定所的生活吗？

我沉住气，把视线投在百叶窗和门锁上，我不允许任何人侵犯我们的领地。外面很静，只能听到夜风摇动树枝的声音，还有壁虎、虫儿的鸣泣声。

但是，外面确实存在着环绕我们的恶意。黑白相间的光滑大理石地板上，有一些小小的黑色污渍。是松本把火柴丢在地上的时候留下的痕迹。我看着火柴头造成的丑陋污渍，犹豫到底要不要和谦太郎挑明，还是不要告诉他比较好。

谦太郎打完电话，站在电扇前解开衬衫的纽扣，衬衫随风飘舞起来。他回头看着我，顽皮地笑了笑。

"我的举止很随便，真抱歉。"

"没关系，你要不要冲个凉？"

"可以洗吗？我一到酒店就来找你了，没时间洗澡。因为我想第一时间看到你。"

我的眼中泛起了泪水。即使谦太郎是卖国贼、叛徒，我都从心底里爱着这个男人。如果他真是卖国贼，我要怎么让他逃去一个安全的场所？有没有地方可去？我能不能一起逃走？如果真的逃跑，必须准备一笔资金，在战争时期，日元根本派不上用场。那么钱怎么办？要逃去哪里？方法呢？需要担心的事情越来越多。然后，想要两个人在一起自由自在地生活这一愿望，渐渐飘向了黑暗的夜空。

谦太郎洗澡的时候，服务员拿来了我们要的菜。三瓶冰啤酒、鸡肉沙爹烤串十串、摆放得很精致的寿司。

我把小费递给服务员，他闭着一只眼睛，用日语说："请慢用。"我的脸色突然变了，他是松本派来的男人吧？服务员吃惊地瞪大眼睛，摊开手做了一个"请用"的动作。我锁上门，闭上眼睛冷静了下来，一直处在疑神疑鬼的状态真辛苦。

"我洗好了，真舒服，谢谢。"

谦太郎冲完凉，换上了一身运动装，显得很满意。他看到寿司卷，马上破颜一笑。

"我只是让他看看有什么可以吃的东西，真靠谱。不愧是泗水的大和饭店，我好久没吃过寿司了。"

我终于忍不住了。

"在美国的时候怎么样？"

"根本没有寿司，偶尔前辈招呼我去他家，请我吃他太太煮的饭。那是我最大的乐趣。"

"那么你每天都吃些什么？"

"难吃的面包，吃得想吐了。不过，伦敦的饭是最难吃的。纽约还好一点，有日本菜馆，离中华街也近。"

谦太郎似乎很怀念。

"当你知道日美开战的时候，作何感想？"

"我想，最终还是开战了啊。因为已经做好心理准备了，但那时候我才刚刚去纽约赴任，所以还是有一丝焦虑。"

谦太郎停了一下，往我的酒杯中倒入啤酒。

"之后呢？"

谦太郎耸了耸肩。

"不就那样嘛，和大家一起被关进收容所里，受到审讯，最后乘坐交换船回国。"

我惊呆了，谦太郎为什么要对我撒谎？

我一言不发地喝着啤酒，拿起了一串沙爹烤串。我不想再听谦太郎的谎言了。谦太郎也沉默着，迅速地喝完了一杯啤酒。然后看着我的脸叫了声"喂"。

"怎么了？"我们四目相对。

"在马达布拉买的钻石，你还保存着吗？"

谦太郎冲着我笑。

"当然，那是我的宝贝。"

谦太郎微笑着往自己的杯中注入啤酒。

"蓝子小姐说了，芙美子女士给她看过一颗钻石，是一颗很好的钻石。"

"你有没有告诉她，是你选的？"

"我很想说，不过还是忍住了。"谦太郎有些害羞地说道。

我再度感叹，他真是一个可爱的男人。即使撒一些小谎，即使是间谍，我也爱他。我不知道到底应该怎么做才好。

"对了，芙美子，这颗钻石你还不能做成戒指哦。"

我撒起娇，把脸贴在他的胸口。

"这是我们两个人的回忆，所以就这么保存着吧。如果快要忘记我了，就拿去切磨打造，让它发出光彩。"

谦太郎是想说，不要忘记马辰港的那一夜。

"我会永远就这么保存着的。"

谦太郎吻了我一下，我闻到肥皂的味道。我们开始爱抚，不知不觉忘记了饥肠辘辘，在沙发上交合了好几次。松本说不定听到了我的叫声，但是我无法抑制自己。

"今天你真敏感。"

谦太郎的声音在我的耳边，瞬间便消失了。在这种持续的欢愉中，不知为何我告诫自己，说不定这是最后一次。

我们没有去床上，只是在这块小小的地方交换彼此的爱。即使我们滚落在大理石地板上也没有停止。

不知道过了多久，我把喘着粗气的谦太郎的脑袋拉到胸前，紧紧地抱着。谦太郎才刚刚冲过凉，现在又是满身大汗了。为了我而流汗的男人，我太爱他了。像这样拥抱着，彼此间的信赖也会增加，爱情也会愈加坚定。只要有爱，我们不用害怕国家设下的圈套。

但是，我们马上就要被分开，派去各种地方。然后再安排我们相见。直到我们露出马脚为止。如果这不是屈辱，那会是什么呢？将来到底会怎么样……

我变得不安，忍不住落下了眼泪。我的泪珠流到谦太郎的太阳穴那里。

"怎么突然哭了？"

谦太郎抬起脸，看着我的眼睛。

"下一次不知道什么时候才能见到你，想想就难过。"

我撒了谎。

"雅加达、棉兰都有每日新闻的分局。我们一定会重逢的。不知道为什么，我接到视察爪哇岛的任务。"谦太郎说完之后，像是自嘲般的加了一句，"真不光彩。"

"为什么不光彩？"

他没有回答我的问题，而是坐起身来，喝了口啤酒。

"不冰了。"

谦太郎想说什么？我注视着谦太郎的眼睛。谦太郎也看着我的眼睛。我们拼命地窥视着对方，为了知道对方的本意。

"芙美子，这是我们最后一次见面。"

谦太郎的话犹如晴天霹雳。

"你说什么？"

"从此以后我们不再见。"

"为什么？"

我明明知道这才是聪明的做法。但是听到谦太郎这么说，我不禁哭喊着不要。

"我不能告诉你理由。"谦太郎低声说道。

"那么，让我来说。"我刚说完，就被谦太郎大大的手掌堵住了嘴巴。

"什么也别说，拜托了，别说。"

我点点头。谦太郎移开手掌，点了一支烟。

"我遭到当局的怀疑。"

"既然被怀疑，那就证明自己的清白呀。"

"不可能。"

"没有不可能的事，我们两个人一定能想出办法！"我喊了出来。

"没有办法证明清白，除非一死。"

"你不能死。"我握住谦太郎的手，"一定有办法的。他们说，如果可以证明的话，你就能得救。"

由于过于激动，我不小心说漏了嘴，于是马上闭上嘴。谦太郎的眼睛发出警觉的光。

"是谁说的？"

谦太郎的语气好像往我身上泼了一盆冷水，我不禁蜷缩起身体。我说不出口，是那个对着我大吼的人。

"是谁？是不是你的勤务兵？"谦太郎讽刺地说道。

他迅速地起身，穿起了衣服，然后喝完了没有气泡温温的啤酒，接着把苏格兰威士忌粗暴地倒入空酒杯里。可能是由于愤怒、不安，他的手在颤抖。

"你拿了我的杯子。"

"无所谓。"

谦太郎的骤变，让我惊慌失措，我甚至不敢和他说话。慌乱之余，我也捡起了散落一地的衣服并穿上。

"芙美子，是谁说的？回答我！是不是野口？那家伙真惹人厌！"

"野口因为登革热而住院了，是代替他来的叫松本的人。"

"是个怎么样的人？"

"讨厌的家伙。"

"我不是问这个！"谦太郎粗暴地拍了一下桌子，我反射性地闭上了眼睛。

"是个怎么样的人？"

"好像是个宪兵。"我小声地回答。

谦太郎愤怒得脸色铁青。

　　"好像是个宪兵？他还真好意思说自己是宪兵？"

　　一开始，我以为这股怒气并不是冲着我来的，而是冲着松本或野口。然而，谦太郎接着这么说：

　　"我是个笨蛋，真的，老实透顶的笨蛋。当报社派我来南方分局帮忙的时候，我就已经怀疑这一切是不是陷阱了。当然，我回国之后，不知道被审问了多少次，当局一直都在怀疑我。因为我在美国受到了特别待遇。但那是美国的做法，他们故意让某个人显得特别可疑，隐藏真正的间谍。我就是那个掉进陷阱的可怜人，不管怎么解释，日本人也不会理解这个道理的。日本连一个间谍都没有成功派出去过，真落后。哎，这么说来，我这番话还真叛国。你也很注意自己的言行吧。当我被告知要来南方的时候，我想到能见到你，于是开心得不得了。虽然我担心这也是陷阱，但是已经有心理准备了。当我从昭南来到泗水，果然如我所料。我被监视、跟踪，来到分局的时候，也遭受大家的冷眼相对，谁都不想和我一起吃饭。朝日新闻、同盟通信社都知道我的谣言，所以没有人愿意接近我。你一定不知道我的事吧？自己的情人竟然被怀疑为间谍？所以你只是被利用了，作为'诱饵'。在这层意义上，我是同情你的。所以你说的'如果可以证明的话，你就能得救'根本是不现实的。你是作家，怎么这么轻易就被骗了？我对你的幼稚感到很生气。记住，一旦被国家怀疑过的人，永远也不可能受重用，绝对没有证明清白的可能性。我很清楚这一点，所以如果可能的话，我情愿变成间谍，干干净净地把这个国家给卖了。这种国家，早就该毁灭了。我憎恨自己生在日本，憎恨生在日本的一切男性，也憎恨生在日本的一切女性。我喜欢你，可是讨厌你写的报告文学。那是赞颂军队思想的蠢女人写出来的东西。听好，你写的东西，十年之后全都会烟消云散。对了，《流浪记》说不定会作为历史的见证而留下。但是其他作品绝不可能留下；绝对不可能，我敢打包票。这样说的话我会不会感到悲伤？不，一点也不悲伤。因为我喜欢的女人，就是这种程度的作家而已。但是作为女人而言很有魅力。自以为了不起地随军出征，成为军队的写手，写一些蠢到极点的文章，只是这种程度而已。在日本殖民地村长的家里过着安逸的生活，体验村民的生活，写一些无聊透顶的文章。军队还给你安排了一个勤务兵，然而你竟然没有发现他是为了调查我而来的宪兵，还让他替你洗内衣。而我并不讨厌你，依然和你上床，疼爱你。但是这一切都结束了，全都结束了。"

谦太郎的话语就像一把尖锐的刀，刺进了我的身体。刀刃在我的体内来回搅动，最后还把我灰色的"大肠"给扯了出来。

由于吃惊和悲痛，我根本发不出声音。我想用愚钝的脑袋思考这一切，可是脑子里却一片空白，只能呆呆地站在那里。

我喃喃道："原来谦太郎，是这么想的，是这么想的啊。"

我觉得自己突然老了好几岁，感到无限的疲劳。当我瘫坐在沙发上之后，谦太郎低声说："对不起。"

"为什么要道歉？"

我无力抬头看向谦太郎。我的声音是无力的。谦太郎是不是没有听到？他只是低着头，再次道歉。

"对不起，我的语气有些重了。"

"有吗？这些都是你的真心话吧。"

谦太郎吃惊地抬起头，我还是没有看他，只是静静地说："你是这么想的吧。"

"怎么想的？"

我觉得谦太郎的声音带着一些畏惧，我已经豁出去了。

"你说我写的东西不会留下，自己喜欢的女人只不过是这种程度的作家而已。你真的是这么想的吧。"

我的话中不带一丝感情。

"不是，我说《流浪记》会留下的。"

"但是你说《流浪记》说不定会作为历史的见证而留下。"

"那么你以后写出更好的作品不就好了吗？"

"你说话真过分。"

我根本哭不出来，我冷冷地看着地上自己灰色的"大肠"。它再也无法回到我的体内了，它散发着热气与臭气，渐渐地萎缩着。

"这只是一个比喻，将来思考这个时代的时候会有用的。而且我不是说了嘛，你有能力写出代表一个时代的作品。我是在夸你。"

"但是你还说我成为军队的写手，写一些蠢到极点的文章。"

"作家们都被逼替国家写文章，这是没办法的事。"

"你刚才没这么说。"我喃喃说道。

终于，我流下了眼泪。并不是因为谦太郎这么说我，而是我最心爱的男人，竟然把我说得一文不值。而且在最后，他的表情对我没有一丝的同情。

谦太郎似乎发现了我的泪水，他连忙道歉。

"是我说话没说完整，我错了，请原谅我。你没有错，全是这个时代的错。我并无意伤害你。"

谦太郎偷偷看了我一眼，他似乎知道我没有原谅他的意思，于是焦躁地抓起了头发。

"我真的无意伤害你。"

"是吗？"我歪着脑袋，"如果你真的这么想，也不要一个劲儿地谴责我。你们报社不也利用作家扩大报纸的发行量吗？我之所以成为第一批赴南京的女作家，不就是因为被你们利用吗？我可是帮了你们报社不少忙。后来，你们选择了吉屋女士，因为吉屋女士是很有人气的报纸小说家，人气作家如果写战争报告的话，报纸的发行量一定会上去。你也是每日新闻的职员，家庭开支都要靠你的工资吧？所以不要把责任全推卸在我们作家身上，你也替军队写了很多好话不是吗？"

"现在是在批判我吗？"

谦太郎的话有些嘲笑的意味，我摇摇头。

"我不是在批判你，自从我知道了你的处境之后，发自内心地担心你。当我想起你为军队写过好几篇文章的时候，才会感到安心。但是你却如此伤害我。当我知道我在你心目中的形象之后，十分吃惊，我至今还处在吃惊中。"

"你以为我背叛了你？"

没错，正是如此。但是我没有回答。我点了一支烟，深深地吸了一口。头昏脑胀的同时，右眼深处也开始疼痛起来，这是偏头痛的征兆。一旦开始偏头痛，就会一直痛下去。这个病折磨了我很久，我变得忧郁起来，心情越来越低沉。

"你什么作品也不会留下，我敢打包票。你是军队的写手，只会写一些蠢到极点的文章。还让勤务兵替你洗内衣。"

无论我怎么想忘记，谦太郎的这些话语还是回响在我耳际。这些话已经从一开始扯出我的大肠的剧烈疼痛，变成了赤足走在海岸边，踩破了的脚底浸入海水中的疼痛。我不禁喊了出来："不要！"

"怎么了？"

谦太郎吃惊地看着我。

"没什么，我们分手吧。我们的关系已经走到头了，永别了，小谦。"我低着头，快速地说完。

谦太郎有些生气地说："芙美子，抬起头。如果你想分手的话，请看着我的脸说。"

我还是低着头，谦太郎用手抬起了我的脸庞，我们终于对视了。谦太郎看着我满是泪水的眼睛。

"你在哭？"

"当然，最后还要受这么重的创伤。"

"这样会比较容易分手，你一定会恨我吧。"

谦太郎满脸的苦涩。

"是啊，的确如此。我也想让你受伤，让你恨我一辈子。你这个间谍、卖国贼、叛徒、狡猾的男人！"

我骂了出来，谦太郎苦笑了起来。

"没错，我是间谍，是卖国贼。和我这样的叛徒交往，会玷污老师您哦。"

"满口胡言。"

我想别过脸去，谦太郎抬着我下巴的手更用力了。

"芙美子，你好好看看，我不是间谍！我只是一个报社记者！我只是想见证这个时代的真相！"

"我也想见证，正因为想见证时代的真相，我才不断地写作。所以请你不要看扁我，你是不是以为自己的地位比我高？"

"没有，"谦太郎摇摇头，"我喜欢你，所以你别误会。"

我没有误会，终于到了与谦太郎分手的时刻。这种失落感，总有一天会打垮我。

但是，分手的时候，我看不清谦太郎的真心了。我感到很困惑，原来谦太郎是这么看待我的。

"你今后有什么打算？"我依旧低着头问道。

"只能听从报社的安排。我应该会被派去雅加达或者棉兰的分局吧。你也会去苏门答腊岛吧？我们可能还会见面——在宪兵大人的安排下。"

谦太郎依然没有忘记说挖苦话。他终于把手移开，我得到了解放。黑暗中，我感觉他的手正离我远去，我有些慌张，不过口气依旧故作镇定。

"无论他们怎么安排，我也不会再见你。"

"不会再见我。你的语气一下子变得客气了呢，我能够感受你的内心。你是被我的语言刺激到了。你一定会反省、检讨自己写过的作品。"

"是啊，有什么不对？"

"没有什么不对，你还真认真。这次的出征，其实你完全可以像宇野千代那样拒绝的。可是你却乘坐假伤员船，千里迢迢地来到南方。"

"因为这是我的工作，虽然我必须遵照军队的命令。但是我也有纯粹想看看战争、想知道战争真相的念头。也许你无法理解作家的想法。我也必须靠写文章来生活，不写作的话吃什么？如果没有地方刊登我的文章，我很快就会没饭吃。你们这种想扩大发行量赚大钱的报社，和我有什么区别，一比高下有意义吗？我写的稿子上都有自己的名字，所以我会对它负责。一旦写出来了就产生责任关系。就算我是军队的走狗，做错了事，也并没有为此而感到羞耻，因为这都是没有办法的事情。如果你想骂我的话就骂吧，至少我不是为了骗人而写文章的，我的文章是真正的历史见证物。无论如何我都想帮助你，但如果你将我全盘否定的话，我也不再需要你。随便你被特别高等警察还是宪兵抓走，怎么拷问都与我无关。你独自承受吧。我看你只知道喝酒，应该承受不了吧。"

我一口气说了这么多，谦太郎叹了口气。

"独、自、承、受？你的语气真冷漠。但是这样对你也好，保重吧。如果我们都能够平安回国，我的嫌疑也能洗清的话，以后我们在东京一年见一次面吧。"

"不行，我不会再见你了。所以拜托，请你快点离开我的房间。"

虽然我嘴上这么说，但是马上就后悔起来，因为我还是那么爱他。

但是谦太郎刚才说出了真心话，这番话残忍得足以杀了我。如果他真的是卖国贼，那该多好啊，因为那样我就不用再见到他了。由于过于痛苦，我竟然产生了如此卑鄙的想法。

"我们已经结束了吧。"

谦太郎的声音带着一丝寂寥。

"一切都已经结束了，是你先说的吧。"

我拼命地微笑着。

"是吗？"

谦太郎歪着脑袋，动作磨磨蹭蹭的。一旦分别，还是会依依不舍。

"大家都说，结束将会是一个开始。但是恋情的结束不会带来任何的开始。真正的虚无，不会留下任何东西，也没有什么开始，只是一片残酷的废墟。"

我自言自语着。沉默了一阵，谦太郎站在门前，回头说："那么我走了，你保重。"

谦太郎打开门，他的面前是浓郁的南国之夜。这一晚的满月像蛋黄一般浓稠。我没有说话，用双手捂住了脸。谦太郎站在门口，我知道他正看着我。我继续用手遮住视线，我什么也不想看见。

终于，我听到了门关上的声音。我移开双手，看着只有我一个人的房间。然后再次把脸埋在手里，眼泪不住地流。

第二天很早，我走在通往餐厅的走廊中。酒还没完全醒，我看见走廊尽头站着一个穿着衬衫短裤的男人。是松本——与大清早清爽的空气、美丽的光线不符的丑陋男人。

"老师，早上好。"松本很做作地表露自己的吃惊，"咦？怎么了？老师的脸肿着哦。"

我虽然很想掐死松本，但却装作平静。

"哦，是吗？昨晚有只蚊子，一直在我附近转悠，吵得我睡不着。对了，那只蚊子很胖，据说是吸人的血吸胖的。"

松本原本想笑，此刻却无法抑制自己的愤怒。他的脸上红一阵白一阵。随后他走到我的身边，低声耳语。

"老师，斋藤有没有说什么？"

我若无其事地摇摇头。

"没有，怎么这么说？"

"斋藤一早就出发了，无视报社的命令擅自行动。"

"哎呀，是吗？"

我继续假装平静。刚才我还在想，万一在餐厅遇见了谦太郎该怎么办，当然，他不在就最好了。但是当我得知他已经不在这里的时候，突然很失落。

"他一大早就雇了车，刚刚出发了。"

"走陆路？"

"应该是去玛琅那一带。"

松本看到的话，一定会找人跟踪谦太郎的。

"是吗？他真努力。昨天我把稿子给他了，他应该打算细细阅读吧。我把稿子给他了，所以我们不用再见面了。他不会再催我了，这下踏实了。"

我说得很干脆，松本吃惊地看着我，可是他最终什么也没有说，就转身走了。真没礼貌！不过我发现，一直缠着我的那个邪魔，在这一刻，终于消失了。

下午，我去医院看了野口。来到陆军医院，看见穿着白色和服的野口在白色的蚊帐中看着书。我走过去，只见他慌慌张张地把书藏了起来。我还是看到了书的封面，是《流浪记》。

"这不是老师嘛，我正巧在读老师的书，真有趣。"

"你身体怎么样？"

我定睛看着野口的脸，野口像公鸡一样的脸由于发烧而显得有些憔悴。他是宪兵。我和谦太郎昨晚的事情一定早已传到了他的耳朵里。

野口没有回答我的问题，而是抬起自己尖尖的下巴并摆出一副认真表情。

"老师，《流浪记》是一本杰作。我以前的女朋友品位真好，这本书一定会流传千古。"

"谢谢。"

我微笑了，虽然想哭但没有哭出来。

第六章　诞生

1

昭和十八年九月三日

　　入秋之后天还很热。才刚刚听不见夜蝉的鸣叫声，身体又散发出一种由内而外的热。

　　加上天气的闷热，早新闻的报道就像毒素一样环游于体内，让我感到浑身不舒服。第二天，人们一定会为了排除这一毒素而奋起的吧。但是，此毒素不可排也。整个日本都患上了战争这一可怕的病。

　　那则报道说，上野动物园担心空袭会使动物们逃走而给社会带来危害，于是杀害了包括大象在内的猛兽、毒蛇。终于，日本人民开始杀害这些无辜的生命了。其实只要想一下空袭时动物们的安身之所不就好了吗？没想到他们竟然连大象都杀，原来缺乏想象力会造就残酷的行为。

　　当局怀疑谦太郎也是一样的道理。听米田源助说，谦太郎平安地回国，还当上了社会部的副部长。即使没有彻底洗清间谍的嫌疑，至少当局也没有抓住他什么把柄。

　　不过我想起了在南方时候的一些事，于是闷闷不乐——谦太郎那些如同刀刃一般的话、松本的暴虐、野口的阴险。由于不知道谁是宪兵、特别高等警察的奸细，所以大家的嘴都像上了锁，整天过着疑神疑鬼的日子。我在经历了与谦太郎的争吵之后，就像戴上了一副面具，过完了最后那段在南方的时间。

在苏门答腊岛的时候，我再次遇见了洼川稻子。洼川对我当时的面貌大为吃惊。

"林女士，你周遭是不是发生了什么事？"

"我哪里不对吗？"我反问她，洼川像是在选择恰当的语言，沉默着。其实不用洼川提醒，我知道自己失去了活下去的勇气，只不过由于害怕被军队抓住话柄，所以意气用事地继续着旅行。

那次之后，我的状态就很差。不喜欢烟草，也讨厌喝醉的感觉，不管吃什么东西，都会觉得恶心反胃。有人担心我是不是食物中毒了，不过只要稍微睡一下就没事了。我以为这一切是自己忧郁心情的体现，好不容易得以回国，没想到竟然是怀孕了。

中午，我在淀桥区的妇女医院进行了诊察。

院长是个女医生，是我的老朋友了。护士也是我所熟悉的人。他们让我从后门进去，没有排队直接看病。

等候室里，有许多女性在等待就诊。在无聊的幼儿的哭声、批评幼儿的母亲的斥责声中，我偷偷地插了队，所以抱歉地缩起了身子。

我怀孕了。预产期是十月十五日。如此计算，当我在泗水的时候就已经怀上了。是谁的孩子？这是一个明知故问的问题。我决定生下自己的孩子。在南方之旅中怀上的孩子，就像马达布拉的钻石一样，是在漂泊中无意得到的十分贵重的宝物。

但是，一旦败露就惨了。关于我怀孕的事、在南方怀上孩子这件事，必须保密。我马上想到一个办法，偷偷地生下这个孩子，宣称是自己捡到的孩子。我打算走一着险棋。

"放心，孩子很好哦。"

院长把手放在我的肚子上说道。我刚放下心，马上又不安起来，就这样重复了好几次，就像平时那样。

"医生，我这个年纪生第一胎，真的没事吗？"

院长已经六十多岁了，她摘下口罩笑了笑。虽然我们只在诊察的时候才见面，不过我发现这个月她的白发一下子多了，突然变老了。

"没事，很意外哦，你可以顺产。"

"很意外？"

我苦笑了一下，院长认真地看着我的脸。

"你一直东奔西跑，所以腰和腿都很健康，所以一定能够顺产。只不过你的血压有点高，可能会给心脏与肾脏带来负担。万一得了什么病，记得马上过来哦。对了，要戒烟戒酒。"

"我知道。"

如果突然戒烟戒酒的话，会被绿敏怀疑，所以我在量上面开始进行控制。

虽然和绿敏住在一起，但是我们分房睡，他始终在画室里，我们经常从早到晚都不见面。而且他经常回老家信州。

工作要是忙起来，我会一直待在书房里。虽然同居一屋，但有时候一个星期都见不上面。所以他根本不会察觉到我身体的变化。

只有一个人——直觉很准的绘马曾半开玩笑地问我："阿姨，你是不是胖了，还是肚子里有宝宝了？"我只要躲开绘马就可以了，一定有办法的。

我必须告诉母亲。如果不找一个帮手的话，不可能杀出重围。其实这只是我的借口，我只不过希望有一个己方伙伴。而且我希望自己的第一次怀孕能受到祝福。这么看来，原来我是如此的孤独。

"生的时候，可能要住三四天院。我已经和那家妇产科医院说过了。"

"谢谢。"

我向院长道谢。其实我已经和附近产院的产婆商量过对策了。临盆的时候，马上去医院生孩子，然后宣称孩子是从另外一家医院捡来的再带回家。

我发现产婆似乎已经很习惯于此类事情，嘴巴也比较紧。我打算说这个孩子是出征的男人与未婚少女生的，这些都已经和产婆说好了。

"林女士，恕我多管闲事，要不要让产婆帮你隐瞒此事？生下来的孩子算是私生子哦。"院长避开护士，偷偷地问我。因为我告诉过他，这个孩子不是绿敏的。

"与其说是私生子，不如说是孤儿。"我用只有院长听得到的声音清晰地说道。

院长有些吃惊，言外之意是，这孩子也太可怜了吧。她暗示我重新考虑一下。不过我没有告诉院长我与产婆间的对话。

我知道，孩子太可怜了。但他不是绿敏的孩子，我又是军队"偏爱"的作家，所以我的孩子只能成为一个孤儿了。尽管和母亲生活在一起，却无法相认，这是多么残酷的命运啊。我觉得很对不起我的孩子，不禁流下了眼泪。

一名老护士似乎察觉到了，她低下身子来看我。

"到了年底，会越来越难弄到食物，生孩子可是一项大工程啊。"院长一边写病历，一边说道。

我至今还没有做好生孩子的准备。

我重新穿好和服，从窗口望着天空。蔚蓝的天空广袤无垠。如果是孩子的话，一定会提出想在夏天结束之前再去海边游玩一次。可是战况不济，日本被阴郁的空气给笼罩着。

"早晚会打到日本来的，真恐怖。"

院长虽然没有说出口，但是当得知了动物园动物们的命运之后，所有人都做好了准备。

"没错。"

"我们的对话要保密哦。你了解国外，美国和英国的国力真的比日本要强很多吗？"

院长用认真的表情盯着我看。我沉默着点了点头。

"果然啊，但是你竟然打算把孩子生下来，真伟大。"

很伟大吧。我牵强一笑。当我发现自己怀孕，已经是回国之后的事了，只能生下来。

我记得美川喜代说过，前年她从博文馆去蒙古的时候，在北京感觉到身体不对劲儿，考虑到这样下去的话也许会一尸两命，于是在军队的医院里堕了胎。

我当时以为，她怎么会如此狠心。而现在我却十分理解她的心情。在不可能打赢的战争中，如果要生孩子，是需要极大的勇气的。因为死亡离自己仅仅一步之遥。尽管如此，我还是想要赌一把。不管发生什么事情，我都会保护自己肚子里的孩子。

我付了诊费刚走出医院，就听到身后有人在叫我。

"林女士、林女士！"

回头一看，发现是院长一边脱着白大褂一边追了过来。我吃惊地站住。院长把白大褂脱下来了，一层层地卷起来。她里面穿着白色的衬衫与黑色的裙子，一副朴素的打扮。

"怎么了？"

"我们去阴凉处说。"

院长拉着我的手腕来到了干菜店的屋檐下。虽然散发着一股干菜的味道，店里却几乎没有多少件商品，只放着几包裙带菜和羊栖菜。这些一定也是配给品吧，我忧郁地思考着。

"对不起，突然把你叫住。"院长瞪大老花镜中的眼珠，看着我的眼睛，"有件事我忘记告诉你了。等你生完孩子，我打算带着子孙去乡下。大家都说东京马上就要守不住了，你也会搬去乡下住吧。"

其实未必，于是我发着愣。如果我们要搬走，一定是去绿敏的老家信州吧。

"所以我想，等你生下孩子，我不一定能帮上什么忙。所以我认为，你最好还是告诉那个人——孩子的爸爸。我不知道你将来会碰到什么事情。刚才当着护士的面，我没办法问你，孩子的父亲不是你丈夫吧？"

"嗯。"

"因为你说不是私生子，而是孤儿，所以我觉得很奇怪。"

对不起，我不知不觉地道起歉来。可能是对即将出生的孩子吧。

"你还是告诉孩子的亲生父亲比较好。即使他不认这个孩子，但只要让他知道一下就好了。虽然你凭着意气用事生孩子，可是你也不知道自己能活到什么时候。难道让孩子永远连自己的父亲，甚至是母亲都不知道才好吗？你忍心这样决定孩子的命运吗？"

比我年长二十岁的院长，激情洋溢地斥责着我。

"我的情况比较复杂。"

院长笑了一声。

"是啊，因为你是流行作家，一定会引起社会上的轩然大波的。"

"我不是这个意思。"

我没想到，生孩子原来是这么困难的事情。

"院长你丈夫的乡下在哪里？"

"青森县。"

"那么我们将来也许不太容易见面。"

"是啊，不过直到你产下孩子为止，我都会负责的。所以你也

338

必须对孩子负责。”

我无言以对。我想，也许我写下这些文字，正是为了完成对孩子的责任吧。

没想到，院长狠下决心说：“你就当我是杞人忧天，听过就算了。其实你这种年龄生孩子可能会减寿，你血压高、心脏也不好，所以我才担心。”

“但是，我必须生下来。”

年过花甲的院长把手放在我的肩上点了点头。

院长的这番话铭刻于我的心中。如果我死了，就没有人告诉孩子真相了。

我在酷暑中满头大汗地走着。我想起去年八月份，为了探望乘坐交换船回国的谦太郎，我徘徊在豪德寺附近。谁会想到一年后的我竟然身怀六甲。真可笑！

我回到家里，被寂静笼罩着的家里。我看了一下母亲的起居室。

“简直又回到了盛夏嘛，这么热的天，你去哪儿了？”

母亲穿着阿波缩①的竖条纹居家连衣裙，躺在榻榻米上。

“绿敏呢？”

母亲没有回答，她好像没有任何兴趣，只是挥动着手中的团扇。

---

① 阿波产的棉。

我坐在母亲的面前，她转动着脑袋，先看着我的眼睛，随后扫视我的全身。

"你的表情最近有点吓人哦。"

"妈妈，你别吃惊，其实我怀孕了。"我狠下决心说道。

母亲耸了耸瘦弱的肩膀。

"不是绿敏的？"

我点点头，母亲平静地问："对方是谁？"

"他是个journalist（记者）。"

我没想到自己竟然用英语回答。

"你怎么说起了敌人的语言？"母亲一脸的不高兴。她似乎不明白journalist的含义。"还有呢？"

母亲终于坐起身，拿着烟管。我被母亲毫不动摇的态度所鼓舞，准备全盘托出。

"我打算把这个孩子当成养子，总之你千万不要泄露我怀孕的事。"

"你那么胖，就算临产也没人会发现。"

我笑了，拿起母亲面前的大麦茶喝了一口。

大麦茶很淡，温温的。就像我孩提时代在雁木玩累了，回到我们租的昏暗房子里喝到的味道。我当时就想，如果能再浓一些，再凉一些，该多好喝啊。

小时候的我，一直有种急不可耐的感觉，为什么妈妈总是不明白我真正想要的东西呢？不过我是个绝口不提这些的孩子。

母亲即使过了七十岁，样貌也几乎没变，依旧美丽如初。白皮肤、细鼻梁，脸蛋像玩偶似的小而端正。我的蒜头鼻子一点也不像她。

"我还以为你生不出孩子呢，真意外。"

"这下你放心了？"

"放心是放心了，也觉得麻烦。女人真复杂。"

母亲哈哈大笑。

"妈妈，生孩子是怎样的感觉？"

我还是忍不住问了她，母亲只是摸着团扇的柄，一言不发。

"我究竟有几个兄弟姐妹？"

母亲继续摸着团扇的柄，一、二、三、四、五、六、七，数到这里，终于抬起头。

"秘密。"

母亲到底生过几个孩子，她连我都不肯告诉。在与母亲交往过的男人中，唯一找得到的是我同父异母的姐姐静的父亲，他住在鹿儿岛。在某个地方，母亲承认自己有两个儿子，但是我连他们的名字、住所都不知道。而且，据说母亲另外还有两个儿子。如果是真的话，我至少有五个同父异母的兄弟姐妹。

曾经我也问过母亲，有关于我兄弟姐妹的事情。但是母亲绝口不提自己和谁、在哪里、生过几个，包括孩子现在怎么样了。

母亲是个流浪者。她不可能永远待在一处，和同一个男人生好几个孩子。一旦怀孕，或是像野猫似的被赶走，或是在那片地方待不下去。就算待得下去，也不可能和男人结婚的。

之所以漂泊，是不是因为她经久不衰的美丽容颜？我注视着母亲的脸庞，她的脸上没有一滴汗水，光滑柔嫩，她在用团扇扇着风。宽宽的额头上的几根毛发，随风起伏。最近她的毛发渐渐地开始变白，直到六十岁她的头发还是乌黑的，看上去至少比实际年龄小二十岁。

"妈妈你真是个怪物，"我不禁脱口而出，"我完全无法和你比。"

"母女也要分个高下？"

母亲一副滑稽的表情。

"虽然说是秘密，但是你总应该告诉我，我到底有几个兄弟姐妹吧？"

"你不是也保密吗？孩子爸爸的事。"

"但是，这是两码事。"

"一码事。还是把爸爸的事情作为自己的秘密，带到墓地去吧。"

"那么孩子岂不是太可怜了？"

"那是孩子的想法吧？"母亲断定，"父母可不这么想，你就别管孩子了。偶尔也能生到像你这样的好孩子，让我过好日子。"

"你可真自私。"

我十分吃惊，但是和母亲说着这些自私的话，我渐渐地想通了，也沉下了心。

"你生过几次？"

"忘了。"

母亲就像北边吹来的微风似的笑了。在这个家里，无论多热，只要静静地躺在榻榻米上，总能感受到一丝凉凉的北风。

"当你发现自己怀孕的时候，是怎么想的？"

我感到肚子变得很沉，于是躺了下来。母亲用团扇缓缓地给我扇着风。我已经是一个马上就要四十岁的中年女人了，但是这一刻我希望回到童年，由着母亲给我扇风，舒服得随时会睡着。

"这又不是我能决定的，没办法。"母亲慢悠悠地回答。

"那是谁决定的？"

不知不觉地，我也说起了奇怪的方言。

"不知道，有很多事情人类都是无法决定的。"

母亲的笑容很清澈。

"原来如此，你是想说这些都是神的指引。对了妈妈，我就快要生了，再过一个多月，孩子就要出生了。"

我不禁摸了摸自己凸出来的肚子。轻轻一摸，肚子里的孩子就会小小地动一下。我能感到胎儿的骨头抵着我的耻骨。应该是背部或者头部的骨头吧？不管怎样，我能感觉到胎儿的骨头。在我的腹中，有一个生物。

南方怀上的孩子，在我的体内生长，他马上就要来世上见我了。真可爱，孩子真好。我来回抚摸着肚子。

"你和我很像，怀孕了肚子也不明显，这样不会被发现。"母亲扇着扇子，面无表情地说，"有个不道德的妈妈，女儿就会变成这样。"

"你在说什么啊，你不是一直都吵着想要孩子嘛。现在我怀上了呀，你就要求少点。"

母亲拿着扇子的手停下了。

"的确如此，原来你是可以生育的。"

我笑着重重地点了点头。

"芙美子，千万不要让对方夺走孩子，孩子是你一个人的。"

"是吗？"

我忘记了忧愁与不安，心情舒畅了。终点即起点。这是女人间的秘密。不知道孩子是男是女，长得怎么样，像不像我。

不告诉任何人，抚养只属于自己的孩子。一定可以抚养长大的。这么一想，我就高兴了。我曾经想收竹林绘马为养女，缠着绘马的父亲，结果被大骂了一顿。之后我又偷偷地去儿童医院，暗中挑选婴儿。现在我终于有了属于自己的孩子。

"女人真是罪孽深重的动物啊。"

我嘟哝了一句，母亲高兴地大笑起来。

"发生什么好玩的事了？"

我听到绿敏的声音，于是躺着抬头张望。穿着白色运动衫和短衬裤的丈夫拿着一碟煮玉米，往母亲的房里看。

"哎呀，玉米。"

我用手遮住肚子，嘿的一声坐了起来。碟子里有两根小玉米，上面撒了盐。

"哪里弄来的？"

"坂上刚刚从乡下带来的，所以我让他煮了一下。"

坂上是绿敏的故乡信州来的早稻田的书生。

"妈妈吃玉米吗？"

"牙齿不好，不吃。"

妈妈说完后，又继续躺在榻榻米上。玉米只有两根，绿敏一开始就打算给我们吃的吧。不过，有时候绿敏由于太过细心而自找没趣。他只有这一点和我很像。

"那么我们去餐厅吃吧。"

绿敏提议，于是我们走向餐厅。矮饭桌上已经准备好了茶，我随意地坐着拿起一根玉米，大咬了一口。又硬又甜的玉米粒卡在了牙齿里。

"芙美子，最近你口味变了啊。"绿敏没有看我，直接说。

"哪里变了？"

"你喜欢吃西瓜了呢。"

这么说来，自从怀孕之后，我特别想吃甜甜的凉凉的东西。刚才喝大麦茶的时候，我觉得很温没味道，也许是怀孕的关系吧。

"因为热啊，我忘不了在昭南吃的冰淇淋，这个世上竟然有那么好吃的东西。"

"现在是战争时期，严肃点。"绿敏用带点生气的口吻说道。

我还以为他察觉到了什么呢，但是我仍然保持着若无其事。

"坂上听说马上学生也要应征入伍了，所以他做好了思想准备，打算回乡下去。"

我吃惊地看着丈夫的脸。丈夫叹了一口气，这个时候，从他的脖子周围传来一股老年人的气味。我震惊了，停下了吃玉米的动作。这是第一次，我发现自己丈夫竟然发出老年人的气味。然而我即将生第一胎。我悄悄地喘了一口大气。

“战况越来越差，士兵不足，而且伤亡人数也在增加。从阿图岛战役的集体玉碎开始，就注定了结局。”

绿敏每天都孜孜不倦地读着报纸，并且喜欢讨论战况。他似乎有什么话想说似的噘着嘴。

“坂上好不容易才考上早稻田，真可怜。不知道他会被派去哪里，也不知道能否活着回来。”

坂上是我在南方的时候绿敏叫来的书生，所以和我并不熟稔。虽然我嘴上说着可怜，但终究是外人。绿敏有些责备地看着我。他的目光十分强烈，惊慌之余我把视线转向玉米。

“据说东京就快失守了。”

“谁说的？”绿敏立刻反问道。

我无以回答，因为这是妇产科医院的女院长说的。

“大家都这么说。”我含糊其辞，“都说还是回乡下比较好。”

“芙美子也想带着母亲逃走？”

“是啊，虽然我想保护这个家，但是不一定能做到。”

我抬头看向天花板，绿敏慢悠悠地说：“我会保护这个家，芙美子你去信州吧。”

“那是你的老家，太尴尬了，而且我要带上母亲。”

其实我是为肚子里的孩子着想，但是我说不出口。

“坂上有亲戚住在上田附近，我老家在那里也有房子。”

“冬天很冷吧？”

“当然。”

绿敏用牙签剔着牙缝。

"但是那里有玉米。"

"仅限夏季。"绿敏拍着手臂上的蚊子,"冬天会很辛苦。"

我们只是生活在战地,并非战争之中。动物园的动物被杀、坂上必须辍学当兵、我和母亲将逃往信州、粮食短缺计划经济,这一切都印证了战争。

虽然我想告诉绿敏,我打算捡一个孩子来养。但是担心被他盘问"是谁家的孩子"、"为什么要挑在这种局势下",等等,所以忍了下去。顺其自然吧,我使劲掰断了玉米。

下午,我写了两封明信片,于是去附近的邮局寄。原本这是交给女佣的活,但是自从怀孕之后,我懒得出门,就当是做运动了。

最近纸张的配给越来越少,出版也变得困难起来。我刚从南方回来的时候,约我写稿子的人络绎不绝,最近突然变少了。

这样下去的话,就没饭吃了。为此作家们都十分努力。但是杂志和报纸都变得越来越薄,即使写了稿子,也无处可登。

这也是战争的缩影吧。我认为自己也助长了战争,而现在终于有空重新审视战争的真正姿态了。

走下坡道,往妙正寺川的方向走了几步后,突然有人叫住我,是一个熟悉的声音。

"林女士!"

我回头一看,发现是谦太郎。他穿着白衬衫、国民服的裤子和军帽。和南方的时候不同,他的身形略显粗糙。

"哎呀，这不是斋藤先生嘛。"

说完后，我便没有话了。我们自从在泗水的大和饭店吵架之后，再也没见。

"我来这里附近办事情，想到也许会碰到你，所以在这里转来转去。能遇到你真好，你还好吗？"

谦太郎似乎打心底里高兴，他一展愁眉，好像我们根本没有经历过那一个争吵的夜晚似的。

"托你的福，很好。在南方多亏了你的照顾，谢谢。之后我又去了苏门答腊、马尼拉和上海，坐朝日新闻的飞机于五月九日回的国。你呢？"

我的语气恭恭敬敬的，可能是我的样子太沮丧了，谦太郎犹豫着后退了几步。

"我去了雅加达、棉兰和昭南，然后乘坐每日新闻的飞机回来的。在南方发生了许多事情，不过已经没事了，请别担心。"

是指间谍的嫌疑吗？但是谦太郎为什么不为自己对我的残酷言行道歉呢？

"太好了。"我继续一脸沮丧地回答。

"是啊。"谦太郎老实地点点头。

我像看陌生人似的看着谦太郎，实际上，他就像一个我初识的男人。

"不过，林女士，最近你没有什么工作，很那个吧？"

谦太郎很担心我，但是他的说辞让我感到很不舒服。我苦笑了一下。

"是啊，很那个。但是我有其他事情。"

"你是不是胖了？"

他没有问我所谓的"其他事情"是什么，而是突然变成一副高兴的样子。

"是的，托你的福，东京的水真好喝。对了，斋藤先生，那颗钻石……"

"钻石？"谦太郎歪着脖子想了一会儿，终于想起来，他眯起眼睛看着我，"马辰港的钻石？我记得。"

"那颗钻石，我打算近期切磨一下做成戒指。"

"随你的便，那是你的东西。"

谦太郎不知所措了。

"谢谢。"

我深深地鞠了一躬。

2

十月十五日是预产期，可到了二十日也没有动静。虽然大家都说第一胎会晚，但这个孩子也许不想在战争时期出生。我整天和母亲这么开着玩笑，因为一点要生的征兆都没有。

预产期那几天，我拜托绿敏替我和母亲在信州找一处安身之所。

绿敏没有丝毫怀疑，受我所托前往信州。果然，书生坂上被应征入伍。

早稻田的学生坂上看了"最后的早庆战①"之后，为了道别而返回故乡。绿敏为了参加在上田召开的坂上他们的送别会，一直陪着坂上。绿敏说，顺便替我找一处安身之所。

当然，即使绿敏在我身边，我也有信心偷偷地分娩。因为绿敏根本想不到我会怀孕。

不过，我母亲提议。

"生完之后不太能走动，你要做好心理准备。"

"你自己像狗一样生得那么轻松，现在却来吓唬我。"

看到我发火，母亲耸了耸肩。

"虽然我生过好几胎，但是毕竟没有在你这个年纪生过。"

没错。我已经人到中年，而且还是第一胎。这是我最后生孩子的机会了。妇产科医院的女院长说的没错，也许这个决定会要了我的命。即使会生病、丧命、受到沉重的打击，我也不怕，我已经做好准备了。随着时间的推移，肚子变得越来越重，我开始期待自己孩子的降临了。

十月二十日，绿敏说还没有找到一个像样的住所，所以继续留在信州。但是坂上和自己的父亲来到东京，到我家里打了个招呼。他们打算一同参加第二天在神宫外苑田径场上举行的送别会。

---

① 1943 年，早稻田大学棒球部与庆应私塾大学棒球部之间的比赛。

坂上穿着学生制服，戴着早稻田的方形学生帽，很帅气。坂上老家是在上田温泉开旅馆的，他是长子。他父亲怎么看都像是在账房拨算盘的谨慎男人，不过由于长子的应征入伍，显得很受打击。

"这些日子承蒙您关照了，谢谢。我坂上胜男，将为国出征！"

坂上用高亢的声音同我道别。一直躲在房间一角的母亲，这次也端坐着低下头。

我刚从南方回来的时候，总觉得坂上不懂礼貌，所以一直找他的茬。我也一度想撮合他和竹林绘马，当时害羞的坂上真让我急不可耐。现在连学生都要上战场，说明日本终于发动了全部战力。由于士兵的人数不够，日本每家每户的年轻男性都被派去了前线。我百感交集，泪水汪汪。

"你辛苦了。也许我不应该这么说，但还是要告诉你，年轻人的命很值钱。希望你能平安回来。回来之后，请务必再来我家玩。"

我低头致敬，坂上的父亲也沉默着回了礼。过了一会儿，坂上的父亲抬起头，脸上不禁流露出"好不容易才考进了早稻田"的悔恨。但是举国都在战斗，这是没办法的事。悔恨之色渐渐消失后，他父亲的眼睛一下子变得很空洞。

如果我没有自己的孩子，一定无法想象一位父亲的心情。我作为一个母亲，觉得很骄傲。

他们走后，我的羊水破了。正当我想站起身时，突然听到有什么东西爆裂的声音。就像小便一样，到处都是水。我连忙喊母亲。

"妈妈，有水！"

"是羊水破了。"

母亲看了一眼湿透的榻榻米。

"必须赶快去医院，我去了。"

"你还真不慌不忙。"

"不慌不忙的人是你！哎呀，怎么办！"

母亲不顾惊慌失措的我，她用毛巾擦起了榻榻米。我拿上早就准备好的包，叫了部车，一个人赶去医院。

第二天十月二十一日，当送别会正开得火热之时，我的孩子诞生了。在一个下着倾盆大雨的早晨，降临到这个世上的男孩，正符合战争的形象。婴儿看上去就像只小猴子，他降临之后马上被母亲紧紧地拥抱着，一定很幸福吧。不过，这个孩子死去的时候，不知道会被谁抱住，被谁照顾。想象着一个人从婴儿直到老年，我被一种奇怪的感情吞噬了。我终于成为了一个母亲，最原始的喜悦不断地涌出，我像一个母亲一样，浮现出慈祥的笑容。但是，我完全没有母乳。

院长来到我的病房，对着婴儿笑。

"这是个多么勇敢的好孩子啊，你生来就不打算给母亲带来困扰。"

"他还那么小。"

我儿子的重量是两千六百十四克，不满三公斤。他将来会长成像谦太郎那样高高的男人呢，还是会长成像野口那样脖子长长的男人，或是像松本那样严肃的男人？真不可思议。我竟然平安产下了一个儿子，太好了。

"林女士，宝宝的名字你想好了吗？"

我把一张大大地写着"名字：晋"的纸递给她。

"如果是女孩子的话我打算叫她'晋子'，男孩子的话就叫
'晋'。我特地选了个左右对称的汉字。"

"对称的字看上去很稳当。"

我蹭着小晋的脸颊。婴儿的皮肤纹理很细，怎么看也看不厌，
怎么摸也摸不厌。

我否决了院长让我住几天院的建议，我只在医院度过了一晚，
第二天，绿敏就回来了。

孩子就睡在我旁边的床上，我时不时担心他是否还在呼吸，于
是好几次把耳朵贴近他小小的嘴巴。由于没有母乳，所以我唯一能
尽到母亲责任的事情就是换尿布。因此今后最担心的是在物资匮乏
的环境下，如何让儿子喝到牛奶。我最后一次让他含住我的乳头，
看着他那张拼命吮吸的焦急脸庞。我低吟道，活下去、活下去……

我若无其事地回到家中，发现绿敏已经回来了。他抬着大量的
蔬菜回来之后，憔悴地看着庭院里的青柿。

"坂上那孩子真可怜。"他自言自语道，"他父母就是为了不让
他当兵，才让他上的早稻田。"

"不知道他会被派去哪里。大学生一般都会当个下级军官吧。"

"突然当上下级军官的话，会不会被欺负？"绿敏就像在担心自
己的儿子一样。

我终于鼓起勇气说："对了绿敏，我决定领养一个婴儿。"

"婴儿？为什么？"

绿敏吃惊地看着我。

"是我朋友的朋友，生了一个孩子。出于一些原因，她无法抚养，所以我打算领来养。"

"不行。"

绿敏在我面前点燃了一支烟。我小心地躲开了烟雾。

"为什么？怎么不行？你也知道我一直都想要一个养子。"

"知道是知道，但为什么偏偏是现在？现在连学生都要强制出征！年轻的男人都将战死，说不定连女人也要上战场。在这样的一个国家里，孩子只会吃苦。"

"但是我没有孩子，所以想自己抚养一个。"

"孩子不是狗也不是猫，没那么简单。"

绿敏甩下一句，随后穿上木屐，走向了庭院。从他冷漠的背影中我看到了严厉的拒绝，但是我也不会妥协。

五天之后，我从医院里带走小晋——作为我的养子。我和产婆早就说好了，所以她已经为我办好了手续，小晋作为没有父母的孤儿来到了这个世上。

五天没见，小晋脸上的红晕褪下了，整个一张婴儿的脸庞。眉头舒张、眼睛细长，像谁呢？即使没有见过面，我也能想象自己兄弟的面容，因为他们和我是血脉相连的。

"那么，林女士，保重。我这段时间不会回东京了。"

院长的一个在东京帝国大学文学部读书的侄子也出征了。那次在神宫举行的送别会，正好由于我生孩子，所以她没有去。院长看上去很憔悴。

"战争总是在把人们分开。"

"是啊。"

院长一副苦闷的样子，抚摸着小晋的脸颊。

我用不习惯的手势抱着小晋，提心吊胆地走在大街上。街上的人们看我的视线显得有些不耐烦，似乎在说："这孩子是没有未来的。"

"我把孩子领回来了。"

我把小晋给绿敏看。

"你真的领回来了。芙美子，你到底是在哪里领的？是谁的孩子？"

绿敏看着我的脸。

"是从儿童医院捡来的。这孩子的爸爸是出征的士兵，妈妈是未婚的好女孩。"

我才说到一半，绿敏就严肃地来回看着我和小晋的脸。我很担心是不是被他给识破了，但是依旧若无其事地紧紧抱住小晋。小晋薄薄的眼睑闭着，一直在睡觉。

"芙美子，你不能因为自己想要孩子就擅自抱一个回来，今后怎么办你想过吗？"

我听到绿敏的话中带有一些愤怒，可是我佯装不知。

"怎么办？当然是养大呀。"

"孩子和猫、狗不同，很费钱！"

绿敏从来不对我大吼，但这次他的脸上却暴起青筋，提高了嗓音。

"我知道，我会用自己赚来的钱，将他好好抚养长大。"

"即使他是个来历不明的孩子？而且是把他抚养长大哦！"

来历不明。小晋永远都将是一个不明父母的孩子，被身世之谜纠缠一生。我的胸口一阵疼痛，因为是我让自己的孩子背负上这样沉重的命运的。但是，这一切已经晚了，绝不能露馅。

"他是一户好人家的孩子，只不过由于一些理由，不能说出来。"

"那么等这个孩子长大了，总有一天必须向他说明他是一个'好人家'的孩子，而且出于一些'理由'不能告诉别人他的身世。他也是人，这是早晚的事。到了那一天，你打算怎么做？你把这一切都想得太简单了，不是吗？"

我无言以对。由于背叛了绿敏，所以我无法告诉他这是我的孩子。而且我也下了决心，让所有的矛盾与问题都交给小晋一个人承担，想到这里，我黯然落泪。

"别哭，我并不是在怪你。"

绿敏抖起了脚。

"我知道，你不是在怪我，但是我忍不住想哭。"

我抱着小小的小晋，眼泪落在了他的脸颊上。

我领养孩子的事，一下子就传开了。许多人都来看小晋，第一个来的是住在附近的竹林绘马。最近我巧妙地避开了与绘马的见面，她似乎很寂寞。

"阿姨，你最近好吗？"

绘马抱紧了我。生完小晋，为了避免别人说我突然瘦了，所以我在肚子上绑了好几层腰带，让自己看上去鼓鼓的。

"听说坂上出征了，是真的吗？"

绘马并没有提到婴儿。她穿着白衬衫、藏青色毛衣和黑色的百褶裙，发型是娃娃头。

"是啊，他和父亲一起来打过招呼。"

"我有个朋友也去送别会了，替庆应大学的哥哥送行。据说结束之后，女人们都高声尖叫，从观众席上跳下去，追着出征的人们。所有人都哭了。"

有着西洋人血统的美丽少女和在倾盆大雨中目送年轻男人们的少女显得格格不入，她的语气十分平静。这时，从房间里传来了小晋的哭泣声。

"我可以看看宝宝吗？"

绘马终于想起。

"去看看吧，很可爱哦。"

我的脸上是不是显露出了母性？绘马奇怪地看着我。

趁着绘马在看小晋，我去书房拿了谦太郎在马辰港买给我的钻石。

"绘马，这个给你。"

绘马吃惊地打开药粉大小的包装。淡黄色的钻石原石滚了出来。

"我以前见过这个。"

"是马辰港买的钻石，你把它切磨打造一下做个戒指吧。"

"但是，为什么送给我？"

因为我有宝宝了，所以不需要了。虽然想这么说，但我还是忍住了。随后我用力捏住绘马抓紧钻石的手。

"钻石刺得我很痛哦。"

绘马抗议，我笑了。

尾声

林房江女士：

　　我收到了您寄来的林芙美子女士的手稿。

　　虽然我母亲与林芙美子女士交往甚密，但是您竟然把林芙美子未发表的手稿交给我，我实在感到受宠若惊。

　　这对我而言，是无上的荣耀。

　　我会尽快拜读，如果能帮到您的忙就最好了。如您能稍等一阵，则至为荣幸。

　　即此奉复，并致

　　敬礼！

平成三年　六月十九日

黑川久志

黑川久志先生：

　　前略。

　　您已经收到姨妈的手稿了？那我就放心了。

黑川先生，在百忙之际，给您添麻烦了，还请多多关照。

话说回来，您的来信与往日有些不同，带有一些紧张。不过我已知悉，请您不必操之过急，慢慢看。

顺便奉上您母亲喜爱的虎屋黑川的羊羹①。

请替我向大家问好。

平成三年　六月二十二日
林房江

林房江女士：

又到了阴郁的季节，不过还是要祝各位的贵体愈益康健。

纪念馆的开设准备做得怎么样了？

感谢您寄来的羊羹，我母亲十分高兴。她托我向您问好。

对了，今天是六月二十八日，是芙美子的忌日。今后纪念馆一定会为了这一天而准备一些活动的吧。

请原谅我如此没礼貌地称她为"芙美子"。在阅读手稿的时候，我不知不觉地叫起了她芙美子、芙美子，就像个朋友似的。

我决定要在芙美子忌日的这一天写这封信，所以今天早上一醒来我就

---

① 日本传统甜点，红豆糕。

想着芙美子，并在佛龛前为她上了支香。

芙美子于昭和二十六年过世，距今已有四十年。真是光阴似箭，岁月如梭啊。

四十年前，当我得知讣告的时候，那种打击，现在想想胸口也会发闷。

"这件事也许你是最受打击的，但是请冷静地听我说。"

这是绿敏先生在深夜的电话里，对我母亲说的第一句话。我母亲每年会去东京一次，在芙美子落合的家里，两个人总有说不完的话，这是我母亲昔日最大的乐趣。所以芙美子的死对她来说，犹如晴天霹雳，她突然跌入了痛苦的深渊中。

我在看手稿的时候，耳畔仿佛听到芙美子的声音，胸口突然充斥着一种说不出的感受。我屏息凝神，看了一遍又一遍。

我认为自己十分能理解房江女士的烦恼——到底要不要将此稿烧毁呢？虽然我们称之为"手稿"，但总会感到不舒服。

因为芙美子出发前往南方的那一夜，我母亲良子乘坐一艘小船去大阪商船的码头为她送食物的情景，在此稿中描写得淋漓尽致。并且，这一幕是完全属实的。

那一天，芙美子突然从船上打来电话，说自己今晚会在门司港停泊，希望我母亲能为她送点什么吃的。据说这是芙美子一贯的不客气的作风。

我母亲想到能为芙美子做些什么，感到无比的荣幸。于是马上命令我去准备些食物。

我在黑市好不容易买到一块和纸大小的鱼肉糕、橙和松茸。然后把这些食物交给母亲。

我母亲乘坐小船去大阪商船码头时的情景，完全和手稿中一模一样。恕我冒昧，这份手稿说不定应该称为《回忆录》才更合适。

芙美子与我母亲，她们的命运被阻隔得如此彻底。

从五岁起就与芙美子成为好朋友的母亲，现在已经有些痴呆了，不过很长寿。虽然忍受着关节痛和高血压的折磨，其余都很好，今年已经八十七岁了。

可是芙美子故去时，年仅四十七。想到她还没有我活得长，令人不禁感慨世事无常。

由于我母亲的缘故，我才有幸识得芙美子、绿敏先生还有房江女士。对我而言，这是无可替代的宝贵财富，我表示由衷的感谢。

同时，我也要感谢房江女士竟然如此信赖我这么一个外人，还特地来询问我的意见。只要是我力所能及的事，请无须客气，尽管吩咐。

好了，房江女士，这个开场白有点过于冗长。

说实话，这本回忆录的内容，让我感到非常吃惊。

原来早逝的小晋，不是捡来的孩子，而是芙美子的亲生骨肉。

并且小晋并非绿敏先生之子，而是芙美子在南方怀上的。

正如房江女士所写，万一此手记绿敏先生读完后，不确定它到底是回忆录还是小说，最终没舍得将它销毁的话，那么绿敏先生就太可怜了。

而且，如果此稿所写皆属事实的话，早逝的小晋也十分可怜。尽管亲生母亲将他抚养长大，但小晋以为自己是捡来的，所以一直感到很痛苦吧。

另外，芙美子心中又是怎样想的呢？当我读到她在泗水与斋藤先生的激烈言论时，我差一点就哭了出来。芙美子太可怜了。

但是芙美子故去后，我知道您与绿敏先生十分疼爱小晋，衷心地期盼着他的成长。

记得昭和三十二年左右，我去东京参加一个学会。访问您家里的时候，正巧看到小晋在大门口说着任性话。

当时小晋是中学生，穿着学习院的深蓝色制服，对您抱怨着："反正我是捡来的，怎么样都行。从小我就被人说是捡来的，真讨厌！从今以后我要开始抽烟、喝酒，成为一个不良少年！"

当时我很吃惊，小晋怎么会说出这种话。但是现在想想，小晋一定是在向您撒娇。不久，我就听到你们有说有笑，于是便放下心来。绿敏先生与您在芙美子故去后，一定承受了许多不为人知的艰辛。

那么这本回忆录究竟该怎么办呢？我趁着母亲神志比较清醒的时候，读了一些给她听，并询问了一下她的意见。

母亲的回答归纳如下。

"芙美子一直想要一个身家清白的女孩。她寻找了很久，终于有人希望她代为抚养孩子，她去产院一看，没想到是个男孩。但是出身很好，所以她才把这个孩子给领回来的。我是这么听说的。

"我没想到芙美子会如此疼爱小晋。大家都很吃惊，捡来的孩子竟然也可以如此这般疼爱。绿敏先生对此也十分震惊。不过最后连他自己也说：'孩子的可爱与血缘无关，不亲手抚养的话是不会理解的。'

"小晋也十分积极地回应了芙美子与绿敏先生对他的爱。小时候他患过小儿麻痹症，但是他懂得努力成长，是个好孩子。

"芙美子曾这么说过：'小晋让我去开家长会，我说找你爸爸去。没想到他说，别人家都是妈妈去开的。'她边说边眯起了眼睛。

"芙美子死后，我曾经收到一封绿敏先生的信。信已经丢失了，不过我记得内容。'芙美子死后，我整理遗物时发现她写道小晋是自己生的孩子。说不定是真的，如果你知道什么的话，请务必告诉我。'

"由于我什么也不知道，所以让他别瞎操心。绿敏先生好像烦恼了一阵子，听说他到处写信问别人此事。"

也就是说，绿敏先生可能是读了回忆录，才来问我母亲的。但是绿敏先生并没有来信询问过第二次。

另外，关于每日新闻的记者斋藤先生，我向一个每日新闻的好朋友打听了一下。确实有斋藤先生这个人，就职于每日新闻。战后不久便辞职，在某大学担任文学部教授。但是由于饮酒过度，在昭和三十四年的秋天便不幸去世。

当我得知斋藤先生去世的年份之后十分吃惊，因为小晋也在同一年去世。虽然这么说，可能会让关爱小晋的您伤心，但是如果这本回忆录写的都是事实的话，我真的感觉到什么叫做因缘。

芙美子、斋藤谦太郎和小晋，虽然不知道他们有没有血缘关系，但是就像一家人同时消失在世上一样，真让人难过。

房江女士，我的观点也许很不负责任，但是我认为，如果要烧毁这本回忆录的话，是很可惜的。

因为在这本回忆录上，写满了芙美子的心情。有她痛苦的呻吟，还有对人的爱以及对小说的爱。

如果将它变成文学资料的话，也许会伤害到遗族。我十分明白其中的矛盾。只要有像芙美子这样的家人，绿敏先生也好房江女士也好，都将成为人们好奇的对象，不，也许是研究的对象。在这一层意义上，我就是一个外人。

但是我更能理解绿敏先生为什么没有将手稿烧毁。因为它是一本在芙美子死后，绿敏先生所疼爱的小晋的记录。另外，也关系到战后，被批判为助长战事的芙美子能否挽救名誉的问题。

房江女士，把这本回忆录交给纪念馆怎么样？林芙美子这样一个稀有作家被战争戏弄，与爱人产下一子，写过许多出色的作品，充分地活过。应该把这一切告诉世间。

我太过兴奋了，写下这么多无理的请求，真抱歉。当然，最终还是由您来做决定。

我想把全文读给我母亲听，不过还望您批准。

通过这本回忆录，我触及了芙美子的灵魂，让我感到十分幸福。谢谢！

最后，时值换季，请多保重。

平成三年　六月二十八日

黑川久志

黑川久至先生：

听闻您一切都好。

姨妈的庭院里，紫阳花已经凋谢，现在盛开的山百合和石榴花十分美丽。今天的东京就像仲夏一般热，夏天马上就要来了。

前几天，您特地在雨中为我送来姨妈的手稿，真不好意思。您说："这是非常重要的东西，万一邮件在途中丢失，我可担不起那个责任。"让您亲自跑一趟，我很过意不去。

这么一想，我可是用了最简便的方法给您寄了过去，如果姨父还在世，一定会狠狠地批评我，给黑川先生添了这么多的麻烦。是我顾虑不周，真抱歉。

但是您却体贴地补了一句："我正好来东京有事，所以顺便带来了。"现在想想，自从姨妈姨父故去后，我们一直都在蒙受黑川先生的厚谊。

您带来的鱼肉糕十分好吃，西方的白身鱼味道果然很高雅。可能由于我也是在鹿儿岛长大的缘故，东方的鱼我总觉得味道平平。

姨妈因为《浮云》的采访而去您家里时的逸闻，都很有趣。久违之后能见到您，我的心情一下子好了许多。

由于是高寿，您一定很担心您母亲的血压问题吧。听说您母亲读完姨妈的《回忆录》，痛哭过后就一直沉默不语，那一晚我也很不舒服，彻夜未眠。

那份手稿，除了本人之外，没有人知道是手记，还是未发表的小说。但是我总觉得，故人写的东西上附有故人的灵魂，我甚至会感到敬畏。

我的一生完全与文学无缘，但是当我读到这份手稿的时候，却能切身感受到姨妈的痛苦。姨妈一定是将自己的希望全部留在了人世。她也一定未曾想到，自己会这么早过世。

因为我听说，姨妈还有许多想写、想做的事情。支撑她坚强意志的，正是想把小晋好好抚养长大的责任感。

街头巷尾都说姨妈的死来得太突然，其实在去世前几年，她的老毛病心脏瓣膜症就已经恶化得很严重了。

昭和二十四年冬天，姨妈患上肺炎，医生时不时叮嘱她必须减少工作量。但是姨妈一点也不放在心上，可能因为她还年轻，也没有得重病的感觉。

但是病情越来越严重，在姨妈过世之前，走几级楼梯或是上个坡道，她都会气喘吁吁的。听说她过世前年底的忘年会上，连银座大楼的楼梯都走不上去，爬家门口的坡道也十分困难。有时候甚至要女佣人去门口把她扶进门。她的脸上常年浮肿，一直说自己不舒服。而且她抽烟，还喜欢喝酒。写完稿子的第二天，常常能看到她心情舒畅地坐在庭院走廊上，喝着日本酒眺望庭院。

黑川先生您一定也知悉，姨妈从昭和二十一年开始，直到去世的二十六年间，作为人气作家，比战前的生活更忙碌。

战争结束后纸张匮乏，几乎没有报纸和杂志，人们都渴望阅读。昭和二十二年，报纸与杂志相继开始连载小说，姨妈的小说马上就博得了读者们的青睐。虽然大家一直告诫她太过拼命对身体不好，但是她却由于大家对小说的渴求而意气风发。也许其中也包含从战争的审查中解放出来的喜悦。她写的东西受到很高的评价，而且写作欲望也丝毫不减。

我从鹿儿岛来到东京的时候，是姨妈过世前的两个月。姨妈让我过来帮忙，因为人手不够。两个月后姨妈永远地闭上了眼睛，我在落合住下了，成为了姨父的妻子。人生真是出人意料。

当时我还年轻，快乐又忙碌。对于姨妈的生活我感到十分吃惊——编辑们会突然闯入家中，在门口的小房间里等待稿件。有的人下围棋，有的人在角落里看书，有的人谈笑风生。大家都在等姨妈的稿件。会有自称是姨妈朋友的怪人来，也有拜托新工作的人，总之这个家里永远是宾客纷至沓来，我们每天都忙得不可开交。

我经常能看到姨妈一脸漠然地抽着烟，眺望庭院的样子。谁也不敢和她说话，只能默默走开。虽然当时我还年轻，但是我想，工作如此出色的人，一定有旁人所不及的情怀。

至今我还清楚地记得，姨妈过世那天白天发生的事。

姨妈一早写了两篇连载稿。一篇是给杂志的，一篇是给朝日新闻的。（姨妈从朝日新闻那里领工资）另外，当天晚上还有工作。是《主妇之友》的《我与美食》的采访，要去银座的海鲜料理店。

在葬礼上，听《主妇之友》的编辑说，之前刊登的《真珠母》广受好评，所以编辑部提议让姨妈为读者做些什么。于是姨妈决定去有名的店里品尝佳肴，然后写评论文章。

姨妈去银座的海鲜料理店时穿的和服，竟然成了寿衣。是深蓝色的结城绸①单衣。入棺的时候，姨妈身上穿的衣服，我记得特别清楚。姨妈特别喜欢结城绸，家里还有好几件。当我得知价格之后，发现十分珍贵，很吃惊。绝对不是普通老百姓买得起的东西。

姨妈穿着深蓝色的结城绸，配上一条白色的腰带，装饰着一大颗虎眼石。她就是以这么一身干练的样子出发的。那天姨妈在银座的海鲜料理店前拍的一张照片，被广为流传。

看到照片上姨妈，有人发现她脸上带有心脏病人特有的浮肿。但是我们这些整天在她身边忙碌的人们，却并没有发现她病情的恶化。我越想越觉得懊悔。

傍晚，杂志派车来接姨妈，她和竹林绘马一起上了车。绘马正好要将稿件送往朝日新闻。

绘马不仅貌美，而且聪明时髦，所以姨妈很喜欢她。姨妈去哪里都会带着她，姨妈似乎喜欢别人看到绘马时惊讶的表情。《回忆录》里也经常写到绘马，她是语文老师的女儿，就住在我家附近。她一直在替姨妈做一些秘书的工作。

听说姨妈在银座的海鲜料理店吃了一些鱼圆、醋腌鱼、烤鱼片，还喝了两杯啤酒。她争着付完钱，又换了一家店。她是担心由于工作而没有吃晚饭的编辑和摄影师。在第二家店里，大家吃了鳗鱼，还喝了点酒。当时她身体应该已经很差了。

落合的家建在坡道上。编辑部的一位女性，特地让车停在坡道上。但是姨妈还是气喘吁吁，那位女编辑只好扶着姨妈回家。

---

① 茨城县、栃木县出产的绢织品。

没想到，姨妈一回家就问："中午的馅儿呢？"

中午，花匠来到家里，姨妈亲自做了年糕红豆汤，下午三点的时候给大家当点心吃。

您母亲一定知道，姨妈喜欢招待大家吃饭。但菜是女佣做的，她会帮忙杀鱼，准备蔬菜，总之很喜欢忙碌。

"还有剩的。"我答道。

姨妈皱起了眉头。

"这种季节放不到明天的，还是让我来揉掉吧。"

接着姨妈站在厨房，熟练地揉起了年糕，给大家吃。当时绿敏、外婆菊、竹林绘马、小晋和我都在家。姨父还抱怨说，怎么晚上吃年糕红豆汤啊。但是姨妈由于做得很成功，所以心情很好。姨妈即使成为流行作家，也一直很在意家人的饮食。姨妈真的是一位深知老百姓生活的人。

当我收拾完碗筷，姨妈对我说："今晚我的肩膀特别酸，你能不能帮我捏一捏？"

姨妈躺在床上，我开始为她捏肩膀。然而她却说"怎么一点也没效果"，还匪夷所思地斜着脑袋。在那之后不久，姨妈突然变得十分痛苦。痛苦了几个小时之后，迎来了她的死期。

黑川先生，您也提到，姨妈已经过世四十年了。那天晚上带给我的打击，已经成为了很久以前的回忆。

读着姨妈的《回忆录》，和黑川先生一样，我似乎也能听到姨妈的声音就在耳畔响起，有种坐立不安的感觉。

由于姨父，也是我的丈夫绿敏的过世，我成为了"林芙美子"著作权的继承人。当我想到全凭我的个人意见将决定手稿的生死存亡，便会感到巨大的责任。

到底应该怎么办才好呢？我反复地读反复地看，困扰至极。

如果将这份《回忆录》公诸于世，一定会有出版社想出版吧。

"惊现林芙美子手稿，秘密在死后四十年揭露。"

就连我这个门外汉，也能想出宣传语。若是担任纪念馆开馆工作的新宿区员工知道我们发现了一份未发布的手稿，一定会很高兴，因为能够带动话题性。

黑川先生，我依然无法下决心。这份回忆录抑或小说到底应不应该公诸于世呢？

姨父虽然没有将它烧毁，但是藏在了自己画布后的纸袋里。这份手稿，即使世人会觉得有趣，对我们而言却写了极其恐怖的事情。

姨父读了之后一定十分震惊，也许可能会大彻大悟。明白芙美子为什么会如此疼爱一个领来的孩子。

但是，我丈夫的遗言是将自己所有的画统统烧毁。有人批评过他，这样太无情了。但是我丈夫的人生信条就是：什么都不要留下。也许作家的丈夫是不想留任何东西在世上的。

丈夫死后，如果不执行遗嘱，那么就是我这个妻子的不对了。他下令"烧毁"的画布后面隐藏的手稿，也应该一同消失殆尽吧？

而且，如果就这样让这份手稿问世，我也觉得对故人斋藤先生很抱歉。

黑川先生，其实我见过斋藤先生。在姨妈的葬礼上，某位编辑偷偷地耳语告诉我："那位是芙美子女士传闻中的恋人哦。"

他个子很高，看上去很聪明，但是有一点怪异。他没有哭，只是凝视姨妈的遗像。他眼睑肿胀、皮肤粗糙，总觉得有些颓废。我是之后才听说他染上酒瘾的，现在想想，那张脸的确是染上酒瘾的脸。

听说姨妈过世后，斋藤先生辞去了大学的工作，没有人知道其中缘故。如果是战争中遭到怀疑的阴影导致，那么如此优秀的一个人才真是太可惜了。

　　黑川先生，如果这份《回忆录》所写都属实——

　　姨妈是昭和二十六年六月二十八日去世。外婆菊于昭和二十九年五月五日去世。而小晋是昭和三十四年八月三十日。与小晋同年，斋藤先生于三十四年的秋天去世。

　　就像芙美子和小晋在召唤斋藤先生一样。

　　我自己都起了一身鸡皮疙瘩。虽说是偶然，但是您也说过，宛如本应相亲相爱的一家人最终没能走到一起，只好在那个世界相会似的。所以您希望这份手稿能够留下，并让世人阅读。我十分理解您说此话时的心情。

　　我和绿敏在芙美子死后把小晋当孤儿一样抚养，经历了许多无法用文字描绘的艰辛。但是小晋竟然在那样一起事故中丧命，我实在惭愧不已。

　　所以我无论如何也无法相信，是芙美子在那个世界召唤小晋（虽然这和我之前的言论有矛盾）。这样一来，丈夫、我、小晋，没有血缘关系、年龄也相距甚远的三个人，到底是怎么一回事呢？

　　不过我已经知道答案了。我们是以小晋为中心，建立起的真正的家庭。丈夫和我一直在关心小晋的健康状况，期待他的茁壮成长，以及想象他会变成怎样的一个大人。我们对小晋报以巨大的希望。所以说实话，我不愿意把芙美子、斋藤先生和小晋想象成那个世界的"家人"。

　　现在，我丈夫在那个世界能与芙美子与小晋重逢，一定十分高兴。而且总有一天，我将与他们会合。但是那个"家"里没有斋藤先生的位置。我绝对不是心胸狭窄，我相信这样才是芙美子最大的心愿。

　　"与小说家有关的，都有可能成为文学资料。所以小说家的家人必须毫无保留地将一切公诸于世。"这是我丈夫经常说的。说不定这份手稿有相当巨大的文学意义，但是黑川先生，那又怎样呢？我是这么认为的。芙美子的名字与作品，都辉煌地留在了世上。芙美子的作品今后还会感动许多人。这样的芙美子能有一个秘密，而且有人愿意将此秘密保管终生，也并非是件坏事。虽然大家都说，小说这东西都是虚构的、瞎编的。我认为芙美子编织的最大谎言是小晋。

黑川先生，我十分理解您的顾虑。我决定遵循丈夫的遗言。在给您写信的途中，我才终于能够下定决心，谢谢。

另外，纪念馆将于明年春天开馆，现在已经进入修复工作。工作人员来来往往，这个家就像姨妈还健在时那样充满了活力。庭院也开始拾掇了起来，资料的读取、分类也进展得井然有序。

今后也请您多多照顾。

平成三年　七月八日

林房江

日本年号与公元对照表

公元 1868 年 = 明治元年	公元 1908 年 = 明治四十一年
公元 1869 年 = 明治二年	公元 1909 年 = 明治四十二年
公元 1870 年 = 明治三年	公元 1910 年 = 明治四十三年
公元 1871 年 = 明治四年	公元 1911 年 = 明治四十四年
公元 1872 年 = 明治五年	公元 1912 年 = 大正元年
公元 1873 年 = 明治六年	公元 1913 年 = 大正二年
公元 1874 年 = 明治七年	公元 1914 年 = 大正三年
公元 1875 年 = 明治八年	公元 1915 年 = 大正四年
公元 1876 年 = 明治九年	公元 1916 年 = 大正五年
公元 1877 年 = 明治十年	公元 1917 年 = 大正六年
公元 1878 年 = 明治十一年	公元 1918 年 = 大正七年
公元 1879 年 = 明治十二年	公元 1919 年 = 大正八年
公元 1880 年 = 明治十三年	公元 1920 年 = 大正九年
公元 1881 年 = 明治十四年	公元 1921 年 = 大正十年
公元 1882 年 = 明治十五年	公元 1922 年 = 大正十一年
公元 1883 年 = 明治十六年	公元 1923 年 = 大正十二年
公元 1884 年 = 明治十七年	公元 1924 年 = 大正十三年
公元 1885 年 = 明治十八年	公元 1925 年 = 大正十四年
公元 1886 年 = 明治十九年	公元 1926 年 = 昭和元年
公元 1887 年 = 明治二十年	公元 1927 年 = 昭和二年
公元 1888 年 = 明治二十一年	公元 1928 年 = 昭和三年
公元 1889 年 = 明治二十二年	公元 1929 年 = 昭和四年
公元 1890 年 = 明治二十三年	公元 1930 年 = 昭和五年
公元 1891 年 = 明治二十四年	公元 1931 年 = 昭和六年
公元 1892 年 = 明治二十五年	公元 1932 年 = 昭和七年
公元 1893 年 = 明治二十六年	公元 1933 年 = 昭和八年

公元 1894 年 = 明治二十七年	公元 1934 年 = 昭和九年
公元 1895 年 = 明治二十八年	公元 1935 年 = 昭和十年
公元 1896 年 = 明治二十九年	公元 1936 年 = 昭和十一年
公元 1897 年 = 明治三十年	公元 1937 年 = 昭和十二年
公元 1898 年 = 明治三十一年	公元 1938 年 = 昭和十三年
公元 1899 年 = 明治三十二年	公元 1939 年 = 昭和十四年
公元 1900 年 = 明治三十三年	公元 1940 年 = 昭和十五年
公元 1901 年 = 明治三十四年	公元 1941 年 = 昭和十六年
公元 1902 年 = 明治三十五年	公元 1942 年 = 昭和十七年
公元 1903 年 = 明治三十六年	公元 1943 年 = 昭和十八年
公元 1904 年 = 明治三十七年	公元 1944 年 = 昭和十九年
公元 1905 年 = 明治三十八年	公元 1945 年 = 昭和二十年
公元 1906 年 = 明治三十九年	公元 1946 年 = 昭和二十一年
公元 1907 年 = 明治四十年	公元 1947 年 = 昭和二十二年
公元 1948 年 = 昭和二十三年	公元 1988 年 = 昭和六十三年
公元 1949 年 = 昭和二十四年	公元 1989 年 = 平成元年
公元 1950 年 = 昭和二十五年	公元 1990 年 = 平成二年
公元 1951 年 = 昭和二十六年	公元 1991 年 = 平成三年
公元 1952 年 = 昭和二十七年	公元 1992 年 = 平成四年
公元 1953 年 = 昭和二十八年	公元 1993 年 = 平成五年
公元 1954 年 = 昭和二十九年	公元 1994 年 = 平成六年
公元 1955 年 = 昭和三十年	公元 1995 年 = 平成七年
公元 1956 年 = 昭和三十一年	公元 1996 年 = 平成八年
公元 1957 年 = 昭和三十二年	公元 1997 年 = 平成九年
公元 1958 年 = 昭和三十三年	公元 1998 年 = 平成十年
公元 1959 年 = 昭和三十四年	公元 1999 年 = 平成十一年
公元 1960 年 = 昭和三十五年	公元 2000 年 = 平成十二年
公元 1961 年 = 昭和三十六年	公元 2001 年 = 平成十三年

公元 1962 年 = 昭和三十七年	公元 2002 年 = 平成十四年
公元 1963 年 = 昭和三十八年	公元 2003 年 = 平成十五年
公元 1964 年 = 昭和三十九年	公元 2004 年 = 平成十六年
公元 1965 年 = 昭和四十年	公元 2005 年 = 平成十七年
公元 1966 年 = 昭和四十一年	公元 2006 年 = 平成十八年
公元 1967 年 = 昭和四十二年	公元 2007 年 = 平成十九年
公元 1968 年 = 昭和四十三年	公元 2008 年 = 平成二十年
公元 1969 年 = 昭和四十四年	公元 2009 年 = 平成二十一年
公元 1970 年 = 昭和四十五年	公元 2010 年 = 平成二十二年
公元 1971 年 = 昭和四十六年	公元 2011 年 = 平成二十三年
公元 1972 年 = 昭和四十七年	公元 2012 年 = 平成二十四年
公元 1973 年 = 昭和四十八年	公元 2013 年 = 平成二十五年
公元 1974 年 = 昭和四十九年	公元 2014 年 = 平成二十六年
公元 1975 年 = 昭和五十年	公元 2015 年 = 平成二十七年
公元 1976 年 = 昭和五十一年	
公元 1977 年 = 昭和五十二年	
公元 1978 年 = 昭和五十三年	
公元 1979 年 = 昭和五十四年	
公元 1980 年 = 昭和五十五年	
公元 1981 年 = 昭和五十六年	
公元 1982 年 = 昭和五十七年	
公元 1983 年 = 昭和五十八年	
公元 1984 年 = 昭和五十九年	
公元 1985 年 = 昭和六十年	
公元 1986 年 = 昭和六十一年	
公元 1987 年 = 昭和六十二年	